Mise en bouche

Aviez-vous remarqué comme l'expression « passer à table » est ambiguë ? Signifie-t-elle la perspective d'un bon repas ou celle, moins agréable, d'avoir à répondre à un interrogatoire de police ?

En vérité, le mot « table » revient sans cesse dans nos conversations. Dès l'enfance, on doit se plonger dans les tables de multiplication. Accusé, on doit se « mettre à table ». On parle de « dessous-de-table » pour des manœuvres frauduleuses. On dit « jouer cartes sur table » lorsqu'on veut manifester sa sincérité. On évoque les fameuses « tables de la loi » rapportées par Moïse du mont Thabor. Et aucun musulman, j'en suis sûr, ne doute que ce soit une « table gardée » sur laquelle sont inscrits, dans l'éternité, les précieuses paroles du Coran révélées au prophète Mahomet par l'archange Gabriel.

On ne peut nier toutefois que c'est d'abord à la gastronomie – le mot date du début du XIXe siècle – et à ses arts que l'on pense immanquablement lorsque le mot vient à être évoqué. Gastronomie et non gourmandise, car si le gastronome est gourmet, celui-ci n'est pas forcément gastronome. Ce dernier ne sait pas seulement apprécier la cuisine en connaisseur, il est un spécialiste des mets, des vins, un goûteur, un novateur, un inventeur. Bref, il éprouve le désir constant de savoir tout sur cet art qui est pour lui un mode de vie, on n'ose dire une religion.

« La gueule tue plus de gens que le glaive », dit pourtant un proverbe. Le père du célèbre gastronome Grimod de la Reynière, au XVIIIe siècle, en fit la triste expérience. Il mourut d'indigestion ! Quant à la mère du non moins célèbre Brillat-Savarin, au siècle suivant, elle fut également prise de malaise à la fin d'un repas trop copieux. Elle réclama donc son dessert en toute hâte. Puis, elle s'éteignit subitement, comme une bougie d'anniversaire qu'on souffle sur un saint-honoré. Ce qui suggéra à Brillat-Savarin, jamais pris au dépourvu, ce commentaire laconique :

« Et elle alla prendre le café dans l'autre monde ! » Il est vrai qu'elle avait franchi le seuil de sa quatre-vingt-dix-neuvième année !

Heureusement, chaque fois que nous passons aujourd'hui à table, une éventualité aussi fatale ne nous incite pas à bouder notre plaisir.

Il n'en demeure pas moins que la table, comme le lit, reste l'un des endroits les plus dangereux au monde puisque l'on creuse, paraît-il, sa tombe avec ses dents. Et la gastronomie est la source des plus grands bonheurs, comme parfois de terribles tragédies.

Le fameux Vatel, maître d'hôtel du prince de Condé, ne s'est-il pas suicidé pour sauver son honneur de cuisinier royal ?

Heureusement, la gourmandise, pour être l'un des sept péchés capitaux, procure également de grandes joies. Qui n'a pas soudain éprouvé d'appétit à la lecture d'une recette de cuisine, senti frémir ses narines au fumet d'un bœuf bourguignon, ou salivé à la vue d'une religieuse qui, pour n'être pas nonne, n'en faisait pas moins soupirer à la première bouchée un « doux Jésus ! » reconnaissant ?

Alexandre Dumas disait volontiers que les bons livres étaient comme les bons repas, si digestes qu'on ne s'en souvenait plus. Mais qui nierait que les deux laissent parfois des souvenirs mémorables ?

La gastronomie ne se limite pas à la nourriture proprement dite, aussi délicieuse soit-elle. D'autres ingrédients participent à notre bonheur : l'harmonie d'une table joliment préparée, la qualité de la vaisselle et de la décoration, le cadre agréable dans lequel déjeunent les convives, une conversation animée, jouent un rôle aussi important que les mets, leur parfum, leur couleur, la saveur des épices qui les accompagnent, tant de petits détails encore.

Tous les sens sont alors sollicités. Ce qui fait dire à Brillat-Savarin dans sa *Physiologie du goût* : « Les animaux se repaissent ; l'homme mange ; l'homme d'esprit seul sait manger. Le créateur, en obligeant l'homme à manger pour vivre, l'y invite par appétit et l'en récompense par le plaisir. »

L'homme d'esprit, c'est-à-dire un gastrophage, un gastrolâtre... non, un gastronome plutôt. On hésita pourtant sur le choix du mot, et c'est à un certain Berchoux, au XIXe siècle, qu'on le doit.

De la gastronomie à la poésie, il ne restait plus qu'un pas à franchir. En ce domaine, Charles Monselet, auteur de *La Cuisine poétique* et de nombreuses critiques gastronomiques sous le Second Empire, se montra sans doute le plus lyrique. « La gastronomie, écrit-il, saupoudre d'étincelles d'or l'humide azur de vos prunelles, elle imprime à vos lèvres le ton du corail ardent, elle chasse vos cheveux en arrière, elle fait trembler d'intelligence vos narines. Elle est suave avec les fraises des forêts, les grappes des coteaux, les cerises agaçantes, les pêches duvetées, elle est forte avec les chevreuils effarouchés et les faisans qui éblouissent... Elle aime le sang qui coule des levrauts et l'or de race, l'or pâle qui tombe des flacons de sauternes. »

Monselet savait pourtant se montrer plus pragmatique. Ainsi, un jour qu'un restaurateur de Bade se plaignait de n'avoir pas eu un mot de lui dans la presse sur son établissement et ce, bien qu'il lui eût glissé dans la poche un rouleau de louis d'or...

— Mais, s'étonna Monselet, j'ignorais qu'un mot de moi pût vous faire plaisir !

— Allons donc, grimaça le restaurateur, et cette petite somme que je vous ai donnée ?

— Cette petite somme ? laissa alors tomber Monselet... Mais, j'avais cru que c'était pour acheter mon silence !

Le sujet est vaste, on le voit, et il serait vain de vouloir écrire une bible complète au sujet de la table et de ses plaisirs. Aurait-elle d'ailleurs un intérêt quelconque ? Chaque palais étant différent, cette Bible devrait être déclinée selon des versions aussi nombreuses qu'il existe de gastronomes.

Ainsi ces *2000 ans d'histoire gourmande* proposent-elles d'abord un voyage dans le temps qui sera marqué par quelques-unes des plus belles figures de la gastronomie, mais aussi ses grands moments comme ses plus belles découvertes qui ne cessent aujourd'hui encore d'alimenter notre plaisir.

Force est d'admettre que l'art culinaire fait tout simplement partie de la vie, comme la gourmandise – ce péché capital dit-on – est aussi l'un des plus nécessaires.

1

Sur la route des épices

Une affiche, placardée sous la Restauration, définissait sans la moindre complaisance une catégorie professionnelle pourtant très honorable : « Cet animal, pouvait-on lire, est d'un naturel doux et timide, mais d'une intelligence peu développée, il pullule dans les villes, et se nourrit de chandelles, de paquets de ficelles et de mélasse. »

Cet animal, c'était l'épicier !

Balzac lui-même observait avec dédain : « Aujourd'hui, les épiciers deviennent pairs de France ». Et d'Anglemont prétendait qu'il existait deux sortes d'hommes sur terre : les épiciers... et les autres.

Tous deux oubliaient que le mot « épicier » avait désigné pendant longtemps une profession qui suscitait l'envie, quand ce n'était pas l'admiration : celle de marchand d'épices.

Elles ont pourtant longtemps régné dans les cuisines, ces épices, trôné sur les tables du monde entier, et enchanté le palais des hommes tout comme leur odorat. Nul n'aurait pu alors s'en passer, et nombre d'entre elles tiennent encore un rôle essentiel dans notre gastronomie.

James Joyce l'a affirmé sans ambages : « Dieu a fait l'aliment, et le diable... l'assaisonnement ! »

Alors, lançons-nous sur les traces de ces diablesses !

Qu'elles proviennent d'un fruit ou d'une fleur, d'une graine, d'une racine ou d'une écorce, si les épices nous fascinent tant, c'est qu'elles ont sans doute été les plus grandes voyageuses au monde.

Dans le Cantique des cantiques, le roi Salomon parle déjà d'un jardin merveilleux qui embaume « le nard, le safran, la casse et la cannelle ». Premières marchandises avec la myrrhe et l'encens à avoir été échangées entre les hommes de part et d'autre de la planète, elles ont fait se rencontrer, parfois même se rapprocher, les civilisations chinoise, arabe, indienne, perse. Elles ont aussi fait s'affronter les hommes dès lors que l'Occident, devenu hégémonique à la Renaissance, a voulu s'imposer au reste du monde.

Nul doute que l'épice, par nature, soit féminine, capable du meilleur... comme du pire. Séduisante, douce au palais ou amère en bouche, piquante ou suave, elle réunit, comme les femmes, toutes les saveurs, tous les parfums. Mais son utilisation optimale demande autant de précaution, de tact que de connaissance et d'amour.

Les routes par lesquelles elles arrivaient en Occident ont souvent été qualifiées de « mystérieuses ». En réalité, les peuples anciens voyageaient beaucoup plus qu'on ne l'a prétendu pendant longtemps avec une sorte de dédain. Outre les voies terrestres par lesquelles d'immenses caravanes acheminaient ces épices entre le Proche-Orient et l'Asie, la route des épices s'organisa plus tard en un réseau de voies maritimes d'environ 12 000 kilomètres « le long des rivages du Proche-Orient, autour de l'Inde, vers la Chine et jusqu'aux îles des épices d'Indonésie. Ses escales reliaient certains des ports maritimes les plus extraordinaires du monde, le long de ses plus fascinants rivages. Des marins de tous les pays faisaient voile sur cette route des épices, dont les ports étaient d'étonnants creusets d'idées et de connaissances [1] ».

A quelle époque débuta ce commerce appelé à un avenir prodigieux ? Impossible de le dire vraiment, pas plus qu'il n'est possible d'affirmer à partir de quand les hommes les utilisèrent couramment. Les recettes parmi les plus anciennes que l'on connaisse à base d'épices sont rédigées en écriture cunéiforme sur des tablettes d'argile akkadiennes datant de 1700 av. J.-C. Au IXe siècle av. J.-C., la Bible (Livre des Rois) nous précise que, parmi les présents offerts par la reine de Saba au roi Salomon, figure une « grande quantité d'aromates ».

Mais les Egyptiens en faisaient déjà largement usage bien plus tôt encore... Alors ?

Depuis plus de six mille ans, les épices accompagnent les hommes du berceau jusqu'à la tombe. On les offre aux dieux comme aux invités de marque, on les consomme dans la cuisine ou on les mêle aux préparations aromatiques qui accompagneront les morts dans l'au-delà.

Chez les Egyptiens notamment, les épices jouaient de multiples rôles : pour relever le goût des aliments, parfumer leur corps, teindre leurs vêtements, soigner certaines maladies, et plus encore pour honorer les dieux ou embaumer les pharaons.

1. J. Lawton, *De soie, de parfums et d'épices* (Editions Unesco, 2004).

Ces épices, les Egyptiens vont les chercher loin, très loin. Jusque sur les bords de la mer Rouge, au mystérieux pays de Pount (en fait, la côte somalienne) où les Arabes, maîtres de ce commerce lucratif, chargent leurs bateaux de gingembre, de cannelle, de girofle, de cardamome et surtout de la reine des épices : le poivre. L'une des portes d'Alexandrie portera d'ailleurs le nom de « porte du poivre ».

Que ce soit par bateau ou par d'imposantes caravanes, les épices voyagent ainsi de l'Indus jusqu'aux bords de la Méditerranée, traversant l'Afghanistan, la Perse, la Mésopotamie pour franchir l'isthme de Suez et parvenir sur les terres fertiles du delta du Nil, à Alexandrie, ou dans d'autres ports de la Méditerranée tels que Tyr ou Constantinople.

D'où viennent-elles ? Personne alors ne le sait exactement. Pas plus les Egyptiens que les Grecs ou les Romains. Mais leur succès est immense, même si elles grèvent largement le budget de l'Empire des fils de Rê.

Toute l'alimentation est fortement épicée, de même que les vins, la bière ou le vinaigre. On boit du vin à la cannelle ou à la muscade, qui passe pour être aphrodisiaque. On parfume les bières à l'origan, à la menthe ou au persil.

Les épices entrent également dans la confection d'huiles ou de pommades dont les Egyptiens enduisent leur corps pour lutter contre le dessèchement, la chaleur, les insectes. Mais, comme ces huiles rancissent facilement, il faut leur adjoindre des antioxydants naturels tels que la myrrhe et l'encens. Safran, cannelle et citron entrent aussi dans certaines essences. On les utilise dans la composition de parfums dont plusieurs, du fait de leur réputation, connaîtront un grand succès à l'exportation.

Mieux encore : les épices sont utilisées pour leurs vertus curatives. De savants mélanges qui nécessitent parfois des mois de préparation permettent ainsi de lutter contre les affections pulmonaires, cardiaques, hépatiques ou intestinales. Raffinement suprême : elles parfument l'haleine ! Les premières pastilles censées apporter une hygiène bucco-dentaire parfaite ne datent-elles pas d'au moins quatre mille ans avant Jésus-Christ ?

Mais c'est aux dieux et aux pharaons que sont réservés les épices les plus prestigieuses, les mélanges les plus complexes.

A l'intérieur des temples, la myrrhe, l'encens, la cannelle, le poivre, sont utilisés en fumigation de manière à favoriser le recueillement et l'entrée en contact avec les divinités, mais aussi l'exaucement des prières et la lutte contre les influences maléfiques.

« Dès le lever du soleil, écrit Plutarque, les prêtres brûlent des résines. A midi, ils font brûler de la myrrhe car la chaleur de ce parfum dissipe les exhalaisons grossières et impures qui se condensent autour de nous et, au coucher du soleil, ils lui présentent [au dieu Rê] le *Kyphi*, parfum sacré qui change les conditions de l'air, invite au sommeil et répand autour du corps une influence délicieuse. »

Mais c'est lors des cérémonies d'embaumement du pharaon que les épices jouent un rôle essentiel. Après extraction des organes – excepté le cœur et les reins lavés au vin de palme et aux épices –, le corps du dieu est oint pendant trente jours d'un mélange d'huile de cèdre, de myrrhe et de cannelle afin de le préserver des parasites. Puis, d'autres préparations – dont les formules sont jalousement gardées secrètes par les embaumeurs – viendront apprêter le pharaon pour son voyage dans l'au-delà.

Lorsqu'on radiographiera la momie de Ramsès II en 1982, on découvrira ainsi dans ses cavités nasales des grains de poivre ! Ils permettaient, semble-t-il, de conserver à celles-ci leur forme et d'éloigner les bactéries.

Les corps des pharaons n'étant pas les seuls à subir ce traitement, on imagine sans peine les quantités phénoménales d'épices que l'Egypte devait importer pour satisfaire la demande de ses habitants. En 1481 av. J.-C., la reine Hatshepsout lança une expédition vers le Soudan pour ramener en Egypte des arbres à myrrhe et à encens, espérant qu'ils s'acclimateraient sur les bords du Nil. Hélas, les arbres refusèrent de s'enraciner dans la terre des pharaons et périrent rapidement.

Jusqu'au bout de leur histoire cependant, les Egyptiens eurent la folie des épices.

L'Antiquité, dans son ensemble, les imitera. Un doute subsistait tout de même quant à leur provenance. Dans son *Histoire des plantes*, Théophraste (322-287 av. J.-C.) indique l'Inde, la Judée et la Syrie comme leurs probables pays d'origine. Strabon, dans sa *Géographie*, mentionne l'Arabie, l'Éthiopie, l'Inde, la Judée, et le Yémen. L'*Histoire naturelle* de Pline l'Ancien (23-79) parle de l'Afrique du Nord, de l'Arabie, de la Bactriane, de l'Egypte, de l'Inde, de la Judée, du Liban.

Alexandre le Grand, sans partir à leur recherche, les trouva quant à lui sur son chemin. Conquérant de génie, il fut conquis à son tour par la richesse des épices, des baumes et des parfums qu'il rencontra sur la route des Indes. C'est lui qui ramena de nouveaux parfums d'Orient en Occident ainsi que de nouvelles épices : le nard, le safran, l'anis, la sauge, la marjolaine. La Grèce, à son initiative, se mit donc à l'heure orientale, et devint obsédée de propreté. Les athlètes des jeux d'Olympie reçurent des huiles parfumées pour s'enduire le corps avant l'épreuve, et les rues d'Athènes, débarrassées de leurs immondices, devinrent... plus respirables.

Il faut d'ailleurs croire que la folie des épices était, par nature, contagieuse.

Car les Romains vont être gagnés à leur tour. A Alexandrie, ils se mettront à les acheter à prix d'or, et l'auteur latin Pline l'Ancien se lamentera de voir des fortunes englouties par les empereurs et les patriciens dans ces précieux *condimenta*. « Selon l'évaluation la plus basse, observe-t-il, ce sont cent millions de sesterces par an que l'Inde, la Chine, la péninsule arabique, soustraient à notre empire tant nous coûtent cher le luxe et les femmes. Quelle part de cet argent, je vous prie, revient maintenant aux dieux, même à ceux des enfers ? » Néron, dans sa folie, n'ira-t-il pas en effet jusqu'à réquisitionner un jour le stock annuel de cannelle des Romains afin de brûler le corps de sa femme, Poppée, qu'il venait de tuer d'un coup de pied ?...

A Rome, sur la *via piperata* – la rue du poivre – située juste au-dessus du forum de Trajan, se négocient alors des épices venues des quatre coins de l'Empire. Et, plus encore qu'en Egypte, on les retrouve partout. Parfumeurs, droguistes, herboristes, en utilisent quotidiennement dans leurs compositions. Et les Romains, obsédés eux aussi de propreté, en raffolent. Un certain baume de Judée, très prisé, se vend à près de 600 deniers, soit environ vingt mois de salaire d'un artisan !

Entrant dans la composition de nombreux parfums, les épices se retrouvent également dans la plupart des plats. Le cuisinier Apicius, célèbre pour sa créativité, a laissé des recettes où le poivre est roi, mêlé à d'autres aromates et épices : cumin, coriandre, livèche, ache (l'ancêtre du céleri), thym, sarriette, sumac, laurier. Ces épices servent non seulement à relever le goût des aliments, mais aussi à en assurer une meilleure conservation.

On les utilise pour leurs vertus culinaires, et aussi médicinales. On leur prête toutes les vertus, dont celle de réveiller les sens endormis. Enfin, les Romains ayant adopté le rite de la crémation, elles accompagnent les morts dans leur ultime voyage et permettent aux corps de dégager, en se consumant, un parfum plus agréable.

Dès cette époque, les caravanes chargées d'épices arrivent en Occident par la route de la soie. D'Antioche, capitale de la Syrie romaine, celle-ci traverse l'Euphrate, puis à travers l'Empire parthe et par le nord jusqu'à Samarkand, conduit au Pamir et à la Chine.

Une autre route, au sud, passe par Kaboul, la Perse, gagne le golfe Persique et, de là, rejoint Babylone ou Antioche. La route des Indes, elle, débouche sur le golfe Persique, puis l'embouchure de l'Euphrate avant de se diriger vers Babylone. Une dernière, enfin, passe par la mer Rouge.

Un problème demeure, cependant : comment se procurer directement ces épices, comment maîtriser leur approvisionnement ?

Au Ier siècle apr. J.-C., un navigateur romain d'origine grecque, Hippalus, va s'obstiner à résoudre cet épineux problème. Et c'est à la bibliothèque d'Alexandrie, en consultant des récits de marins, qu'il y parviendra. Remarquant que les voyages les plus faciles avaient lieu pendant l'été, il aura l'intuition de se servir de l'alternance des vents de mousson pour effectuer le voyage de l'Inde, et d'en repartir lors de la mousson d'hiver.

Il atteindra ainsi son but, et dès lors ce seront des dizaines de navires grecs et romains qui iront s'approvisionner directement sur place.

L'effondrement de l'Empire romain, au Ve siècle, va cependant mettre un frein à ce commerce. Dès lors, les épices deviendront un produit de luxe, même pour les riches, qui aimeront faire étalage de leurs richesses à travers les épices dont ils agrémenteront leur cuisine.

Car un événement est venu bouleverser le paysage méditerranéen. Au VIIe siècle, le prophète Mahomet a changé la face du monde en apportant aux hommes une nouvelle religion : l'islam. L'islam qui, en quelques décennies, est parti à la conquête de la planète.

Maîtres de l'Arabie, des Bédouins nomades vont conquérir la Palestine, la Syrie, l'Egypte, la Perse, l'Afrique du Nord, l'Espagne, le Sud de la France – un temps assez bref il est vrai – puis s'engager sur les routes de l'Asie, atteindre l'Inde et la Chine.

La rapidité de cette conquête a de quoi laisser pantois. La mansuétude relative des vainqueurs également. Des populations entières vont se convertir, gagnées par la foi nouvelle ou seulement par intérêt, mais rarement sous la contrainte.

En un temps record, un empire va ainsi se mettre en place, de la Méditerranée à l'Indonésie, sous les dynasties des Omeyyades et des Abbassides entre le VIIe et le XIIIe siècle. Unifié par la religion du Coran et la langue arabe, il va permettre aux héritiers de Mahomet de prendre le contrôle des routes commerciales, caravanières et maritimes, de relier Ormuz à Canton, de rapporter les épices de l'Inde et de la Chine et d'y gagner une fortune.

Un grand secret entoure ces pérégrinations. Car la connaissance des routes, des ports, des points de vente, donne à celui qui la possède un avantage certain. Les Arabes se montrent en outre d'excellents marins. Huit mois suffisent à leurs boutres pour relier Ormuz à Canton. Sur leur route, des comptoirs fondés au Mozambique, à Madagascar, à Zanzibar, leur permettent une meilleure organisation du commerce et aussi de faire relâche avant d'arriver aux Indes.

Comme le veut l'expression consacrée, ces aventuriers des mers ont « la bosse du commerce ». En échange de soieries, de cotonnades, de tapis, de chevaux, ou de plats en or et en argent, ils ramènent de cette Inde vaste et mystérieuse des bois précieux, de l'ambre gris et surtout toutes sortes d'épices, dont le poivre alors si prisé. Mais leur soif de découverte les pousse aussi vers Ceylan où ils achètent de la cannelle, de l'or, de l'ivoire, des saphirs. Et encore vers les côtes hostiles de Malaisie pour y négocier de la muscade, des clous de girofle, et du bois de santal.

Ces épices, les peuples arabes ou sous domination arabe les utilisent naturellement dans la cuisine, mais plus encore dans des onguents, des sirops, des parfums.

On prête en effet cette phrase au prophète Mahomet : « Dans la vie, j'aurais aimé trois choses : la prière, les femmes et les parfums. »

Est-ce à son imitation ? les pays musulmans en font une énorme consommation. Auprès des mosquées, on vend eaux et huiles parfumées, des chapelets parfumés, des brûle-parfums. Dans les bains publics – les *hamas* –, les parfums épicés abondent.

La propreté des peuples antiques nous invite d'ailleurs à nous interroger sur notre propre conception de l'hygiène : avaient-ils quelque chose à nous envier en cette matière ?... On peut raisonnablement en douter.

La civilisation arabo-musulmane est alors à son apogée. Elle règne sur la culture littéraire et scientifique, elle a inventé ou développé l'algèbre moderne, l'arithmétique, la trigonométrie, l'astronomie, la géologie. Elle a enrichi considérablement la connaissance médicale. Elle a encouragé la fabrication du papier, facilitant du même coup la diffusion des connaissances. Elle apparaît – c'est flagrant à l'époque des croisades – terriblement en avance sur l'Occident.

« C'est à partir du moment, écrit Sigrid Hunke, où, en dépit de l'interdiction et de l'hostilité officielle, l'Occident s'ouvrit au commerce avec l'Orient arabe qu'il s'engagea sur le voie du développement économique. C'est en s'appropriant les conquêtes musulmanes sur les plans technique, sanitaire et administratif, en adoptant aussi ses conquêtes sur le plan culturel que l'esprit occidental s'éveilla enfin d'un engourdissement de plusieurs siècles et déplia ses ailes pour prendre son essor [1]. »

A ces contacts entre l'Orient arabe et l'Occident latin, le commerce des épices a largement contribué.

Les invasions mongoles de Gengis Khan vont, hélas, réduire cette civilisation si brillante à néant. Bagdad sera quasiment détruite en 1258, ses élites et son calife massacrés. Intellectuels et scientifiques seront mis à mort, leurs livres détruits ou brûlés. Dès lors, écrasée sous la botte mongole, la civilisation des Abbassides va décliner.

1. Sigrid Hunke, *Le soleil d'Allah brille sur l'Occident* (Albin Michel, 1997).

L'islam survivra malgré tout à ces hordes barbares. Le commerce des épices aussi !

A preuve ? La folie des épices n'épargne pas l'Occident médiéval, même freinée par la fermeture de certaines voies commerciales au lendemain de la chute de Rome.

Mais c'est surtout lors des croisades et grâce aux contacts avec l'Orient musulman que cet engouement prend tout son sens. En Terre sainte, les croisés ont été frappés par le luxe des tables « infidèles ». Ils ont pu mesurer à cette occasion tout ce que leur art de vivre recélait de raffinement. Ils ont également découvert chez eux l'existence de nouveaux produits, tel le sucre de canne à Tripoli en 1099.

Ce sont des navires appartenant aux grandes cités-Etats que sont alors Venise, Gênes, Amalfi, qui vont acheminer ces épices en Europe. En Méditerranée, elles sont vendues dans les ports de Marseille ou d'Aigues-Mortes avant de finir sur les étals des grandes foires de Champagne, de Brie ou de Flandres et même jusqu'à Novgorod ! Dans les villes plus modestes, il existe également des halles aux herbes.

Si Taillevent, le cuisinier du roi Charles V, en assaisonne tous les plats, c'est parce qu'elles relèvent le goût des aliments, certes, mais peut-être aussi parce qu'elles facilitent la conservation des viandes ou atténuent l'odeur trop forte de viandes faisandées. Pour cela, on utilise le poivre, le safran, la cannelle, la muscade, le gingembre.

Le mot « épice » apparaît en français vers 1150. Issu du latin *species* (« espèces »), il désigne alors toutes sortes de denrées, des aromates aux drogues appartenant à la pharmacopée du temps.

Dans son *Viandier*, premier livre de cuisine composé à la fin du XIVe siècle par Taillevent, ce dernier recense les épices les plus utilisées à son époque : « Épices qu'il faut à ce présent Viandier : Gingembre, cannelle, girofle, graine de paradis, poivre long, aspic, poivre rond, fleur de cannelle, safran, noix muguette, feuilles de laurier, garingal, mastic, tores, cumin, sucre, amandes, aulx, oignons, ciboules, escaloignes... »

Seuls les plus riches pouvaient cependant s'en procurer, car les épices étaient rares et chères. Au point que, lorsqu'on voulait évoquer un produit de valeur, on disait qu'il « était cher comme du poivre ». Elles servaient d'ailleurs à bien d'autres usages : en cadeau, pour constituer une dot, régler ses impôts, sceller des transactions entre marchands, ou s'affranchir de son seigneur. En Bourgogne, les serfs de la collégiale Notre-Dame de Semur-en-Auxois devaient ainsi verser une livre de poivre pour acheter leur liberté.

Le poivre sert même à obtenir les faveurs des magistrats dans l'espoir de remporter un procès. Ce dernier cas relevait ni plus ni moins de la corruption. On les appelait « les épices des juges » ou « épices de chambre ». Les magistrats étaient si mal payés que, en 1402, le parlement de Paris jugea opportun de considérer que les épices données au rapporteur pourraient s'ajouter aux frais de la partie perdante. Mais la partie gagnante, elle, en faisait l'avance au juge pour obtenir l'exécution du jugement. La charge de rapporteur devint ainsi l'une des plus convoitées, au point que les autres conseillers du Parlement exigèrent que les épices fussent partagées plus équitablement.

Le procédé ne disparut que sous la Révolution. Mais il devait en rester, dans le langage courant, une expression utilisée aujourd'hui encore : « Payer en espèces ! »

Comme l'Antiquité, le Moyen Age ne cesse de vanter les vertus médicinales des épices. Les épiciers sont d'ailleurs très souvent des apothicaires. En dragées distribuées à la fin des repas, les épices sont censées accélérer la digestion et stimuler l'appétit. Safran et cardamome parfument l'haleine. La noix de muscade est réputée guérir une centaine de maladies, mais aussi provoquer des hallucinations à fortes doses. En Italie, la célèbre école de médecine de Salerne recommande des cataplasmes au poivre ou le clou de girofle pour désinfecter et cicatriser les plaies, pratique bien connue des dentistes aujourd'hui. En revanche, elle se montre plus prudente sur l'usage de la muscade et du gingembre, réputés aphrodisiaques. Pour la muscade, elle affiche même une grande méfiance : « Une noix est salutaire, dit-on, une seconde nuit, une troisième tue ! » Une méfiance qu'on ne peut que prendre au sérieux puisque l'on sait aujourd'hui que la muscade entre dans la composition des pilules... d'ecstasy !

De multiples préparations, onguents et pommades sont à base d'épices. Les plus riches portent même sur eux un *pomander*, à savoir un objet en métal en forme de pomme et contenant un mélange d'épices et d'aromates qu'ils peuvent respirer à loisir en cas d'épidémie. Mais il s'agit là d'une minorité de privilégiés.

On le constatera, hélas, lors de la grande peste de 1348, dite « peste noire ».

En provenance de Mongolie, le bacille fut véhiculé majoritairement par les puces et les rongeurs et décima toute une partie de l'Europe, un tiers dit-on. Bubonique, septicémique ou pulmonaire, la peste progressa à une vitesse foudroyante avec un taux de mortalité effrayant. Vingt-quatre à quarante-huit heures suffisaient pour passer de vie à trépas, et les rues des villes et villages étaient jonchées de cadavres dévorés par les rats.

Pour lutter contre un tel fléau, outre la prière et la pénitence, on recommande alors de brûler les vêtements où se logent de préférence les puces. Mais, surtout, on fait appel aux épices et aux aromates. On conseille de se laver avec de l'eau-de-vie mêlée de girofle, de sel et de poudre d'iris, avec des vinaigres aromatiques, de respirer des préparations à base d'épices, d'encens et d'aromates, de brûler des parfums dans des cassolettes afin de purifier l'air de ses « miasmes ».

Mais ces méthodes ne donnent pas toujours les résultats escomptés. En ce milieu du XIVe siècle, l'hécatombe est si grande que le désarroi gagne les consciences et que chacun réagit par instinct de survie avec tous les moyens à sa disposition. Or, les fumigations et la destruction des biens des pestiférés – meubles, vêtements, etc. – paraissent dérisoires devant l'avancée du fléau. Bien souvent, hommes et femmes cèdent à la panique, se suicident ou s'enterrent vivants. Certaines mères en viennent même à sacrifier leurs enfants pour leur éviter des souffrances inutiles. Quant aux détrousseurs de cadavres, ils sont légion. Autant que les prêtres qui, saisis d'effroi, abandonnent les mourants sans avoir recueilli leur confession.

La peste noire fera des ravages dont le souvenir s'inscrira pour longtemps dans la mémoire collective.

Lors de la dernière grande peste européenne qui toucha Marseille en 1720, on utilisa toutefois les épices pour se défendre à nouveau contre le mal. Et c'est une préparation à base d'aromates et d'épices, le « vinaigre des quatre voleurs », qui, assure-t-on, permit à ceux qui étaient chargés de ramasser les cadavres dans les rues d'échapper à la contagion.

Paradoxalement, les malheurs du temps ne provoquèrent aucune désaffection envers ces si précieux condiments.

Leur cherté était toujours d'actualité après le passage du fléau. En 1385, un maître maçon d'Anvers gagnait ainsi onze gros de Flandre pour une journée de travail en été. Mais une livre de safran en coûtait 144, soit treize fois son salaire journalier !

Une ville, surtout, profita de ce commerce lucratif : Venise. Dès le XIe siècle, la cité des Doges devint rapidement la plaque tournante du négoce des épices au Moyen Age.

Puisque celles-ci étaient acheminées par les marchands arabes dans les ports d'Alexandrie, de Chypre ou de Constantinople, les Vénitiens et quelques autres républiques italiennes décidèrent d'aller s'y approvisionner en poivre, cannelle, safran, gingembre et autres marchandises. Mais, à ce jeu, Venise fut incontestablement la plus habile. Sans la moindre pitié pour ses concurrentes, elle parvint à obtenir de Byzance d'importants avantages douaniers sur tout le territoire de l'empire.

Cette politique qui associait diplomatie et commerce porta ses fruits les plus juteux lors des croisades. Assurant l'acheminement des troupes de croisés sur leurs lourdes nefs, celles-ci revenaient à bon port chargées de quantités d'épices qui allaient rapporter aux Vénitiens des monceaux d'or et leur permettre de développer un empire maritime. S'ils laissaient le soin aux Arabes d'aller chercher leur précieuse marchandise jusqu'aux confins de l'Inde et de la Chine, eux-mêmes s'assuraient peu à peu le monopole de leur commerce en Méditerranée, luttant pied à pied contre ces autres grands prédateurs qu'étaient les Génois.

Cette suprématie vénitienne allait durer jusqu'au XVe siècle. Mais, de même que celui des Arabes, leur monopole allait subir ensuite un coup d'arrêt définitif.

Voici venu, en effet, le temps des grandes découvertes. Et avec lui celui de nouvelles routes maritimes. Car ce n'est pas seulement de l'or que cherchent les Européens, mais également une nouvelle route qui les mènerait jusqu'aux épices de l'Orient.

De nouveaux acteurs entrent en scène : les Portugais. Dès le début du XVe siècle, sous l'impulsion du prince Henri le Navigateur, marins et géographes ont reconnu les côtes africaines, Madère, les Açores, puis le golfe de Guinée. En 1487, Bartolomé Diaz franchit même le cap de Bonne-Espérance et ouvre la route africaine vers les Indes. Leur mission, édictée par Henri : « Chercher des épices, faire des chrétiens. »

Un homme a choisi un autre chemin : Christophe Colomb. Génois au service du roi Ferdinand d'Aragon, il a décidé de faire voile vers l'ouest, espérant ainsi parvenir en Inde. Le 3 août 1492, il s'embarque donc à la poursuite de son rêve. Mais ce n'est ni l'Inde ni l'Asie que va atteindre Colomb. En octobre, il débarque à Cuba, puis Haïti.

Pourtant, sa certitude d'avoir touché l'Inde est entière. Et c'est auréolé de cette découverte qu'il va revenir en Espagne, les cales de ses navires chargées d'épices nouvelles, notamment de piments des Antilles. Deux voyages supplémentaires en 1498 et 1502 le confirmeront dans cette hypothèse d'avoir atteint par l'ouest les « Indes occidentales ».

Mais cette nouvelle route que les Espagnols cherchent à l'ouest, ce sont les Portugais qui vont la découvrir à l'est. En 1497, un jeune capitaine de vingt-huit ans, Vasco de Gama, double le cap de Bonne-Espérance et, après avoir remonté la côte orientale de l'Afrique, atteint Calicut, sur la côte de Malabar.

Cette fois, le monopole des marchands arabes semblait bien compromis.

Vasco de Gama rapportera des épices de Calicut, puis repartira en 1502. Mais d'autres aventuriers portugais avaient pris la mer entre-temps, et tous se retrouvèrent sur place pour livrer la même course aux précieux condiments.

Des dizaines de navires portugais sillonnèrent bientôt l'océan Indien. Le temps était précieux. Si l'on voulait que s'effondre le monopole arabe du commerce des épices, compter sur la diplomatie était un mauvais calcul. La force était mieux appropriée. Et les Portugais ne s'en privèrent pas !

Ni Vasco de Gama, ni João de Nova, ni Alfonso de Albuquerque ne s'embarrasseront donc de scrupules. Couper les mains, les pieds ou les têtes des indigènes récalcitrants, puis les expédier au raja de Calicut, faisait partie de l'ordinaire. De même que découper des commerçants rétifs et les lui envoyer en lui conseillant de les accommoder au curry, ou d'incendier des navires de retour de La Mecque et d'en pendre haut et court tous leurs pèlerins !...

C'était le prix à payer pour édifier un empire qui allait prendre le contrôle du commerce des épices en

Orient, détrôner les Arabes, abaisser les puissances vénitienne et génoise et développer son négoce en Europe du Nord. Au XVIe siècle, le prix du poivre était ainsi de cinq fois inférieur à Lisbonne par rapport à Venise !

Cette suprématie, Charles Quint, irrité que le Portugal puisse dominer l'Espagne, va essayer de la briser. Comment ? En acceptant le projet fou de Magellan de rejoindre les Moluques par l'ouest en contournant l'Amérique.

L'expédition tournera au désastre. Bien qu'ayant atteint les Philippines après une traversée épouvantable, Magellan y mourra, frappé au front par le javelot empoisonné d'un indigène. Un seul des cinq navires présents au départ de l'expédition reviendra en Espagne, et sur 270 hommes d'équipage, 18 seulement auront survécu au froid, à la faim, aux tempêtes, au scorbut, au typhus et à la typhoïde.

Maigre consolation : Magellan avait découvert et baptisé « l'océan Pacifique » et les cales de son navire rescapé étaient chargées de girofliers !...

Lisbonne, après cette tentative malheureuse, restera cependant maîtresse du commerce des épices. Désormais, c'est vers elle que se tournent les regards, qu'affluent aussi les marchands en quête de poivre des Indes, de gingembre de Chine, de clous de girofle ou de muscade.

L'obsession hégémonique qui tiraille alors les entrailles de l'Occident pousse cependant les pays européens à s'affronter. A la fin du XVIe siècle, la puissance maritime du Portugal déclinant, c'est la Hollande qui lorgne sur les profits fabuleux qu'elle imagine pouvoir retirer du commerce des épices.

Depuis le XIVe siècle, en effet, les navires hollandais rapportent vers l'Europe de l'Ouest des céréales et du bois en provenance des pays Baltes. Puis, au retour, ils assurent le transport des épices rapportées des Indes par les Portugais.

Or, en 1579, le roi d'Espagne Philippe II décide de punir la Hollande qui, après avoir été annexée sept ans plus tôt, a décidé de proclamer son indépendance. En guise de représailles, il interdit à ses sujets, espagnols ou portugais, de faire le moindre commerce avec les Hollandais.

Cette interdiction, en réalité, va être une opportunité pour les Pays-Bas. Elle les obligera à aller s'approvisionner directement en épices sans passer par le truchement des Portugais.

En 1602 est donc fondée la Compagnie hollandaise des Indes orientales, association née de la fusion de plusieurs compagnies de commerce. Ses privilèges sont des plus étendus : droit exclusif de navigation sur les mers situées à l'est du cap de Bonne-Espérance comme à l'ouest du détroit de Magellan, droit de guerre et de paix, autorisation de saisir et confisquer des navires étrangers, droit de construire des forts, de battre monnaie... Mais, surtout, la Compagnie des Indes dispose d'un capital de six millions de florins auxquels ont souscrit les six villes les plus importantes du pays, ainsi que de nombreux particuliers enthousiasmés à l'idée d'en retirer de juteux bénéfices.

Bien avant la France de la Régence, la Hollande découvre donc la société par actions.

Contrairement aux Portugais qui avaient agi uniquement par la force, les Hollandais se montrent à la fois plus pragmatiques et plus habiles. Loin de se disperser, ils choisissent de se concentrer sur des objectifs plus limités. D'abord en jetant leur dévolu sur les îles Moluques et leur muscade, puis en s'emparant successivement de Malacca, des Célèbes, de Ceylan, et de la côte de Malabar.

Bientôt, Amsterdam est devenue la nouvelle capitale du négoce des épices. A partir de Batavia (actuelle Jakarta) où elles sont entreposées, toutes les épices de l'océan Indien partent vers l'Europe, escortées par des navires de guerre puissamment armés. Mais pas question pour les Hollandais de se laisser détrôner à la manière des Portugais ou des Vénitiens. Et pour cela, ils vont rationaliser la production.

« Contrairement à Venise, Londres et Lisbonne qui ne s'étaient attachées qu'au négoce, écrit la spécialiste Brigitte Bourny-Romagné, ignorant totalement les lieux de production et tout ce qui avait trait à la culture, les Hollandais mirent en place une stratégie plus conforme à l'esprit moderne. Comprenant que la clé de l'hégémonie résidait dans les sources d'approvisionnement, ils inaugurèrent une culture rationnelle des épices ainsi qu'une sélection sévère des produits, n'hésitant pas à détruire les excédents afin de réguler prix et approvisionnement. Au contrôle de la chaîne lieu de production-transport-lieu de consommation s'ajoute une maîtrise des coûts draconienne. On utilisait une main-d'œuvre bon marché et résistante aux climats chauds et humides : les esclaves [1]. »

Les populations locales font évidemment les frais de cette politique. Car, lorsqu'elles ne sont pas réduites en esclavage, elles sont massacrées, déportées, converties de force au protestantisme. Des villages entiers sont rasés. Plutôt que de voir les prix du marché s'effondrer ou des concurrents rivaliser avec eux, les Hollandais stockent, limitent les cultures de

1. Brigitte Bourny-Romagné, *Des épices aux parfums* (Aubanel, 2006).

cannelle, de girofle et de muscade ou détruisent tout simplement les plantations. Ils créent des « fermes d'épices » placées sous la direction d'anciens soldats sans scrupules, gardées par des « vigiles » et où tout vol de graines ou de boutures est immédiatement puni de mort.

Durant tout le XVIIe siècle, les Pays-Bas établissent ainsi un monopole qui, faisant fi des hommes comme de l'environnement, s'inscrit très nettement dans une forme de capitalisme sauvage.

On assiste alors à une guerre économique pour le commerce des épices, une guerre à laquelle prennent part l'Espagne, l'Angleterre et le Portugal. Anglais et Hollandais s'affrontent dans l'océan Indien et le Sud-Est asiatique pour le contrôle des zones de production et des routes maritimes. Mais, incontestablement, c'est la Hollande qui domine. Même l'Espagne, qui lui avait interdit l'accès à ses ports, ne peut longtemps se tenir à l'écart d'un pays qui, outre le négoce des épices, contrôle la quasi-totalité du marché des céréales et des vins de Bordeaux.

On s'étonnera sans doute de ne pas voir la France figurer au rang des puissances concurrentes. Ouverte sur la mer, elle ne peut alors rivaliser sur le plan maritime. Au XVIIe siècle, l'état de sa marine est déplorable. Longtemps au carrefour du commerce terrestre, la France, peut-être trop terrienne, n'a pas cru devoir s'adapter. Aussi a-t-elle pris un retard considérable sur ses voisins. Certes, en 1664, Colbert a bien créé la « Compagnie des Indes orientales » établie à Lorient, mais le succès n'a pas été au rendez-vous. Au début du XVIIIe siècle, elle s'est même vue contrainte de céder ses privilèges à des armateurs privés en leur permettant de négocier avec n'importe quel pays, à l'exception de la Chine. Ce sont eux que l'on va appeler les « messieurs de Saint-Malo ». Ils construiront des fortunes !

L'expérience de la nouvelle « Compagnie perpétuelle des Indes » sous la Régence est également un désastre, et il faut attendre 1740 pour que la Compagnie retrouve une relative prospérité.

Grâce à un homme notamment, un homme au nom prédestiné : Pierre Poivre (1719-1786). Bien que les Hollandais veillent jalousement sur leur monopole des îles Moluques où ils récoltent muscade et girofle, ce botaniste parvient à leur dérober des plants de poivrier, de muscadier et de giroflier et à les acclimater sur le sol des îles Maurice et de la Réunion.

Poivre était un passionné et un homme plutôt tenace. Comme en témoigne cette lettre de l'intendant de l'île Maurice à qui il avait confié son jardin après l'avoir revendu, florissant, au roi Louis XV : « D'après vous, Monsieur Poivre, gémissait-il, le premier et le principal devoir de l'île de France serait de se préoccuper de vos précieux arbres à épices. Mais, j'ai d'autres soucis plus importants. Avant de partir, vous m'avez entretenu pendant des jours entiers de girofles et de muscades, cela ne vous suffit pas, et maintenant vous revenez constamment sur ce sujet. Permettez-moi de vous dire franchement que j'en ai tout mon soûl des arbres à épices et que je considère que vous exagérez l'importance de vos cultures chéries au point de vue commercial. »

L'intendant Maillard-Dumesle exagérait à peine. La passion des épices est alors en nette régression. La multiplication des zones de culture a entraîné une chute des prix sur les marchés européens. Mais surtout les goûts ont changé. Si poivre, girofle et muscade sont encore appréciés à leur juste valeur, cardamome et safran sont délaissés, tandis que la cannelle et le gingembre ne sont plus utilisés que dans les pâtisseries.

Désormais, les cuisiniers leur préfèrent des herbes aromatiques « locales » : thym, laurier, basilic, ciboulette, cerfeuil ou estragon. On utilise également davantage de truffes et de champignons dans les ragoûts et les farces, de câpres et d'anchois. Sel et sucre, très souvent mélangés jusque-là, acquièrent leur autonomie, le sucre étant réservé aux desserts.

Si la vanille, rapportée par Hernan Cortès du Mexique, connaît également la faveur des pâtissiers, il n'en va pas de même des piments, toujours boudés par la plupart des Européens. Il est vrai que la réputation de férocité des Aztèques y est pour beaucoup. En leur temps, les conquistadores avaient compris que les Indiens en parfumaient leur chocolat, mais qu'ils s'en servaient aussi pour empoisonner leurs flèches ou torturer leurs ennemis. Leurs descendants devaient s'en souvenir, car jamais ils n'apprécièrent la saveur du piment qui ne fut d'ailleurs cultivé qu'au Pays basque, dans la région d'Espelette.

A voir les Européens courir de par le monde à la poursuite de ces précieuses épices, on en oublierait presque que le vieux continent en produisait aussi. Le genièvre, le carvi, la coriandre ou le cumin en faisaient partie. Mais aussi la moutarde qu'on fabriqua au Moyen Age en mélangeant ces graines de sénevé dont parle la Bible avec du moût de raisin. D'où le nom de moutarde auquel on a prêté différentes origines, et qui pourrait provenir tout simplement du latin *mustum ardens*, francisé en « moût ardent ».

L'usage de la moutarde se répandit à travers toute l'Europe, et séduisait les plus grands. Louis XI ne sortait jamais sans son pot de moutarde. Le pape Clément VII éprouvait pour elle une véritable passion. Quant au pape Jean XXII, il en consommait si régulièrement que lui vint l'idée d'avoir auprès de lui un « premier moutardier ». Pour accomplir cette tâche, il choisit son neveu qu'il aimait tendrement, mais qui se signalait surtout par une incompétence rare. Aussi l'expression « moutardier du pape » allait-elle bientôt passer dans le langage courant pour désigner ironiquement un homme d'une vanité grotesque.

Une autre épice, venue d'Orient mais cultivée en Europe, devait connaître elle aussi une fortune considérable : le safran, réputé pour exciter la joie, raffermir les viscères et reposer le foie. On raconte même que, en 327 av. J.-C., se réveillant au beau milieu d'un champ de safran en plein Cachemire, Alexandre le Grand y aurait vu un présage et qu'il aurait décidé alors de ne pas pousser plus loin sa conquête. En vertu de quels signes ? Nous ne le saurons sans doute jamais.

Toujours est-il que le safran est aujourd'hui encore l'une des épices les plus prisées, mais aussi les plus chères. Le safran provient d'une fleur pourtant banale, une variété de crocus auquel on donna le nom arabe de *asfar,* d'où le nom de safran.

On comprend mieux son prix et sa rareté lorsqu'on sait qu'il faut environ 150 000 fleurs pour obtenir un kilo de matière sèche !

Amères, douces, rafraîchissantes, âcres ou piquantes, les épices venues d'Orient ont de toute façon perdu le monopole des saveurs au début du XVIIIe siècle. En 1739, François Marin, maître d'hôtel du prince de Condé, va même plus loin en affirmant que « l'excès d'épices dans l'assaisonnement est l'écueil des médiocres ».

Voltaire, pourtant, se plaint qu'on en utilise encore beaucoup trop. « J'avoue que mon estomac ne s'accommode point de la nouvelle cuisine, écrit-il. Je ne puis souffrir un ris de veau qui nage dans une sauce salée. Je ne puis manger d'un hachis composé de dinde, de lièvre et de lapin qu'on veut me faire prendre pour une seule viande ; je n'aime ni le pigeon à la crapaudine, ni le pain qui n'a pas de croûte. Quant aux cuisiniers, je ne saurais supporter l'essence de jambon, ni l'excès des morilles, des champignons, du poivre et de la muscade avec lesquels ils déguisent des mets très sains par eux-mêmes. »

Cette cuisine nouvelle sonne malgré tout le glas de la vogue des épices. Au XIXe siècle, leur consommation diminue très nettement. La découverte de leurs constituants chimiques et l'élaboration de produits de synthèse à des prix plus abordables changent la donne.

Les épices conservent pourtant la faveur de certains gastronomes. Grâce à Félix Potin ou Auguste Fauchon, les Français les découvrent alors en flacons, en sachets ou en boîtes alors qu'elles étaient vendues jusque-là au détail.

Comment ne pas déplorer toutefois que les épices aient été depuis évincées au profit des seuls sel et sucre ? Certes, de grands cuisiniers redécouvrent aujourd'hui les saveurs oubliées de la cardamome, du gingembre, de la coriandre ou de la badiane (l'anis étoilé), mais le temps où des empires édifiaient grâce à elles des fortunes et se battaient pour leur commerce est bien révolu.

2

À table !

« Passer à table » n'a pas toujours signifié ce que nous entendons aujourd'hui par cette expression.

D'ailleurs, la table à laquelle nous nous asseyons chaque jour n'existait pas il y a deux mille ans.

Nos ancêtres les plus directs, en effet, Grecs et Romains, mangeaient volontiers couchés. Du moins lors de leurs banquets.

Au siècle de Périclès en effet (ve siècle av. J.-C.), tous ceux qui sont conviés à un festin, peuvent ainsi s'étendre sur des lits à deux places. Devant ces lits sont dressées de petites tables recevant les plats. Après s'être fait laver les pieds par des esclaves, puis les mains avec de l'eau parfumée, les hommes – car les femmes ne participent guère qu'à la préparation du repas – pourront alors goûter aux différents mets qu'apporteront les servantes et dont la dégustation sera agrémentée par des spectacles de danse.

Sur ces petites tables, pas d'assiettes mais des galettes plates – les *maza*. Pas de fourchettes, mais des couteaux pour la viande, des cuillers pour les purées et des écuelles de bois ou de métal.

Dès lors, on peut manger – au besoin avec ses doigts ! – une cuisine préparée à l'huile d'olive et aux épices, et qui fleure bon la Méditerranée.

Si la viande est chère, à l'exception du porc, le poisson abonde. On en trouve en quantité sur ces tables grecques : l'anguille, le thon, le congre, la perche, la sardine, l'anchois, les calmars, des coquillages, le tout à profusion. Au point que le terme *opson*, désignant à l'origine n'importe quel aliment solide, finira par signifier exclusivement le « poisson ».

Le tout est accompagné de légumes : pois, fèves, lentilles, raves et chou. Puis viennent les fromages de chèvre et, en dessert, de consistantes pâtisseries au miel, du raisin ou des noix. Certains gâteaux sont même préparés spécialement. Ils revêtent la forme de seins ou de sexes féminins. Offerts aux déesses Déméter et Proserpine, ils symbolisent alors la fécondité.

Ces libations, les Grecs les accompagnent d'hydromel, de lait de chèvre ou de vin coupé d'eau. Mais, en fin de repas, les vins se font plus capiteux. Aromatisés de thym, de miel et de cannelle, conservés dans des outres en peau ou dans des amphores, ils sont préparés et mélangés au dernier moment dans des vases appelés *dinos*.

A la fin du repas, les derniers arrivants pourront encore déguster des coquillages, des fromages et des gâteaux, des fruits et des beignets.

On est loin ici du « brouet spartiate » !... Ou des bouillies de céréales servies dans l'armée romaine...

Qui n'a conservé en mémoire, en effet, les noms d'Apicius, qui écrivit le premier traité de cuisine connu, d'Aristoxène, qui arrosait ses laitues avec du vin, de Sardanapale, qui offrit jusqu'à 1 000 pièces d'or à celui qui lui proposerait un plat nouveau de son invention, du célèbre Lucullus, de Lucius qui donna des banquets où étaient servis jusqu'à 2 000 plats de poisson et 7 000 pièces de gibier, ou encore de Caligula dont le plaisir souverain consistait à croquer des perles !

L'image des orgies romaines s'est d'ailleurs imposée dans les esprits. Image fausse. En réalité, Grecs et Romains, en temps ordinaire, se montrent plutôt frugaux. Chez les Romains, il n'y a guère qu'en fin d'après-midi, après le bain, que l'on se nourrit de façon plus substantielle.

Lors des banquets, en revanche – ce ne sont pas nécessairement des orgies au sens moderne du mot ! –, la nourriture est plus copieuse. Pas moins de sept services en moyenne. Des coquillages en hors-d'œuvre – huîtres, palourdes, oursins –, à quoi succèdent des tétines de truie ou des becfigues rôtis en entrée, puis plusieurs plats de viande – poulets, canards, sangliers, chevreuils – et enfin, comme chez les Grecs, de lourdes pâtisseries très sucrées.

Chaque plat est accompagné de petits pains chauds et de vins généralement coupés d'eau.

Ces banquets peuvent durer jusqu'à huit heures. Aussi la station allongée autour d'une table carrée, confortablement étendu sur des lits garnis de coussins – les *tricliniums* –, ne paraît pas avoir été superflue.

D'autant que la cuisine romaine se montrera de plus en plus inventive, voire même d'un raffinement exagéré. La liste des plats servis lors de certaines libations ressemble en effet au défilé d'un zoo : pâtés de langues d'oiseaux, talons de chameaux, tête de perroquet, trompe d'éléphant, matrice de truie...

Heureusement, les mets n'étaient pas toujours aussi exotiques. Dans son *Histoire à table*, l'historien André Castelot rapporte une recette attribuée au chevalier Mattius, un ami proche d'Auguste : *le minutal*, une sorte de ragoût qui enchanta le palais de ses contemporains. « Dans une marmite en terre, on fait chauffer, sur un fond d'huile et de garum [1], des poireaux et du coriandre, des petites saucisses, de la palette de porc découpée en morceaux et déjà cuite. A mi-cuisson, on jette des parts de mattianes [2] épépinées. D'autre part, on broie du poivre, du cumin, du coriandre vert, de la menthe, de la racine de silphium ; on mouille au vinaigre, au miel, au garum et au vin cuit. On lie à la pâte, on poivre encore et on sert [3]. »

Ces mets exotiques auraient-ils plu à nos ancêtres gaulois ?

Probablement pas ! Car face aux Grecs et aux Romains, ils semblent faire bien piètre figure les contemporains de Vercingétorix. La plupart du temps, ils mangent assis par terre ou sur des bottes de foin, formant demi-cercle autour de leur hôte ou du convive le plus puissant. Ils mangent avec les doigts, de la viande surtout – rôtie ou bouillie, et fortement assaisonnée. Car les Gaulois ignorent l'usage de la cuiller ou de la fourchette. Ils boivent de la bière d'orge ou des vins importés de Grèce et d'Italie. Ils boivent même énormément, parfois jusqu'au point où l'ivresse des convives dégénère en rixes sanglantes.

Heureusement, Rome civilisera quelque peu ces usages. Sans aller jusqu'à s'étendre sur des lits, les Gallo-Romains adoptent l'usage de fauteuils en osier ou de tabourets pour leurs repas. Ils s'assoient sur

1. Condiment utilisé à Rome et composé de poisson fermenté dans une grande quantité de sel, afin d'éviter tout pourrissement.
2. Variété de pommes.
3. André Castelot : *L'Histoire à table* (1973).

des bancs. Dans la salle à manger des plus riches, on trouve même des tables recouvertes de nappes, de la céramique, des écuelles, des assiettes, des bols, des cuillers, de la verrerie multicolore.

Pour ce qui est de la nourriture, en revanche, elle n'a guère varié. Elle est toujours aussi nourrissante : du porc, du gibier, des viandes grasses et lourdes, faisandées ou fortement ensaucées. Seuls les poissons et les fruits de mer ont été introduits par Rome. Saumon, brochet, alose et huîtres font les délices de nos aïeux.

Et puis... Et puis, au côté de la fameuse cervoise, apparaît également le petit vin gaulois ! Le vin de Béziers, blanc ou rouge, celui du Bordelais, le vin des Eduens en Bourgogne, du Vivarais ou de la Moselle.

Ces modes alimentaires se perpétueront d'ailleurs sous les Mérovingiens et les Carolingiens. On y ajoutera des confitures, des pâtés, des tourtes et du pain, cuit à domicile sous forme de grosses boules rondes.

Toujours pas d'assiette individuelle, en revanche, chez nos Gaulois. Cuillers, couteaux et longues fourchettes servent à découper et servir la viande. De même, la serviette n'est là que pour emporter les reliefs du repas.

A mesure que la Gaule se romanise, les manières sont un peu plus raffinées, mais on trouve toujours sur les tables d'abondantes charcuteries – les plus appréciées en provenance d'Alsace ou de Franche-Comté –, des oies et toutes sortes de gibiers.

La table !...

Charlemagne, lui, aime à s'en faire dresser une des plus somptueuses lors de ses festins. S'y assoient onze pairs, y servent cent bouteillers, y distribuent les denrées plus de cent « dépensiers ». Le luxe qui l'entoure est prodigieux. Assis sur un banc sur lequel on a installé de confortables coussins, il dispose de vaisselle d'or et d'argent, de tapis précieux, de vases incrustés de pierreries.

Pourtant, l'empereur « à la barbe fleurie » déjeune seul, servi par ses pairs qui attendront leur tour de festoyer. On sert des salades, mais surtout de la viande sur du pain à profusion, puis des montagnes de fruits et de pâtisseries. Charlemagne, comme ses convives, mange avec ses doigts et son propre couteau. On boit sec, on porte des toasts qu'on appelle alors des « santés ». Et quelles « santés » ! S'il faut en croire des témoins, leur résultat est une ivresse générale plus fréquente que de raison. Au point que l'empereur lui-même devra y mettre bon ordre.

Un ogre, Charlemagne ?... Il semble que non. Les chroniqueurs nous disent qu'il préfère les légumes à la viande, qu'il mange et boit sobrement. En revanche, il apprécie la « laitue pommée et les jeunes femmes »...

Son potager, dont nous connaissons la composition, tendrait d'ailleurs à le prouver. On y trouve beaucoup de salades – laitue, cresson, chicorée, roquette –, des courges, des choux, des pois, des haricots, des radis, des poireaux, des concombres – venus des lointaines contrées de l'Himalaya –, ainsi que des herbes et plantes aromatiques telles que la menthe, la sauge, le persil, la ciboulette, ou le cerfeuil.

Les arbres fruitiers ne sont pas non plus oubliés : pommiers, poiriers, cerisiers, pruniers, noisetiers, amandiers, figuiers, mûriers, etc.

Voir dans nos ancêtres – même riches – des « Gargantua » de village affamés de viandes juteuses paraît donc bien exagéré. Les plus humbles, dans l'Antiquité comme dans le haut Moyen Age, se contentaient d'ailleurs le plus souvent de céréales préparées sous forme de galettes et de bouillies. Mais fruits et légumes étaient consommés eux aussi en quantité suffisante pour que l'on ne risque pas de véritable déséquilibre alimentaire.

Le Moyen Age!...

Si éloigné de nous soit-il, n'est-ce pas là que commence réellement la gastronomie occidentale?

Indice capital : les cuisines s'agrandissent.

« Reprenant le dispositif primitif du foyer central, dit foyer chauffant au large, dont la fumée s'échappe par une simple ouverture aménagée dans la toiture, les premières grandes cuisines médiévales s'organisent elles aussi autour d'un conduit pratiqué dans la voûte et destiné à évacuer aussi la chaleur et la buée [1]. »

Situées à proximité du logis ou reliées à lui, bâties sur un plan carré, octogonal ou circulaire, elles sont parfois munies de deux conduits d'évacuation lorsqu'il s'agit d'une communauté laïque ou monastique importante.

Au côté des cheminées monumentales, on trouve également le four à pain, des fourneaux dans lesquels on entrepose des braises pour tenir marmites et poêlons à la chaleur.

Pour s'activer dans ces vastes cuisines, tout un peuple de domestiques sur lequel règne le maître queux, sorte de « gardien du sérail » à l'autorité incontestée.

1. Jacqueline Queneau, *La Grande Histoire des arts de la table* (Aubanel, 2006). Un ouvrage magnifique et très complet sur le sujet.

Il faut l'imaginer, lors des dîners d'apparat, veillant à tout et communiquant à tous une sorte de fièvre obsidionale due à la peur de la moindre erreur de détail, du moindre retard de service. Secondé par un rôtisseur, il est entouré de marmitons, de souffleurs – qui entretiennent le feu –, de valets de cuisine affectés chacun à une spécialité – poissonniers, sauciers – et d'une horde d'adolescents ou même d'enfants qui effectuent les besognes les plus humbles : éplucher les légumes, vider les poissons, plumer les volailles, laver et balayer le sol lorsqu'il devient trop crasseux.

Ces cuisines, qui sont de véritables ruches, le seigneur n'y viendra pourtant que rarement. Selon la fortune, on déjeune ou on dîne dans l'antichambre, la chambre, les jardins, ou la salle des gardes. Comme seules les salles d'apparat sont carrelées, il faut s'accommoder ailleurs d'un sol de terre battue sur lequel on jette de la paille, des joncs ou du foin en été. Parfois même, on y mêle des fleurs et des herbes censées éloigner les épidémies ou les « putréfactions de l'air ». Selon la richesse aussi, les murs sont décorés de tentures ou de branchages.

Lors des grandes réceptions, rien n'est négligé pour mettre les convives en appétit.

L'heure du festin a maintenant sonné. Et elle sonne rudement d'ailleurs ! Car c'est au son du cor que l'on passe à table. Les invités sont alors priés de se laver les mains. C'est ce qu'on appelle « corner l'eau ». Mélangée à des plantes aromatiques – sauge, marjolaine –, celle-ci servira à se rincer les doigts, puis la bouche en fin de repas.

La table est déjà dressée. Mais cette table n'est faite que d'un assemblage de planches jetées sur des tréteaux. Même les bancs sont mobiles. Les seules tables fixes appartiennent à de grands seigneurs. On y adjoint un banc surmonté d'un dais, ou un fauteuil pour le maître de maison. Les convives qu'il tient à honorer s'assoient auprès de lui, le dos à la cheminée. Ils tiennent alors ce qu'on nomme le haut bout.

Dans un repas strictement familial, ce sont la femme et les enfants du chef de famille qui occupent ces places d'honneur. Ensuite viennent les autres invités, qui, par ordre d'importance, s'installent tout au long de la table mais sur un seul côté, laissant ainsi toute liberté au service. Leurs femmes, en revanche, sont souvent reléguées au bas bout. Lorsque l'assistance est trop nombreuse, les moins chanceux doivent même s'asseoir à d'autres tables, sur des coffres ou des bottes de paille.

La table d'honneur, enfin, est recouverte d'une épaisse nappe doublée d'une seconde. Puis, une longue bande de tissu – la longière – est disposée du côté des dîneurs, longière sur laquelle ces derniers pourront essuyer mains et bouches tout au long du repas.

La serviette, en effet, n'existe pas encore, elle n'apparaîtra qu'au XVe siècle. De même, l'usage de la cuiller ne se généralisera qu'au XIVe. La fourchette est absente. Le couteau – personnel – sert uniquement à découper les viandes. On mange le plus souvent avec ses doigts, les trois premiers de la main droite. Des doigts qu'il est permis ensuite de sucer, puis d'essuyer sur la longière.

On mange sur des tailloirs. Sur ces plaques en bois, en terre, ou en étain, on ajoute un tranchoir, c'est-à-dire une tranche de pain rassis sur laquellle seront posées les viandes. Imbibée de jus, elle sera ramassée en fin de repas et donnée aux pauvres.

Mais, au vrai, que mangeait-on lors de ces festins ? D'abord, les aliments devaient suivre le rythme des saisons. Des aliments auxquels la médecine de l'époque, à l'instar d'Hippocrate, attribuait des qualités : chaud, froid, sec, humide. La chair de bœuf était ainsi jugée froide et pouvant susciter la mélancolie. On la mangeait donc bouillie, tandis que la chair de porc était plutôt grillée.

Epices, herbes aromatiques, huile, beurre et sel, n'échappent pas à cette classification. On use pourtant des premières sans mesure, autant qu'on use des derniers en petite quantité.

L'ordre des plats, lui, se « rationalise ».

Une fois le *benedicite* récité, on sert « l'assiette de table », l'ancêtre de notre apéritif. Mais, cet « apéritif » là est déjà un repas à lui seul. Outre un verre de grenache ou d'hypocras – un vin parfumé avec de la cannelle, de la muscade, du gingembre, et des épices – on mange de petits pâtés, du boudin, des saucisses, des figues, des pommes rôties ou alors des fruits.

Ensuite seulement vient le moment de passer à table. Les mets alors se suivent, si nombreux chez les plus fortunés qu'on en demeure pantois. Plus le rang social de l'hôte est élevé, et plus il se doit d'éblouir ses convives par la variété, l'abondance et l'originalité de ses plats. Chaque plat arrive sur la table recouvert d'un autre retourné afin de demeurer chaud le plus longtemps possible. Ce sont, au premier service, des potages divers mais aussi des pâtés, des quiches à base de poisson, des civets d'huître. Ensuite viennent les poissons de mer et d'eau douce : soles, rougets, congres, turbots, saumons, brochets, carpes ou brèmes. Puis, les rôts, de viande comme de poisson : maquereaux, marsouins, aloses, brèmes, queues de sanglier, lapereaux. On les accompagne de légumes, de flancs au lait, au fromage ou aux amandes, de bouillies de froment, de lait ou d'œufs. Un troisième service vient parfois compléter le repas, qui ajoute à tout cela des chapons, des poulardes, des perdrix, des lapins, du veau ou du porcelet.

Les viandes tiennent, en effet, le haut du panier. On en fait même une surconsommation, et pas seulement dans les milieux nobles. La volaille, le bœuf, le porc, sont de tous les festins, mais aussi le gibier, les faisans, les cerfs, les chevreuils, les grues, les outardes, les pigeons, et, pour les plus riches, des paons, des cygnes, des cigognes ou des hérons. Le paon n'est-il pas considéré, il est vrai, comme la « nourriture des amants et la viande des preux » selon l'expression de Legrand d'Aussy ?

Les desserts ne sont pas moins variés. Certes, il y a les fruits – figues, dattes, raisins, noisettes –, mais aussi des fromages, des pâtisseries, des gaufres, des supplications – gaufres alvéolées plongées dans du saindoux frit.

C'est enfin le moment de « l'issue ». Du vin d'hypocras et des vins épicés accompagnés d'oublies ou d'autres douceurs sont servis à la fin du repas.

On boit d'ailleurs du vin essentiellement à ce moment-là. Des vins herbés, pimentés, cuits avec du miel et des plantes aromatiques. Ceux de l'Auxois, de l'Aunis, de Beaune, d'Epernay, de Chypre surtout, sont les plus prisés.

Ce qui frappe, sur ces tables médiévales, c'est encore la variété des couleurs. Chaque met doit être agréable à l'œil avant de l'être au palais. Ainsi coloret-on artificiellement ou naturellement la plupart des plats. En rouge, avec une purée de fraises ou de cerises ; en vert grâce au persil, à l'oseille et aux épinards ; en blanc à partir de poulet, d'amandes et de gingembre. On parvient même à en obtenir des roses, des jaunes ou des bleus !

Si l'on n'utilise guère le beurre et l'huile, si l'on épaissit les sauces à base de verjus – extrait de raisin vert – avec du jaune d'œuf ou de la mie de pain, les épices et les condiments, en revanche, sont abondamment utilisés chez les plus riches comme chez les pauvres. Le poivre, notamment, connaît une vogue sans précédent. Mais aussi le gingembre, le safran, le clou de girofle, la coriandre, la cardamome, l'oignon, l'ail, la menthe, le persil, la marjolaine, le fenouil, le romarin. Car jamais sans doute « la cuisine européenne n'a été aussi ouverte aux saveurs de l'ailleurs qu'au Moyen Age [1] ».

Le repas s'achève... Entre-temps, rassasiés, enivrés de parfums exotiques, les convives, lors des fameux « entremets », auront eu le temps d'admirer danseurs, jongleurs, acrobates, montreurs d'ours, musiciens, comédiens ou troubadours venus les distraire et peut-être... leur donner le temps de digérer un peu cette orgie de victuailles !

Mais repus, satisfaits, voici que nos convives, après quelques ablutions et avoir récité les grâces, quittent la salle pour se rendre dans la chambre du maître de maison ou faire quelques pas dans les jardins. Tandis que l'on démonte les tables et que l'on ramasse les tranchoirs pour les distribuer aux plus pauvres, ils auront encore la possibilité de se faire servir quelques friandises appelées « épices de chambre ». Un « en-cas » en quelque sorte puisqu'elles consistent en fruits cuits dans du sucre ou du miel, en nougat à base de pignons, en amandes et pistaches, en dragées

1. Bruno Laurioux, *Manger au Moyen Age* (Hachette, 2002).

ou en pâte de coing censés faire digérer des estomacs alourdis !

Ces festins « pantagruéliques » ne sont pourtant pas monnaie courante, même chez les plus fortunés.

Si la table des nobles peut être riche en victuailles, celle des bourgeois l'est moins, sans toutefois tendre vers la pénurie. Le gibier comme le mouton, le veau ou la viande de bœuf y sont présents. Ragoûts, viandes braisées ou bouillies, petits oiseaux tels que grives, alouettes, rossignols ou passereaux, voisinent avec les potages – gras ou maigres selon la saison et les obligations du carême –, les œufs, le lard, les fruits.

Pour les pauvres, en revanche, l'ordinaire est constitué de quelques volailles, de viande salée ou bouillie, de harengs, de porc, de lait de vache ou de chèvre, et surtout de soupes aux choux, au lard et aux fèves, de légumes secs et de céréales. On en fait, dans les campagnes, une consommation vertigineuse de ces céréales. Sous forme de bouillies, de galettes, mais surtout de pain. A base d'orge, d'épeautre ou de méteil – un mélange de froment et de seigle –, il est cuit sous la cendre lorsqu'il n'existe pas de four aisément accessible. Il est d'ailleurs souvent de qualité médiocre, durcissant très rapidement.

On n'en consomme cependant pas moins de quatre cents grammes par jour en moyenne, parfois même un kilogramme.

Le pain est le symbole même de la vie. Il a une valeur religieuse autant qu'alimentaire. On gagne son pain « à la sueur de son front », mais Jésus est « le pain de vie ». Le Christ est né à Bethléem – « la maison du pain » – et on partage, lors du sacrifice de la messe, le pain azyme, l'hostie consacrée.

Quant au vin, il touche également à cette symbolique. Il est « sang du Christ », l'autre espèce sous laquelle s'effectue la communion. Si l'on consomme encore de la cervoise, une mauvaise bière à base d'orge et d'avoine, si l'on apprécie le cidre en Normandie, en Béarn et au Pays basque, le vin est d'un usage plus noble. Outre l'hypocras, on boit des vins aromatisés avec des épices et du miel, des vins « claret », c'est-à-dire ni blanc ni rouge, du grenache, du gamay et du pinot noir, des vins de Chypre.

Et on en boit beaucoup ! Au Moyen Age, dans les cours comtales, les archevêchés, les monastères, les rations quotidiennes sont rarement inférieures à deux litres par jour et par personne. Pauvres comme riches consomment allègrement. Banquets, fêtes et parties de dés à la taverne sont même une excellente occasion de s'enivrer.

Mais là, nous quittons le terrain de la gastronomie.

Le Moyen Age, en dépit de ses excès, ne s'en est pas moins montré inventif sur le plan culinaire. La Renaissance, elle, ne va pas bouleverser complètement l'art de la table, mais elle va le magnifier !

3

Des doigts à la fourchette

La Renaissance !... Celle de Léonard de Vinci et de Clouet, d'Erasme, de François Ier et d'Henri VIII...

Le vent de liberté qui enfièvre les hommes épris d'humanisme et de rationalisme, de nouveauté et de curiosité, souffle également sur le monde de la gastronomie. Mieux penser, mieux vivre, mieux connaître le vaste monde et, pourquoi pas ?..., mieux manger !

L'influence italienne qui pousse les architectes à ouvrir les forteresses médiévales sur le monde extérieur, à laisser entrer la lumière par des ouvertures plus larges, les incite également à reléguer les cuisines hors du logis ou dans de vastes caves humides et mal aérées. Les odeurs alors incommodent des narines devenues délicates.

Les cuisines autrefois réunies dans une salle unique se divisent également en plusieurs pièces de fonctions différentes. A côté de la salle du château dans laquelle on va dresser la table, on aménage même une pièce servant de dressoir et de réchauffoir pour conserver leur chaleur aux viandes et aux légumes. Même les demeures plus modestes adoptent cette séparation entre la cuisine et le lieu de vie et de travail.

Si la table est toujours dressée sur des tréteaux selon le bon vouloir du maître de maison, elle se compose à présent d'un plateau recouvert d'un tapis de velours, puis d'une épaisse nappe blanche de damas, de soie, ou de lin. La longière a disparu, remplacée par de grandes serviettes individuelles. Sur la table sont posés assiettes, couteaux, salières, boîtes à épices, pain et serviettes. Sans remplacer le gobelet, le verre tend à s'imposer peu à peu dans les maisons les plus riches. Un verre léger et transparent, finement ouvragé, en provenance de Venise mais que l'on commence de produire en France à l'aide d'ouvriers vénitiens et allemands. Pour se protéger des sauces, du vin, ou tout simplement d'un geste maladroit, la serviette se noue autour du cou afin d'épargner d'amples fraises et jabots.

La richesse du linge et de la vaisselle, plus encore qu'au Moyen Age, est alors un indicateur de l'aisance du propriétaire des lieux.

Le mobilier évolue également. Les bancs sont abandonnés au profit de chaises, de pliants et de tabourets. C'est au précieux Henri III, qui avait horreur des odeurs de cuisine, que l'on doit ce changement radical.

Quant au tranchoir, il est peu à peu abandonné au profit de l'assiette. En métal ou en faïence, elle est d'abord d'usage collectif tout comme l'écuelle et la cuiller. Si François Ier s'en fera faire une demi-douzaine en argent à son retour d'Italie, c'est seulement sous Louis XIV qu'elle deviendra individuelle.

Un autre couvert vient prendre place à table : la fourchette. Dotée seulement de deux dents pointues, connue depuis le XIe siècle à Venise, introduite en France par Catherine de Médicis, elle est adoptée par Henri III qui voit là un excellent moyen de ne pas tacher fraises et collerettes. Ses mignons l'adopteront au grand dam de la Cour qui n'y verra que futilité et décadence. Montaigne lui-même refuse de l'employer.

« Je disnerois sans nappe, déclare-t-il, mais à l'allemande, sans serviette blanche, très incommodément... et m'ayde peu de cuiller et de fourchette... Je mords parfois mes doigts de hastivité ! »

En réalité, la plupart des courtisans utilisent la fourchette pour découper leur viande dans l'assiette, mais continuent de manger avec leurs doigts.

Ce raffinement nouveau se vérifie jusque dans l'art culinaire lui-même. Désormais, les repas comportent plusieurs « services » et un ordre relatif. On sert d'abord les fruits – une tendance très actuelle ! –, puis les bouillies, les rôts ou les grillades et l'on termine par les desserts. Rien de très original en soi si ce n'est que la cuisine devient de plus en plus extravagante.

Chaque monarque, chaque seigneur voulant rivaliser de splendeur, les cuisiniers se livrent une compétition acharnée pour inventer des plats nouveaux. La mode est à la surcharge, aux décorations invraisemblables, aux inventions les plus délirantes. Sur les tables, la profusion est de rigueur. Lors des grands festins, on sert des cygnes, des paons et des grues qu'on a préalablement écorchés, puis revêtus de leurs plumes après les avoir fait cuire. Outre les chapons, les faisans, les poulets, les cailles, les oies farcies, on commence de manger de la dinde, un gallinacé ramené du Mexique par les conquistadores.

A la fin du repas, de nouveaux desserts appelés à un grand avenir apparaissent également : petits choux, meringues, crème fouettée, pâte de coing. Mais surtout, surtout... le sucre a remplacé le miel !

Bien qu'elle soit originaire des Indes, les croisés connaissaient l'existence de la canne à sucre en

Egypte, en Palestine et en Syrie où elle était cultivée. Désormais, on l'importe en quantité, notamment des Antilles, et on la raffine – les villes italiennes s'en sont fait une spécialité – avant de la transformer en sucre proprement dit. Il se vend alors en poudre ou en pain. On l'appelle « le sel indien » ou « le miel indien ». L'engouement est tel qu'Olivier de Serres, dans son *Théâtre d'agriculture,* parle du sucre de betterave avec deux siècles d'avance.

Enfin, bien plus encore que le Moyen Age, la Renaissance s'intéresse aux manières de table et aux usages.

En 1536, l'humaniste hollandais Erasme, le célèbre auteur de l'*Eloge de la folie,* publie un ouvrage intitulé *De civitate morum puerilium* (« la civilité puérile »), sorte de guide hygiénique et de la bienséance. Il y recommande ainsi de se soulager discrètement à l'écart avant de passer à table, non sans préciser qu'il est inconvenant de saluer qui est en train d'uriner ou de déféquer ! Bien sûr, après s'être livré à cette activité, on n'oubliera pas de se laver les mains, et même les ongles. On n'oubliera pas non plus de relâcher sa ceinture, de paraître à l'aise mais nullement effronté, et même d'afficher une gaieté de circonstance.

« Si tu t'attables avec des gens de qualité, écrit Erasme, ôte ton chapeau mais veille à être bien peigné. Le verre à boire se place à droite ainsi que le couteau à couper la viande, bien essuyé ; le pain à gauche. Ne plonge pas le premier tes mains dans le plat qu'on vient de servir : on te prendra pour un goinfre et c'est dangereux. Car celui qui fourre, sans y penser, quelque chose de trop chaud dans la bouche, doit le recracher ou se brûler le palais en avalant. C'est d'un paysan que de plonger les doigts dans la sauce [...]. Tremper dans la sauce le pain qu'on a mordu est grossier; de même il est malpropre de ramener du fond de la gorge des aliments à demi mâchés et les remettre sur son assiette. S'il arrive qu'on ait dans la bouche un morceau que l'on ne puisse avaler, on se tourne adroitement et on le rejette [...]. Il est discourtois de lécher ses doigts graisseux ou de les nettoyer à l'aide de sa veste. Il vaut mieux se servir de la nappe ou de la serviette. » Ailleurs, Erasme conteste encore l'habitude de lécher son plat après l'avoir terminé pour en recueillir la sauce ou les sucres, car « c'est agir en chat, non en homme »...

Le Grand Siècle – entendez le XVIIe – va se montrer paradoxalement moins volubile en matière culinaire que la Renaissance.

Chacun sait pourtant – nous en reparlerons – que Louis XIV était doté d'un appétit féroce. Mais sa gourmandise ne l'empêchait nullement de s'intéresser un tant soit peu à la gastronomie. Ne disposait-il pas à Versailles d'un potager qui lui permettait d'obtenir des fruits et des légumes en toutes saisons ou presque ?

Si les cuisines sont toujours installées dans des caves, elles sont disposées de façon à ne jamais incommoder le maître de maison. Elles sont plus éclairées et mieux aérées. Elles sont surtout agencées désormais avec ordre et précision. Un traité de 1674 se fait même fort d'énumérer tous les meubles et ustensiles qu'il est nécessaire de trouver dans une cuisine digne de ce nom. Cela va des tables et du billot de bois destiné à trancher et hacher les viandes à la vaisselle d'argent ou d'étain et aux fontaines à eau, en passant par lardoires, tranchoirs et couteaux divers. Tout y est soigneusement détaillé et répertorié.

Innovation : le maître queux, grâce au fourneau-potager installé à proximité de la cheminée, peut désormais cuisiner debout. Creusé dans un mur et recouvert d'une dalle de pierre, d'une plaque de fonte ou de carreaux de céramique, il permet la cuisson à la braise d'aliments contenus dans des pots ou marmites – tourtières, braisières. Une cuisson plus régulière que celle de la cheminée, car elle permet de moduler la chaleur et de laisser les préparations mijoter à un rythme plus doux. En outre, une grille permet l'évacuation des cendres, qui, une fois récupérées, serviront à la lessive.

A table, la vaisselle aussi a changé. Outre la faïence, on a découvert – venant de Chine – la porcelaine et de nouvelles décorations bleu de cobalt sur fond blanc qui fascinent les Occidentaux. L'assiette est devenue individuelle, doublée à présent d'une assiette-potager, c'est-à-dire d'une assiette creuse.

Autre innovation : on dresse désormais la table avec les couverts. Plus question de partager sa cuiller ou d'amener son couteau, ce sont là des manières de rustre. Cuillers, fourchettes et couteaux sont non seulement individuels, mais préalablement installés sur la table avec un souci d'harmonie et d'équilibre. Les verres remplacent peu à peu les gobelets. Le vin est servi à température de la cave, et l'eau fraîche mais non glacée.

Des usages différents se mettent en place. Les heures des repas évoluent. Si le déjeuner du matin se prend toujours au lever (le mot signifie en réalité le premier repas pris après le jeûne de la nuit), le dîner est à une heure de l'après-midi et non plus à dix heures ; quant au souper, il est servi à huit heures du soir, et non à cinq ou six heures comme à la Renaissance. Plus important encore, la femme – excepté dans les campagnes – commence de jouer un rôle essentiel lors de ces repas. Elle n'est plus un simple élément du décor – si agréable soit-il – mais un convive à part entière.

En rupture avec la Renaissance, la qualité est préférée à la quantité. L'auteur italien Carlo Goldoni le dit d'ailleurs excellemment : « Un dîner réussi ne consiste pas tant dans les victuailles que dans la belle ordonnance de la table : mieux vaut quelques plats heureusement disposés qu'une montagne de plats. » Opinion confirmée par un traité anonyme de 1674 : « Ce n'est pas cet entassement confus de diverses espèces, ces montagnes de rôts [...] qui font l'objet le plus sensible de la délicatesse de notre goût, c'est bien plutôt le choix exquis des viandes, la finesse de leur assaisonnement, la politesse et la propreté de leur service, leur quantité proportionnée au nombre des gens, et enfin l'ordonnance générale des choses... »

Si l'on fait exception de Louis XIV lui-même, la cuisine du Grand Siècle veillera donc à ne pas surcharger les estomacs. A la goinfrerie, on préfère la « science des bons morceaux » dont parle Molière dans *Le Bourgeois gentilhomme*. C'est du moins ce que prétendent les cuisiniers célèbres de cette époque dans leurs traités : Massialot, La Varenne, Pierre de Lune, Nicolas de Bonnefons.

On est cependant en droit d'en douter en consultant certains menus ou en observant les mets arrivant sur les tables. Les viandes bouillies, les ragoûts, les tourtes, les pâtés, les venaisons, tiennent toujours une grande place. On apprécie encore les hérons, les faisans, les faons à la broche, le jambon en tranche, le foie gras, le ris de veau, les foies de chevreuil, la langue de bœuf, de mouton ou de porc, les pieds de cochon, toutes nourritures assez peu diététiques auxquelles bouillons, roux et coulis donnent des saveurs nouvelles.

Pourtant, grâce à M. de La Quintinie, qui veille sur le potager du roi, les laitues, les asperges, les pois frais, les melons, font un triomphe. On mange également davantage de fruits crus : pêches, oranges – très appréciées de Louis XIV –, cerises de Montmorency, prunes de Meudon, figues, poires. Et même la mode des « neiges » impose désormais en fin de repas desserts et crèmes glacés connus depuis longtemps des arabes. Sans oublier celle du thé, du café ou du chocolat auxquels on trouvera, selon son goût, toutes les vertus ou... tous les vices !

La cuisine du Grand Siècle, tout en demeurant « classique », n'est donc pas en mal de nouveautés ni d'inventions. A la différence du Moyen Age, on met un point d'honneur à respecter le goût propre des aliments. « Essayez-vous le plus que vous pourrez, conseille Nicolas de Bonnefons, à faire diversifier et distinguer par le goût et par la forme ce que vous ferez apprêter : qu'un potage de santé soit un bon potage de bourgeois, bien nourri de bonnes viandes bien choisies, et réduit à peu de bouillon, sans hachis, champignons, épiceries, ni autres ingrédients, mais qu'il soit simple, puisqu'il porte le nom de santé ; que celui aux choux sente entièrement le chou ; aux poireaux le poireau ; aux navets le navet, et ainsi des autres [...] et vous verrez que vos maîtres s'en porteront mieux, auront toujours bon appétit et que vous [...] en recevrez de la louange. Ce que je dis des potages, j'entends qu'il soit commun et serve de loi pour tout ce qui se mange. »

A consulter les traités de cuisine de Massialot ou de Nicolas de Bonnefons, on en oublierait toutefois que la France tout entière ne réside pas à Paris ou à Versailles.

Artisans, ouvriers et surtout paysans ignorent tout du luxe de la Cour ou des grands seigneurs. Eux doivent se contenter de vaisselle d'étain ou de terre lorsqu'ils ne mangent pas sur un « tranchoir » et même sur le pouce. Lentilles, choux, soupe au lard, constituent leur ordinaire.

Les paysans sont probablement les plus mal lotis. Treize famines, en effet, vont frapper le règne de Louis XIV. Sur leur table, une simple écuelle. Le pain de seigle y voisine avec les fèves, la bouillie de milet, le porc, et surtout la soupe au lard dans laquelle on jette des tranches de pain. Certains jours, un brouet confectionné avec des poireaux, des navets, des blettes, des oignons, des fèves, un peu de lard et des choux, mijotera toute la journée dans l'âtre, plat unique destiné à toute la famille.

Parfois même, le paysan du Grand Siècle doit se contenter d'une simple tranche de pain, d'un oignon et d'une poignée de châtaignes. Aussi, gare à la famine ! Dès lors qu'elle frappe, qui sait ce qu'il aura le soir dans son écuelle ? En 1663 en Dauphiné, en janvier 1692 en Limousin et surtout durant le terrible hiver 1709, ne verra-t-on pas dans les campagnes des hommes affamés brouter de l'herbe ou manger l'écorce des arbres ?

Le XVIIIe siècle, exempt de guerres longues et coûteuses en vies humaines, permet, grâce à une conjoncture économique largement favorable, d'effacer ces mauvais souvenirs.

Talleyrand dira un jour que celui qui n'avait pas connu cette époque ignorait tout de ce qu'était « la douceur de vivre », et l'on serait tenté de lui donner raison.

Il ne s'agit pas seulement ici des « petits soupers » du Régent, Philippe d'Orléans, ou des fastes de la cour de Versailles sous Louis XV, mais d'un siècle où non seulement la gastronomie est poussée à son degré ultime de raffinement, et où chacun peut espérer manger à sa faim.

La discrétion, lors du service, est désormais de rigueur. On cherche à éloigner les domestiques. Dans une pièce qui sert à présent de « salle à manger » exclusivement, on installe de petites tables, dites « serviteurs muets », près des dîneurs. On y dépose des assiettes supplémentaires, des couverts, des verres et des serviettes qui permettent de ne pas être sans cesse importuné en cas de besoin. D'autres vont même plus loin et adoptent la « table volante » qui, à chaque service, disparaît dans le sol et reparaît chargée de nouveaux mets.

On dîne vers trois heures, frugalement et vite la plupart du temps, car le repas principal est le souper vers dix heures du soir. Agrément nouveau : le XVIIIe siècle se démarque du précédent et de sa lourde étiquette en permettant à chaque invité de s'asseoir à sa guise à côté de qui il veut sans souci de préséances.

Faïences et porcelaines – de Chine, de Saxe, de Sèvres – envahissent les tables, encouragées par Louis XV et Mme de Pompadour. D'abord installée à Vincennes, la manufacture royale est transférée à Sèvres. De là sortiront les plus beaux services, dont certains iront embellir les tables de souverains étrangers, telle Catherine II de Russie. En 1767, la découverte du kaolin à Limoges par le docteur Darnet révolutionne encore la production.

Plus que jamais, la beauté règne sur les tables. Les couverts sont en acier, en or, en vermeil, en argent.

Les verres sont en cristal de roche, d'Angleterre ou de Bohême. On y boit du vin toujours frais et que l'on sert soi-même avant de le mettre à nouveau à rafraîchir dans des cuvettes remplies de glace et posées à même le sol.

Ce besoin d'intimité – en rupture avec les dîners officiels de la Cour – n'implique pourtant aucun laisser-aller, et plus encore qu'au Grand Siècle les usages sont codifiés. Les ouvrages concernant la bienséance à table se multiplient qui recommandent l'usage de la serviette d'un bout à l'autre du repas, interdisent de se moucher dedans, exigent la propreté scrupuleuse des couverts et des nappes sur lesquelles il faudra éviter de laisser tomber vin, sauces ou viandes.

L'époque est tellement créative qu'un lord anglais, John Montagu, se permet même d'inventer un must de la cuisine : le sandwich !

Certes, il ne s'agit pas là de gastronomie, mais le succès que connaîtra le sandwich force le respect. L'idée lui vint un soir qu'assis à une table de jeu et ne voulant pas abandonner la partie, il demanda à son cuisinier de lui préparer un en-cas. Celui-ci revint quelques instants plus tard muni de deux tranches de pain entre lesquelles il avait glissé un morceau de viande froide accompagné de fromage et de jambon de Mayence. Le sandwich était né !

Cet en-cas ne trône pas encore sur les tables, naturellement. On lui préfère toujours les coquillages, les huîtres, les plats de rôti, l'alose grillée sauce aux câpres, les écrevisses au court-bouillon, les asperges en petits pois, les confitures et les fruits. Les œufs connaissent également une vogue sans précédent. Ils sont de poule, de caille, de cane ou d'oie. Frais, à la coque, brouillés, sur le plat, en omelette, au beurre noir, à la farce, on les prépare de toutes les façons possibles et imaginables. Pierre de Lune en dénombrait cinquante-six, Rabelais une soixantaine et Grimod de la Reynière, en cette fin du XVIIIe siècle, ira jusqu'à cinq cent quarante-trois ! Il est vrai qu'il leur attribue des noms qui, à eux seuls, font rêver : à la jésuite, à la grand-mère, à la suisse, au vert-galant, au soleil...

A la même époque apparaît la pomme de terre lancée par Antoine Auguste Parmentier, agronome, nutritionniste et ancien pharmacien aux armées. Boudée d'abord par les plus pauvres – elle leur était pourtant destinée en priorité –, elle finira malgré tout par conquérir la France, à l'instar des pays d'Europe du Nord.

L'intermède révolutionnaire, en revanche, ne sera guère propice à la gastronomie. Certes, on trouve à Paris des cafés et des restaurants dont la réputation est bien établie : Beauvilliers, Méot, le Foy, le Café Hardy. Mais la vie est chère, les temps difficiles.

Le marquis de Ferrières trouve le moyen de s'en plaindre et même, amer, de faire la fine bouche : « On sert légèrement, écrit-il à sa femme : six tant hors-d'œuvre qu'autres, parmi lesquels des boudins, des petits pâtés, deux pièces debout, deux plats de rôt, quatre plats d'entremets, deux salades. »

Il aurait sûrement été plus modeste s'il avait pu augurer de la suite des événements. En 1793, Paris et une partie de la France connaissent les difficultés du ravitaillement. C'est la guerre et on manque de tout : de viande, de légumes, de pain, de sucre, de savon. Le marché noir permet seul à quelques-uns de survivre sans trop de privations.

La gastronomie, on s'en doute, en fait les frais. Pourtant, le célèbre Ali Bab, gastronome et humoriste de la fin du XIXe siècle, rappelle que l'on doit à cette époque le « bifteck Chateaubriand », le boudin blanc aux truffes, les grenouilles à la Simond, et... la fourchette à quatre dents !

D'ailleurs, comment comparer ces dix années terribles au fastueux XIXe siècle qui marqua sans nul doute l'apothéose de l'histoire gourmande ?

Désormais, dans toutes les habitations, nobles ou bourgeoises, la salle à manger est devenue la règle. De même qu'un mobilier plus abondant : tables, chaises, buffets, dessertes. Le décor s'alourdit de lambris, de tentures épaisses, de velours cramoisi, et s'assombrit. L'argent et l'ivoire de la vaisselle s'ornent de motifs de plus en plus riches. Les couverts se diversifient. Il y a des assiettes à huîtres, à asperges ou à artichauts, des cuillers à thé, à moka, des services à poisson, des pinces à homard, des pelles à tarte, des couteaux à fromage et des porte-couteaux... Et la liste est encore longue de ces ustensiles nouveaux qui apparaissent sur les tables, sortis de leurs élégantes « ménagères »

Nouveaux également, le nombre et l'heure des repas. Non plus deux, mais trois : le déjeuner est désormais pris vers onze heures, le dîner repoussé vers cinq ou six heures dans l'après-midi, et le souper – pour ceux qui en ont l'opportunité évidemment – a lieu après le spectacle ou l'opéra.

La mode est au « service à la russe ». Les mets sont préparés en cuisine et prédécoupés. Au lieu d'être apportés en vrac et tous ensemble, les plats se succèdent et ne séjournent plus sur la table, mais reviennent immédiatement aux cuisines. On sert d'abord les huîtres, les potages, les hors-d'œuvre, l'entrée froide, puis la pièce la plus importante du dîner, les entrées de poisson et de volaille, le gibier, les légumes, le rôt avec sa salade, et enfin les desserts sucrés.

Tous ces mets sont désormais préparés dans des cuisines où figurent des fourneaux en fonte alimentés avec du charbon, des rôtisseries murales, et même, dans la seconde moitié du XIXe siècle, des appareils à réfrigérer et à stériliser. A l'écart de la salle à manger, on y prépare les différents services que l'on peut désormais maintenir chauds grâce à des chauffe-plats, puis expédier en salle à l'aide de monte-plats. La laverie, elle, est située dans une annexe où de grands bacs en cuivre permettent de laver les ustensiles de cuisine à l'aide de cristaux de soude.

Tout, en réalité, est agencé en vue d'épargner aux convives bruits de casseroles et odeurs de cuisine, pour permettre aussi de gagner du temps et de faire de chaque service une sorte de balai domestique discret et silencieux.

Les invités, on s'en doute, ne pouvaient que s'en réjouir.

Les manières de table prennent d'ailleurs une importance plus considérable encore qu'au XVIIIe siècle. Les manuels de bienséance conseillent de revenir aux usages anciens selon lesquels les invités étaient placés par ordre d'importance. Ceux-ci doivent être conviés huit jours au moins à l'avance, par écrit ou de vive voix s'il s'agit de personnes d'un rang social supérieur. C'est à la maîtresse de maison de donner le signal des « libations ». Les hommes doivent avancer la chaise à la femme à côté de laquelle ils s'assoiront. Ils se tiendront droits et non pas appuyés nonchalamment sur le dossier de leur chaise. Les femmes ne boiront que du vin coupé d'eau. Le café et les liqueurs ne seront pas servis à table, mais au salon.

Les règles sont multiples et si pointilleuses que toute faute de goût est devenue impardonnable.

Dans la haute société du moins...

Car que pourraient penser de cela les ouvriers, les petits artisans, les étudiants et les plus pauvres qui habitent les chambres de bonne sous les toits, les galetas des bas quartiers ou la périphérie de Paris ? A eux les gargotes, le pain noir, les harengs saurs ou fumés, les lentilles, la soupe et l'eau-de-vie dont la surconsommation fera tant de ravages. A eux aussi les pires privations durant le siège de Paris de l'hiver 1870-1871, lorsqu'il faudra manger du chien, du chat ou du rat. N'ira-t-on pas alors jusqu'à sacrifier des animaux exotiques du Jardin d'acclimatation tels que éléphants, antilopes et kangourous ?

A cette époque, les restaurants eux-mêmes proposaient – sans rire – à leurs menus des mets aussi raffinés que de « l'émincé de râble de chat sauce mayonnaise » ou du « gigot de chien flanqué de ratons »...

En dépit de cet épisode tragique, le XIXe siècle demeure celui de la gastronomie et des gastronomes, des dîners somptueux et des grands cuisiniers, des grands restaurateurs et des fastes culinaires du Second Empire et de la IIIe république.

Le XIXe siècle aura donc finalement laissé derrière lui les noms les plus prestigieux : Brillat-Savarin, Marie-Antoine Carême, Joseph Favre, Adolphe Dugléré, mais aussi Jules Gouffé, Auguste Escoffier, tant d'autres encore qui, chacun à leur manière, auront marqué les annales de la gastronomie.

C'est à eux que le XXe siècle doit sans nul doute le meilleur de lui-même en matière culinaire. Leurs héritiers se nomment Curnonsky, Fernand Point, Alexandre Dumaine, Raymond Oliver, les frères Troisgros, Paul Bocuse, Michel Guérard, Marc Veyrat, Bernard Loiseau, ou Alain Ducasse.

Et puis, il serait dangereux de l'oublier, le plaisir n'est-il pas le fin mot de la gastronomie ? Brillat-Savarin en parlait comme de l'art qui « nous offre, dans le court trajet de la vie, la seule jouissance qui, n'étant pas suivie de fatigue, nous délasse encore de toutes les autres ».

Quant à Sacha Guitry, il s'interrogeait lui aussi : « De quels repas se souvient-on ? se demandait-il gravement. De ceux qui furent délectables ou pour la bouche ou pour l'esprit ? Ce ne sont pas toujours les mêmes. Les plus exquis de tous n'ont-ils pas été ceux qu'on improvisa ? On se souvient trente ans après de deux œufs sur le plat – un peu trop cuits sans doute – mais la main qui tenait la poêle était si belle !... »

4

L'or blanc des rois

Curieusement, l'histoire du sel n'est pas une histoire... salée ! Ni même épicée d'ailleurs, puisque le sel n'est pas une épice.

A la différence des condiments et des aromates, le sel est indispensable à la vie. Omniprésent dans la gastronomie, il occupe une place bien à part dans son histoire. Car si le sel ne peut manquer à la vie, la vie parfois – à notre grand regret – peut manquer de sel.

Sa présence sur nos tables est pourtant devenue si banale que nous avons oublié le temps où il servait de monnaie pour payer les légionnaires de l'armée romaine, ce qui nous vaut d'employer un mot banalisé lui aussi à force d'être commun : celui de « salaire ».

Mais le sel est beaucoup plus qu'une affaire mercantile. Il est tout à la fois moyen de survie, d'échange, symbole, aliment, ingrédient magique, instrument liturgique, signe de bénédiction ou de malédiction, sauveur, protecteur, divinatoire... On n'en finirait pas de dresser la liste de ses attributs.

Plus que les épices ou les aromates, le sel est déjà nécessaire au maintien de la santé, de l'intégrité du corps humain. Pour assurer celle-ci, l'homme se doit d'en consommer quelques grammes par jour, et même un peu plus en cas de sudation excessive, comme sous les tropiques ou dans les pays désertiques.

Très tôt, semble-t-il, les hommes ont eu conscience de sa valeur. Dès le Néolithique, avec le développement de l'agriculture et de l'élevage, ils ont appris à saler leurs céréales, leurs légumes et leurs viandes cuites pour compenser les déperditions minérales de l'organisme.

Pour recueillir ce précieux don du ciel, ils avaient même mis au point une technique dite de « briquetage » pratiquée encore aujourd'hui par certains peuples « primitifs » et dont on a retrouvé les traces en Lorraine. On remplissait alors des pots avec l'eau de la Seille, on les faisait chauffer sur des empilements de poteries et on recueillait le sel par évaporation après avoir cassé les pots qui le renfermaient.

Des centaines de sites similaires datant de l'époque de Hallstatt (VIIIe-Ve siècles av. J.-C.) ont été découverts dans toute l'Europe occidentale, en Angleterre, en Allemagne du Nord. D'autres traces attestent d'une exploitation minière de sel au moyen de puits et de galeries souterraines dans la région de Salzbourg. En Autriche, dans les mines de Salzkammergut, on allait même chercher le sel à plus de 300 mètres sous terre !

Mais, très vite, dès le début de notre ère, ces procédés vont être abandonnés.

Il faut dire que le sel est partout à portée de main. De l'Amérique centrale jusqu'à la Chine en passant par le Mali ou les pays méditerranéens, on le trouve en quantité suffisante pour assurer la survie des populations. Les grandes civilisations antiques qui se développent à Sumer, Babylone, en Egypte, dans la vallée de l'Indus, en Chine, autour de la Méditerranée ou en Afrique noire, toutes vont comprendre l'importance vitale de cet ingrédient aux usages multiples.

Dès l'Antiquité donc, le sel est roi. Nombreux sont les récits d'Hérodote, de Pline, de Tacite, de Tite-Live, à évoquer l'or blanc. Tous nous apprennent comment le sel est devenu un moyen d'échange à travers le monde, à quel point le sel circule partout, comment les navires phéniciens et romains sillonnent les mers pour le distribuer jusqu'aux marges de l'Empire.

Rome est alors au carrefour des échanges de sel, avec les salines d'Ostie situées à l'embouchure du Tibre. Mais d'autres gisements, d'autres marais salants, sont exploités sur les bords de la mer Noire, en Asie Mineure, en Afrique, pour combler les immenses besoins des citoyens romains.

Le sel est si important dans l'économie des civilisations que l'Etat se réserve le monopole de son extraction et de son commerce. Les Romains, particulièrement friands, développent les techniques de salaison pour conserver viandes et poissons. Ils produisent même le fameux garum, une sauce à base de poisson comparable au nuoc-mâm asiatique et qu'ils utilisent abondamment dans la cuisine. Leurs soldats, enfin, sont rétribués en sel, avant d'être payés en blé, en porc, en huile et en fromage.

Les Romains ne sont pas les seuls à observer ces pratiques. Bien au-delà des limites de l'Empire, à l'est comme à l'ouest, au nord comme au sud, le sel sert de monnaie d'échange. Marco Polo évoque même un système monétaire en usage chez les Mongols et où les pièces sont en partie fabriquées avec du sel.

Ailleurs, à travers le Mali, le Niger, le Soudan, ce sont d'immenses caravanes qui transportent le sel. On le façonne sous forme de troncs de palmiers évidés et recouverts d'argile pour en assurer la cohésion. En plein désert, loin d'être victime d'un mirage, le voyageur arabe Ibn Battuta affirme avoir vu au XIVe siècle une mosquée entièrement bâtie avec des blocs de sel. A Tombouctou, on achète même un esclave pour une plaque de sel... d'une dimension équivalente à la longueur de son pied !

Le monde chrétien, durant tout le Moyen Age, n'échappe pas à la fascination du sel. D'abord parce que les textes bibliques et l'Evangile l'évoquent en des termes qui ne laissent aucun doute sur sa valeur symbolique.

Certes, le sel, considéré comme un principe de vie, était déjà censé opérer des miracles, guérir par exemple les maladies les plus diverses – y compris les tumeurs –, purifier l'eau, éloigner les mauvais esprits, et même, selon Pline, avoir la capacité de rendre fécondes certaines femelles d'animaux sans l'aide d'un mâle !

Dans la Bible, le sel intervient également à plusieurs reprises. Il est symbole de l'alliance de Dieu avec le peuple d'Israël : « Tu saleras toute oblation que tu offriras et tu ne manqueras pas de mettre sur ton oblation le sel de l'alliance de ton Dieu ; à toute offrande, tu joindras une offrande de sel à ton Dieu » (Lévitique, II, 13). Ou encore, cette injonction du Livre des Nombres : « Tous les prélèvements que les israélites font pour Yahvé sur les choses saintes, je te les donne à tes fils et à tes filles, en vertu d'un décret perpétuel. C'est là une alliance éternelle par le sel devant Yahvé, pour toi et pour ta descendance avec toi. »

La purification par le sel est également évoquée à travers le miracle d'Elisée à Jéricho. Comme les eaux du Jourdain « sont malsaines et que le pays souffre d'avortements », Elisée demande qu'on lui apporte une écuelle neuve où l'on aura mis du sel. « Il alla où jaillissaient les eaux, dit le Livre des Rois, il y jeta du sel et dit : " Ainsi parle Yahvé : j'assainis ces eaux, il ne viendra plus de là ni mort ni avortement. " Et les eaux furent assainies jusqu'à ce jour selon la parole qu'Elisée avait dite. »

Symbole de bénédiction, le sel peut jouer un rôle opposé selon la volonté de Yahvé, qui, à travers lui, exerce son courroux envers les hommes. Dès lors, il « peut changer les fleuves en désert, les sources en pays de la soif, une terre fertile en saline ».

Lorsque la colère de Yahvé retombe sur les habitants de Sodome et Gomorrhe, il est dit que tout le pays « n'est que soufre, sel et feu ». Le neveu d'Abraham, Loth, y vit avec sa femme et ses filles. Prévenu par des anges du châtiment qui va s'abattre sur Sodome et Gomorrhe, Loth est pressé de s'enfuir. Mais un ordre lui est donné : « Sauve-toi, sur ta vie ! Ne regarde pas derrière toi et ne t'arrête nulle part dans la plaine, sauve toi à la montagne pour n'être pas emporté ! » Hélas, la femme de Loth, trop curieuse ou rongée par les regrets, contrevient à l'ordre des anges et se retourne ; elle est alors changée en « colonne de sel ».

L'image a longtemps hanté les esprits.

Mais c'est assurément avec l'avènement du christianisme que le sel va prendre une signification plus capitale encore pour l'Occident, si capitale qu'il en reste aujourd'hui la trace dans nos comportements quotidiens.

« Vous êtes le sel de la terre, avait dit Jésus à ses apôtres lors du sermon sur la montagne. Mais si le sel vient à s'affadir, avec quoi salera-t-on ? Il ne vaut plus rien, on le jette dehors, et il est foulé aux pieds par les hommes. »

Erasme, au XVIe siècle, en fera un long commentaire dans sa *Paraphrase sur l'Evangile de Matthieu*. Mais il y a bien longtemps déjà que l'Eglise romaine a fait entrer le sel dans ses rites de baptême. Ainsi, avant de mêler le sel et l'eau dans le but de baptiser ou d'exorciser, on bénit le sel pour lui conférer un pouvoir divin. Bien que cette bénédiction soit plus rarement utilisée aujourd'hui – du moins sous cette forme –, elle est alors indispensable à l'accomplissement des rites. « Je t'exorcise, créature du sel, récite l'officiant, au nom du Dieu vivant, au nom du Dieu vrai, au nom du Dieu saint, au nom de Dieu qui commanda à Elisée le prophète de te jeter dans l'eau afin que la stérilité de l'eau fut guérie ; à ce que tu sois fait sel exorcisé pour le salut des croyants ; à ce que tu sois fait sel exorcisé pour la santé du corps et de l'âme à tous ceux qui te prendront, et qu'en tous lieux où tu sois aspergé, tout fantôme, méchanceté et tromperie de la fraude diabolique, et tout esprit immonde soit chassé et étranger. »

Cette eau bénite peut également servir à consacrer des édifices, des navires, des vêtements, des armes, des objets pieux, voire des animaux.

L'un des arguments en faveur des envoûtements ou sortilèges est d'ailleurs l'absence de présence de sel. Ne va-t-on pas jusqu'à dire d'un repas non salé qu'il s'apparente à un banquet diabolique ou à un souper de sorcier ?

On en trouve toujours en revanche dans les creusets d'autres « sorciers », les alchimistes, puisque les trois éléments essentiels du « Grand Œuvre » ne sont autres que le soufre – mâle, chaud et actif –, le mercure – féminin, froid et passif – et le sel, principe neutre qui résulte de l'interaction des deux premiers éléments.

Trop souvent cependant, le sel se voit détourné de son usage noble, objet de superstition. D'où la peur de renverser du sel sur une table. D'où l'usage de jeter une pincée de sel par-dessus l'épaule gauche pour conjurer le mauvais sort. Ou en Béarn, lorsque l'on entendait le cri d'une chouette – animal maléfique par excellence, pensait-on –, de jeter une pincée de sel dans la cheminée en prononçant ces mots : « Chouette, je te sale la tête et le cul ; que tout le mal que tu portes reste avec tu (avec toi). »

Dans certaines contrées, en Allemagne, il était même de coutume, la nuit de Noël, de verser du sel dans une douzaine de pelures d'oignons représentant les douze mois de l'année. Le lendemain, on venait vérifier dans quelle pelure le sel avait fondu. Elle indiquait le mois durant lequel des ennuis allaient survenir dans la famille. On jetait alors du sel bénit par-dessus pour conjurer le mauvais sort.

Ces usages dont on ignore l'origine n'en traduisent pas moins la persistance de certaines coutumes encore parfois bien ancrées dans les esprits et que ni le christianisme ni l'avènement du monde moderne ne sont parvenus à éradiquer.

Mais, peut-être convient-il de ne pas chercher à combattre des habitudes somme toute inoffensives en y mêlant notre grain de sel...

Le succès du sel au Moyen Age a néanmoins d'autres raisons que l'usage qui en est fait dans le cadre de pratiques religieuses.

L'essor démographique qui dynamise l'Europe à compter du XIe siècle augmente les besoins des populations en sel.

Les deux sources d'approvisionnement sont alors les salines continentales et les marais salants. L'extraction du sel du sous-sol géologique est encore rare. On continue donc d'exploiter des sources provenant de gisements de sel gemme enfouis sous terre. Dans les salines continentales, on pousse même au degré « industriel » la pratique ancienne de l'évaporation. Après avoir creusé des puits pour aller chercher en profondeur l'ingrédient salé tant convoité, on y injecte de l'eau avant d'extraire du puits une « saumure » que l'on fait chauffer sur des fourneaux à bois dans de grands récipients en tôle. L'opération s'appelle « cuite » ou « bouillon ».

Ces salines, on en trouve un peu partout, en Lorraine, dans le Jura, à Lunebourg en Allemagne du Nord, ou à Wieliczka en Pologne.

Les marais salants, en revanche, relèvent davantage de l'exploitation agricole. Les paludiers y récoltent le sel avec des bonheurs divers en fonction des saisons, du climat et surtout des années, heureuses ou malheureuses. Ceux de Hyères, d'Aigues-Mortes, de Guérande, de Venise, d'Ibiza, de Cadix, sont particulièrement réputés. L'automne et l'hiver sont consacrés à l'entretien des bassins, des digues et des canaux ; l'été, entre mai et septembre, à la récolte du sel. La méthode n'a guère varié depuis cette époque. Elle consiste à concentrer l'eau de mer et à cristalliser le sel qu'elle contient en la faisant circuler dans une série de bassins (les adernes) où les chlorures et les sulfates de sodium se déposent à mesure que l'eau se sature en élevant sa concentration.

Ce sel dont chacun perçoit qu'il est indispensable aux hommes comme aux bêtes, et surtout qu'il constitue une source de revenus appréciable, ce sont les clercs qui vont prendre en main son exploitation et sa distribution. Rien d'étonnant donc à ce que les premiers greniers à sel se trouvent dans les enceintes des monastères et des abbayes à l'heure où ils représentent l'entité la plus stable. L'époque féodale en effet est celle de la désintégration de l'autorité royale et de la parcellisation des pouvoirs exercés désormais par une multitude de centres décisionnels secondaires. Les liens féodo-vassaliques régissent une société divisée en trois ordres principaux : ceux qui prient, ceux qui combattent et ceux qui travaillent.

Du IXe au XIIe siècle, les deux premiers ordres, clercs et seigneurs, s'approprient donc et se partagent les profits tirés de la vente du sel. Cependant, le sel demeure encore un produit dont la zone commerciale est circonscrite à une ou plusieurs seigneuries. Au XIIe, à cause de la poussée démographique démultipliant les besoins, il devient un enjeu stratégique international. Ce n'est pas seulement la gastronomie qui réclame du sel, mais la salaison des viandes, des poissons (les harengs), des fromages pour leur conservation, et aussi les hommes, les bêtes, le tannage des peaux.

On voit alors les circuits commerciaux s'étendre, et la concurrence se faire plus rude entre les grands centres salins. Venise, surtout, maîtresse de l'Adriatique, dispose d'une flotte imposante et de comptoirs dans le Levant qui lui permettent de s'enrichir avec le négoce du sel.

D'autres acteurs entrent également en lice du fait du développement des villes, ce sont les prévôts, les échevins, les marchands. A travers eux, rois et princes s'affrontent dans une lutte sans merci. Entre un Philippe le Bel, propriétaire des salins de Peccais, près d'Aigues-Mortes, et un Charles d'Anjou, comte de Provence, qui exploite ceux d'Hyères, la concurrence est telle que pour éviter un conflit meurtrier, il faudra conclure un accord de répartition. Entre le duc de Lorraine et l'évêque de Metz, en revanche, le torchon brûle pour la possession de salines au point de déclencher des hostilités durant tout le XIVe siècle.

Dans l'ensemble, les rôles sont toutefois bien répartis. Rois et princes, propriétaires des lieux de production, abandonnent aux clercs – bénédictins et cisterciens en majorité – le contrôle de la matière d'origine. Puis, des laïcs – nobles ou bourgeois – s'occupent de recueillir la saumure afin d'en extraire le sel proprement dit. Enfin, marchands et transporteurs en assurent la vente.

Le pouvoir politique ne va pas tarder toutefois à prendre les choses en main. Bientôt, le sel devient monopole d'Etat.

C'est au Moyen Age que revient le triste privilège, en effet, de la création d'un impôt terriblement impopulaire : la gabelle.

Et elle porte bien son nom, cette gabelle. Car le mot provient de l'arabe *kabala* qui signifie « entraver » ou « enchaîner ».

Lancée en France par Philippe VI de Valois (ordonnances de 1341 et 1343), elle sera supprimée en 1346 à la demande des états de Paris et de Toulouse, puis rétablie dix ans plus tard. En 1369, pays de langue d'oïl et pays de langue d'oc y sont tous soumis sans exception. Abolie une dernière fois en 1383, la gabelle est définitivement rétablie en 1386. Elle ne sera abolie qu'en 1790.

Entreposé dans des greniers, le sel est désormais vendu par des grenetiers pour le compte des marchands. Sous le contrôle des généraux et des élus placés à la tête de circonscriptions financières, ces grenetiers majorent alors le prix de vente d'un droit fixé par le roi en son conseil et qui est reversé au fisc. Ce système permet au roi de disposer d'un revenu permanent au moyen d'un système fiscal régulier.

Le sel devient ainsi « instrument politique et fiscal. La production est passée sous le contrôle de l'Etat. Celui-ci gère aussi la distribution pour prélever la gabelle. Il taxe le passage aux frontières du pays, des provinces ou à l'entrée des villes. De cette façon, il détermine en fait le prix du sel, que ces taxes cumulées alourdissent autant que tous les frais réunis de production et de transport [1] ».

A cet impôt, le pouvoir trouve des justifications évidentes. Car les dépenses de l'Etat n'ont cessé de croître. Le sel est donc devenu un élément moteur de sa politique. Ainsi est-il régulièrement affecté à la construction ou à la réfection des remparts urbains, à l'amortissement de la dette, au paiement des gages des officiers et des fonctionnaires, et même à asseoir la domination économique urbaine sur les campagnes.

Mais, de toutes ces raisons, les Français se moquent éperdument. Ce qu'ils voient surtout, ce sont les incessantes fluctuations des prix du sel et l'enrichissement dont seuls quelques-uns bénéficient. Car le prix du sel diffère selon les régions, ce qui rend l'impôt encore plus impopulaire.

Dans les pays de grande gabelle par exemple – au centre de la France –, les habitants sont tenus d'acheter une certaine quantité de sel, soit environ 9 livres par tête et par an. C'est ce qu'on appelle alors le « sel du devoir ». En profitent surtout une foule

1. J.-F. Bergier, *Une histoire du sel* (PUF).

d'intermédiaires – sergents, mesureurs, receveurs, ceux qu'on nomme « gabelous » ou « commis aux gabelles » – et qui, tous, travaillent pour quelques hommes d'affaires ou grandes familles auxquels la perception de la gabelle est affermée. C'est de cette manière que les Conti, les Condé, Richelieu ou Mazarin feront fortune. C'est aussi de cette façon qu'un fermier du nom d'Aubert de Fontenay pourra construire l'hôtel de Juigné, plus connu sous le nom d'hôtel Salé et qui abrite aujourd'hui le musée Picasso.

D'autres régions sont mieux loties. La Bretagne, grosse productrice, en est dispensée. Les pays de petite gabelle sont ceux du Sud-Est et du Midi méditerranéen, là où les salines du Languedoc produisent des quantités de sel qui dépassent largement la consommation locale. Il y a encore les pays dits « rédimés », qui sont parvenus à acheter leur exemption. Et les pays de « quart bouillon » qui ne paient que le quart des droits, comme la Normandie

Les écarts peuvent ainsi aller de un à trente !

Mais cette gabelle n'est pas le seul paramètre dont les hommes du Moyen Age et de la Renaissance doivent tenir compte. L'éloignement de la zone de production qui alourdit le coût des transports, la qualité du sel lui-même – blanc pour la Méditerranée ou gris pour la côte atlantique –, les variations des récoltes dues au climat, les guerres entravant le trafic international sont autant de facteurs qui peuvent peser sur les prix de l'or blanc.

La concurrence acharnée que se livrent les princes et leurs Etats est un autre facteur à prendre en considération. Car le marché du sel concerne désormais toute l'Europe, des mines de Galicie à Venise en passant par les rives de la Baltique, les îles Britanniques, la Méditerranée, Gênes, le Portugal, l'Espagne.

D'autres contrées se trouvent également impliquées dans ce marché gigantesque. Les Vénitiens vont charger du sel à Chypre, sur les côtes d'Afrique, à Tripoli et Alexandrie. Par eux, le sel nord-africain pénètre jusqu'au cœur des Alpes suisses. Même le trafic saharien vers l'Afrique noire concerne l'Europe à la fin du Moyen Age.

Au sein de ce vaste ensemble géographique, une petite région de marais salants va pourtant faire parler d'elle de manière inattendue : celle de la baie de Bourgneuf, située aux confins du duché de Bretagne où le sel est libre de droits.

L'histoire mérite qu'on s'y arrête. Car rien ne semblait prédisposer celle qu'on surnommera « la baie » à une telle expansion.

Les événements en décidèrent pourtant autrement. Suite à la guerre de Cent Ans et à la reconquête de la Guyenne, les circuits commerciaux avaient été complètement désorganisés. Les Anglais connaissaient pourtant Bourgneuf où ils s'arrêtaient parfois pour compléter avec le sel de Bretagne les cargaisons de vins de Bordeaux qu'ils ramenaient vers les îles Britanniques. Aussi, l'attrait que représentait cette région libre de gabelle ne passa pas longtemps inaperçu. Il suscita notamment l'intérêt des marchands de la puissante ligue hanséatique qui regroupait à elle seule plus de 150 villes d'Allemagne du Nord. Ceux-ci lancèrent alors leurs bateaux à travers les détroits danois à la conquête du commerce européen et notamment celui du sel. Pour atterrir à... Bourgneuf !

Aux XVIe et XVIIe siècles, « la baie » allait ainsi devenir le point de rencontre de bateaux en provenance de toute l'Europe du Nord. A Bourgneuf se parlaient toutes les langues, se croisaient tous les marins, anglais, écossais, normands, flamands, hollandais, danois, suédois... Une effervescence inimaginable aujourd'hui mettait la ville en émoi. En 1542, on compta jusqu'à 200 navires mouillés dans la baie et attendant leur chargement.

La vie économique locale, on s'en doute, prospéra. Paludiers et sauniers se multiplièrent, de même que tous ceux qui désiraient négocier avec les marchands de la Hanse.

Puis, Bourgneuf, après un âge d'or de deux siècles, se mit à décliner. A la fin du XVIIe, l'envasement de la baie et la fuite des bateaux allemands vers les îles de Ré ou d'Oléron sonnèrent le glas de sa prospérité.

De « la baie », mais pas du sel !

Au XVIe siècle, une autre aventure entretient le succès du sel : celle de la pêche à la morue sur les côtes de Terre-Neuve.

Découverte au tout début du siècle, cette île baignée par le golfe du Saint-Laurent et les eaux de l'Atlantique a immédiatement enfiévré les imaginations. Ne disait-on pas que les bancs de morue y proliféraient en été à tel point qu'aucun marin ne pouvait rêver d'une pêche aussi miraculeuse ?

Il n'en fallut pas davantage pour que les marins de toute l'Europe se lancent sur les traces de la prolifique morue.

Au milieu du XVIe siècle, des dizaines de bateaux manœuvrés par des équipages de 30 à 50 hommes se retrouvent ainsi chaque année dans les eaux froides de l'île.

Deux types de pêche se pratiquent alors : la pêche dite « errante » et la pêche dite « sédentaire ».

Dans le premier cas, les marins ne quittent jamais le morutier et pêchent depuis le bord au vent. La morue est ensuite salée à bord, puis, lorsque les cales sont pleines, le bateau repart vers son port d'attache.

Dans le second cas, l'équipage, après avoir dégréé le navire, part s'installer sur le rivage dans des sortes de cabanes. Chaque matin, on s'embarque à bord de chaloupes pour la pêche. De retour à terre, les marins salent la morue, puis la mettent à sécher, ce qui, le temps de rentrer en Europe, lui fera perdre les trois quarts de son poids, d'où le nom de « morue sèche ».

A bord des morutiers, les tâches sont soigneusement réparties. Il y a les pêcheurs qu'on appelle aussi lignotiers, les décolleurs qui décapitent et vident la morue, les trancheurs qui l'ouvrent et enlèvent l'arête centrale, et enfin les saleurs qui procèdent au salage en couches successives.

Mais, quelles que soient les contraintes de cette pêche difficile qui s'effectue deux fois l'an – de février à juin, et de juillet à novembre –, le sel y joue une fois de plus un rôle capital.

La pêche à la morue exige en effet d'importantes quantités de cet or blanc qu'il faut embarquer dès le début du voyage. Or, cette obligation contraint les bateaux venus des pays nordiques à effectuer un détour par le raz de Sein afin de se procurer le sel à Bourgneuf ou à l'île de Ré, tandis que ceux remontant du sud de l'Europe doivent s'arrêter pour charger leur cargaison aux Sables-d'Olonne.

Du XVIe au XVIIIe siècle, la pêche à la morue n'en connaîtra pas moins le même succès que celle aux harengs à la fin du Moyen Age. A la veille de la Révolution, on estime que la morue représentait à elle seule 60 % du poisson pêché par les marins français. Au vu de ce succès s'organisa un trafic de sel de pêche qui transita par de grands ports tels que Saint-Malo, Dunkerque ou Granville.

Le prix du sel n'en constituait pas moins une lourde charge pour les armateurs.

Pour les Français aussi. La gabelle, de même que les aides ou la taille, pesant fortement sur eux dans certaines régions, celles-ci se rebellèrent à de nombreuses reprises contre les impôts et « l'arbitraire royal ». Tout au long du XVIIe siècle vont ainsi éclater des révoltes paysannes dont les noms sont passés dans l'histoire : celle des « croquants » dans le Sud-Ouest ou celle des « va-nu-pieds » en Normandie.

Sous François Ier, en 1537, l'augmentation de la gabelle et l'installation de greniers à sel dans les pays dits de « quart de sel » déclenchent une insurrection vite réprimée. En 1593, en Poitou, Limousin, Périgord, ce sont les « croquants » qui s'en prennent aux agents du fisc qui « croquent » le peuple en détournant son argent. Entre 1662 et 1672, c'est au tour du Roussillon et de ses « Miquelets » de se soulever contre l'imposition de greniers à sel.

Mais l'une des plus célèbres révoltes est certainement celle des va-nu-pieds. Au cours de l'été 1639, Louis XIII régnant, un bruit commence de courir dans la ville d'Avranches : le roi va établir la gabelle dans la province ! Aussitôt, la panique s'empare des populations. Dix mille personnes ne travaillent-elles pas dans les salines ?

Il n'en fallait pas davantage pour déclencher un mouvement de révolte. Très vite, on parle de démolir les salines, le spectre de la ruine et du chômage se profile, et une fièvre obsidionale s'empare d'Avranches. Hélas, c'est une méprise qui va tout faire dégénérer. La foule s'en prend à un simple lieutenant au bailliage de Coutances, Charles de la Besnadière Poupinel, venu rendre visite au juge de la ville au sujet d'un litige personnel. Excitée par un certain Ponthébert, nous dit le chancelier Séguier dans son *Journal de voyage en Normandie*, et « déjà se voyant surchargée de taille au-delà de ses forces, et prévoyant ce second fardeau prêt à l'accabler, et duquel il a toujours été exempt », le peuple « pressé d'un désespoir furieux, assaillit ledit Poupinel en pleine rue et l'assomma cruellement à coups de pierre, de bâton et autres armes ».

Quarante à cinquante personnes, bientôt rejointes par des dizaines d'autres, participent à cette bastonnade qui tourne à la tuerie. Quelques minutes plus tard, un autre habitant est pourchassé jusque dans le couvent des Capucins. Puis, c'est au tour d'un certain Saint-Martin de tomber sous les coups d'épée de quelques Avranchins déchaînés.

Cette fois, l'affaire est grave. La révolte enfle autour de Falaise, de Bayeux et de Rouen. Les rebelles, qui se surnomment eux-mêmes « l'armée des souffrants », portent à leur tête un certain Jean Va-nu-pieds. Mais, au lieu de réagir par la douceur, le gouvernement de Louis XIII répond à ce soulèvement en édictant un nouveau règlement sur les teintures qui, de toute évidence, est une nouvelle promesse de chômage pour toute une partie de la population.

A la fin de l'automne, les va-nu-pieds sont près de 20 000 à défier le pouvoir royal. C'en est trop. Le gouvernement expédie contre eux des troupes étrangères commandées par un certain Gassion.

Elles feront merveille. La répression est immédiate et sans pitié. Ecoutons Séguier qui, lui-même, se montra implacable envers « l'armée des souffrants » : « A Avranches, M. Gassion fit une prompte justice de ceux qui furent pris les armes à la main ; on en pendit douze ; les autres, moins chargés, condamnés aux galères ; et sont à la chaîne ; et là on commença à en informer de tout ce qui s'était passé depuis les émotions dont résulte ce que dessus. Le prêtre Bastard, un des plus séditieux, et un tanneur (nommé Maillard) qui avait aidé à aller ruiner les maisons du Val Basin ; et un nommé Dupont, complice de ceux qui ont tué Poupinel, ont été exécutés à mort ; les autres qui se sont trouvés coupables condamnés aux galères et au bannissement, plus ou moins chargés ; et ceux qui n'ont pu être pris, condamnés par contumace, par jugement du 8 mars 1640, en des peines telles qu'une telle rébellion méritait, et des réparations, pour servir d'exemple à la postérité : que les fins de tels attentats sont toujours très funestes. »

Et tout ça pour une affaire de sel !...

L'impopularité de la gabelle, outre les révoltes paysannes, ne pouvait pousser qu'à la fraude sous toutes ses formes. Aussi les Français ne se privent-ils pas de défier le fisc à la première opportunité. Frauder devient même une règle, sinon un sport.

Comme l'observe Jean-François Bergier, « toutes les occasions de tricher sont bonnes, aux dépens du fisc, mais aussi des marchands ou des consommateurs. Les importateurs hollandais ou suédois trichent sur la provenance des sels, livrant sous une étiquette un sel de qualité inférieure. Les marchands du tirage sur le Rhône grossissent leurs pertes par avarie, ou les inventent de toutes pièces pour obtenir le remboursement des gabelles [...]. Le fisc et ses fermiers trichent aussi. Les gérants de greniers abusent de la naïveté des clients [1] ».

1. J.-F. Bergier, *op. cit.*

Au-delà de ces fraudeurs professionnels, il y en a cependant de plus grands encore : les faux sauniers, entendez les contrebandiers. Sous l'Ancien Régime, le phénomène, sans atteindre l'ampleur de la contrebande chinoise à la même époque, va cependant mobiliser contre eux toute l'énergie des forces royales.

La disparité des prix du sel explique cet essor de la contrebande. A la veille de la Révolution, le minot de sel (équivalent à 40 litres environ) se vendra 3 livres en Bretagne, mais plus de 58 en Anjou ! Comment, dans ces conditions, n'essaierait-on pas de contourner la loi ?

Les plus petits de ces fraudeurs se contentent sans doute de tromper le fisc en dissimulant du sel dans de faux pains ou dans des beurres sursalés. Mais leurs stratagèmes sont, dit-on, d'une diversité infinie. « C'est vouloir réduire tout l'océan dans un verre, déclare un contemporain, que de prétendre de réduire dans un seul chapitre toutes les ruses et adresses dont se servent les faux sauniers pour déguiser leur sel. » Les habitants des provinces limitrophes de la Bretagne ont ainsi pris l'habitude de dresser des meutes de chiens passeurs qu'ils affament pendant deux jours avant de les lâcher dans la nature, chargés d'un ballot de sel. Une fois la frontière franchie et leur mission accomplie, les chiens reviennent naturellement à leur point de départ sans avoir été arrêtés par les gabelous, effrayés par la férocité des animaux.

Autre procédé : les faux enterrements. Passant de la Bretagne au Maine, un cortège familial éploré ne fait en réalité qu'accompagner un cercueil rempli de sel au nez et à la barbe des gapians.

Toutes ces opérations ne sont pas sans risques. Lorsque le trafic se fait uniquement à dos d'hommes ou de chevaux, il faut prendre d'infinies précautions et rivaliser d'ingéniosité pour tromper la surveillance des hommes du roi. Voyager de nuit, traverser des villages ou, pis encore, des rivières, exige des complicités sûres. Il faut également effacer les traces de son passage sur les routes de la contrebande, les masquer en y faisant passer un troupeau de moutons ou une herse, entourer les sabots des chevaux de chiffons pour étouffer leur bruit ou les ferrer à l'envers.

Les arrestations sont malgré tout nombreuses et les peines encourues de plus en plus sévères. Elles vont de la simple amende à la peine de mort, en passant par le marquage au fer rouge du *G* de gabelle et même de l'humiliante fleur de lys pour les femmes, ou la condamnation aux galères. Entre 1703 et 1708, on a calculé qu'un bon tiers des galériens sont des faux sauniers.

Parfois aussi, on les pend ou on les condamne au supplice de la roue. En 1739, dans la Drôme, un certain Levet, seigneur de Malaval et président de la commission de Valence chargée de juger les crimes de contrebande, se montre d'une cruauté particulièrement répugnante. Perclus de goutte, il se fait porter au pied des échafauds et là se délecte des souffrances endurées par les condamnés. Un seul mot d'ordre à ses yeux : punir. Ni grâces ni acquittements.

La plupart de ces trafiquants ne sont que des ouvriers du textile, des paysans, des artisans pauvres qui ont besoin d'argent. Mais le pouvoir royal demeure indifférent à leur sort. Dans son rapport sur *L'Administration des finances de la France*, publié en 1784, Necker s'effraie de l'ampleur de la contrebande existant dans le royaume. Pour la seule année 1783, il précise que les commis de la ferme générale[1] ont procédé à l'arrestation de 2 500 hommes, 2 000 femmes, et 6 600 enfants, effectué 4 000 saisies domiciliaires et confisqué plus de 2 000 chevaux !

Bien sûr, on ne trafique pas exclusivement du sel, on fraude également sur le vin et sur le tabac, mais l'or blanc occupe un rang trop élevé dans la symbolique alimentaire pour ne pas susciter la réprobation des Français contre la cherté et l'injustice de la gabelle. Et puis, comment ne pas voir que ces faux sauniers amateurs, appelés aussi « margandiers », « camelotiers » ou « porte-cols », sont la plupart du temps poussés par la misère et la faim ? Comment ne pas comprendre que, à la veille de la Révolution, une femme ayant acheté dix sous de sel dans une province franche ne soit pas tentée de le revendre quarante sous ailleurs, réalisant ainsi un bénéfice de trente sous quand le salaire moyen d'un journalier n'est que de neuf sous !...

Dans une étude très documentée, Marie-Hélène Bourquin indique que, certes, la contrebande existait en France bien avant le XVIIIe siècle, « mais de façon plus sporadique et surtout plus artisanale, se limitant d'ailleurs presque exclusivement à la contrebande du sel de province à province, pratiquée par de pauvres gens qui n'y gagnaient souvent que de quoi subsister. Tandis qu'à la fin du XVIIe siècle, et

1. Le système de la ferme générale sous l'Ancien Régime permettait au roi de confier l'administration et à la perception des impôts à des particuliers contre le versement d'une somme forfaitaire globale. Les fermiers adjudicataires qui prenaient à bail pour six ans le recouvrement des impôts pouvaient dès lors conserver la différence entre la somme perçue par leurs agents et la somme revenant au pouvoir royal. Ce système donna lieu à de nombreux abus dénoncés par les populations et les contrebandiers, et la réputation des fermiers généraux sous Louis XV et Louis XVI ne cessa d'empirer, bien à tort parfois.

surtout au début du XVIIIe, la contrebande s'organise, les contrebandiers se réunissent en bande (30, 40, 80 hommes), s'arment et se mettent en relation avec des marchands qui les ravitaillent, soit en leur assurant l'écoulement des marchandises, ou bien encore avec des commanditaires qui leur avancent des fonds pour leur coupable industrie [1] ».

Dans ces bandes, on trouve beaucoup d'anciens soldats des guerres de Succession d'Espagne ou d'Autriche, des mercenaires, des gens sans aveu, des déserteurs, des paysans. Tout au long du XVIIIe siècle, ils mènent une guerre sans merci aux représentants du roi, et leurs « exploits » ou leurs « crimes » – selon le point de vue auquel on se place – défraient la chronique.

Certains forment de véritables petites armées très bien équipées. Ainsi, en 1704, le général Pallu écrit de Moulins qu'une bande de quatre-vingts faux sauniers a été attaquée dans la région, « commandés par un chef que, par ses habits et son cheval, on croit être de qualité ». Il ajoute que ses hommes « leur ont enlevé vingt-huit chevaux, cent cinquante-sept ballots de sel, six fusils avec quelques autres armes, ont fait cinq prisonniers et blessé plusieurs autres qui se sont échappés à la faveur des bois ».

D'autres bandes de quarante, cinquante hommes sillonnent les provinces. Commandées par un chef qui possède des chevaux, voire même des domestiques attachés à son service et peut se permettre d'acheter lui-même les marchandises frauduleuses, elles sévissent partout. Sur la frontière bretonne, on verra même des nobles organiser leur propre bande de faux sauniers.

1. M.-H. Bourquin, *Aspects de la contrebande au XVIIIe siècle* (Padoue, 1974).

Le plus étonnant est qu'elles sont souvent populaires. On les acclame au passage des villages, on leur offre à boire, on leur prête main-forte en leur fournissant des journaliers qui constitueront une petite troupe d'appoint pour certaines opérations.

L'une des figures de cette contrebande narguera longtemps les gabelous et deviendra une légende qui confortera l'hostilité des Français envers le fisc : Louis Mandrin.

Né en 1725 à Saint-Etienne-de-Saint-Geoirs, dans une famille cossue de commerçants et d'artisans dauphinois, rien ne laissait pourtant présager de l'avenir de Mandrin. Son père vendait du vin et des bestiaux sur les marchés, et, dans une boutique, des étoffes et de la quincaillerie.

Louis Mandrin a dix-sept ans lorsque son père meurt. Il lui faut désormais s'occuper de sa mère et de ses quatre frères et sœurs. Doué d'une forte personnalité et d'un caractère difficile, il décide, après avoir repris un temps l'affaire familiale, de prendre le large. Il est alors criblé de dettes.

En 1748, le voici fournisseur aux armées de Provence qui se battent en Italie durant la guerre de Succession d'Autriche. Là, il assure à travers les Alpes le transport des vivres nécessaires aux soldats du roi. Mais la fin de la guerre le laisse à nouveau oisif. Mieux : on refuse de lui payer les sommes dues pour son travail. Ecœuré, Mandrin mène une existence marginale, vivant à Grenoble de la vente de tabac de contrebande.

Une succession d'événements va alors le conduire à devenir le Mandrin que nous connaissons. Condamné aux galères par contumace pour une affaire de vol dans l'église de Saint-Etienne-de-Saint-Geoirs, il est mêlé en 1753 à une rixe qui fait deux morts. Réussissant à échapper une fois de plus à la justice, il est cette fois condamné à être roué vif.

Mais c'est le 21 juillet de la même année que le destin le rattrape. Ce jour-là, après avoir été préalablement torturé – on dit « questionné » –, son frère, Pierre Mandrin, est pendu à Grenoble comme faux-monnayeur. C'est un brigadier de la ferme générale qui l'a dénoncé.

Dévoré par la haine et le désir de vengeance, Louis s'engage dans la troupe d'un important contrebandier, un ancien soldat nommé Belisard. Très vite, il devient le chef de cette troupe.

Il est vrai qu'il a tout pour séduire, Louis Mandrin. S'il est grêlé par la petite vérole, sa chevelure blonde encadre un visage expressif, des yeux clairs, un nez large, une bouche énergique et sensuelle. En outre, il est toujours gai et vif. Surnommé « belle humeur », il rit tout le temps, fume beaucoup, lève volontiers le coude et sait convaincre ses hommes d'obéir à ses ordres d'une voix chaude à l'enthousiasme contagieux.

Disposant de quatre cents hommes fortement armés, Louis, selon la *Gazette de Hollande* du 27 décembre 1754, fait preuve « d'une hardiesse et d'une intrépidité à toute épreuve, d'un sang-froid et d'une présence d'esprit admirables devant le danger. Patient et laborieux à l'excès, son courage lui fait tout entreprendre, tout supporter pour satisfaire son ambition ».

Durant des mois, lors de six campagnes, Mandrin va trafiquer du tabac, du sel, des toiles peintes. Sans craindre les gapians, il vend sa marchandise sur les places publiques et s'attaque aux agents de la ferme générale. Son armée est partout : en Dauphiné, en Auvergne, en Rouergue, en Suisse, dans la vallée du

Tarn. « Ce Mandrin a des ailes, s'extasie Voltaire, il a la vitesse de la lumière... C'est un torrent, une grêle qui ravage les moissons dorées de la ferme. »

Parfois, Louis tombe dans l'excès et, dans son désir de venger la mort de Pierre, il fait fusiller les représentants des fermes. A son procès, on ne lui reprochera pas moins de quarante meurtres. Peut-être y en eut-il davantage.

Mandrin n'est pas qu'un contrebandier, cependant, il devient peu à peu un symbole : celui de la lutte contre les abus des fermiers généraux.

Mais, bientôt, l'étau se resserre autour de lui. Ses exactions ont mis hors d'elles les autorités royales. Le 10 mai 1755, alors qu'il passe la nuit au château de Rochefort, en Savoie, Louis Mandrin est arrêté sur dénonciation d'un espion. En compagnie de son lieutenant, Saint-Pierre, il est aussitôt ramené à Valence.

Le fameux Levet de Malaval allait pouvoir confirmer sa réputation d'émule de « Torquemada ». Après onze jours d'instruction et plus de quatre-vingts heures d'interrogatoire, Louis Mandrin est condamné le 26 mai à subir le supplice de la roue comme « chef des contrebandiers, criminel de lèse-majesté, assassin, voleur, et perturbateur de l'ordre public ».

Deux jours plus tard, la sentence sera exécutée devant six mille personnes qui s'étaient entassées sur la place de l'échafaud, autour des maisons et sur les toits afin d'assister au supplice.

Mandrin à peine disparu, des chansons, des complaintes, et des poèmes fleurirent un peu partout pour relater ses exploits. L'assassin était déjà oublié et on ne voulait plus voir en lui que le héros de la lutte contre l'ignominie des fermiers généraux et l'insupportable gabelle.

La légende de Louis Mandrin pouvait commencer...

La mort de Mandrin, d'une certaine façon, clôt la « belle époque » du sel.

En 1790, l'abolition de la gabelle et, un an plus tard, celle de la ferme générale mécontentèrent tous ceux qui étaient de près ou de loin mêlés au marché du sel, y compris bien sûr les contrebandiers. Rétablie par Napoléon, elle ne fut plus ensuite qu'un impôt indirect comme les autres. Le nom de « gabelle » ne disparut toutefois des textes officiels qu'en 1945.

Le XIXe siècle, lui, devait assister au déclin progressif des marais salants atlantiques devant l'industrialisation des salines méditerranéennes.

Seule, en 1928, la marche de Gandhi pour dénoncer l'impôt sur le sel et l'interdiction faite aux Indiens de le collecter fit encore parler un peu du précieux or blanc.

Aujourd'hui, le sel est à nouveau partout, banalisé, et nul ne se soucie plus d'en manquer. Nul, surtout, ne l'imagine. Rares sont d'ailleurs les pays qui en importent. En France, les ressources de la mer, les progrès dans l'extraction du sel gemme et de l'exploitation des salines d'Aigues-Mortes ou de Salin-de-Giraud satisfont amplement tous nos besoins.

D'ailleurs, l'utilisation du sel a changé. Les besoins de l'industrie chimique, des usines d'adoucissement des eaux, du réseau routier lors de périodes d'enneigement absorbent à eux seuls 90 % de la production, tandis que l'alimentation n'en utilise que 10 % à peine.

L'or blanc des rois n'est plus cet aliment magique que vénéraient nos aïeux, celui pour lequel ils se sont même parfois battus jusqu'à en mourir. Sa pureté, si prisée autrefois, le rend aujourd'hui presque inaperçu. Et pourtant, que serions-nous sans ce « sel de la terre » dont parlait l'apôtre Matthieu ?... Seuls les lutteurs de sumo, au Japon, semblent encore se souvenir dans leurs rites séculaires que le sel a longtemps été, autant que l'indispensable aliment des hommes, celui des dieux et des esprits.

5

Les poires de M. de La Quintinie

Le Nôtre, Mansart, Le Vau... Autant de noms qui fleurent bon le Grand Siècle et évoquent pour nous les splendeurs de Versailles. Mais qui se souvient encore de Jean-Baptiste de La Quintinie, à l'exception de quelques spécialistes du siècle de Louis XIV ou de professionnels de l'agronomie ?

Pourtant, le nom de La Quintinie trouve tout naturellement sa place dans notre voyage au cœur de deux mille ans d'histoire gourmande.

Car La Quintinie, c'est d'abord l'histoire d'une passion, celle d'un homme qui est allé jusqu'au bout de son rêve, presque de sa folie tant son amour des jardins, des arbres, des fruits et des potagers frisait l'obsession.

Rien de grand, dit-on, ne se fait sans enthousiasme, un mot d'origine grecque qui signifie être « possédé par le dieu ». Si tel est le cas, alors Jean-Baptiste de La Quintinie mérite de figurer au panthéon des possédés !

A sa décharge, il faut dire qu'il vivait dans un monde où le roi n'était pas loin de se considérer comme l'égal d'un dieu. Un dieu qui régnait sur vingt millions de français et quelques milliers de courtisans qui n'étaient pas tous des anges...

Il est né le 1er mars 1626 à Chabanais en Charente, Jean-Baptiste de La Quintinie. Sous le signe des poissons, ce qui aurait dû le prédisposer à s'occuper de pisciculture dans les bassins du château de Versailles plutôt que du potager du roi.

Mais le destin a de ces caprices, parfois !...

Deuxième d'une série de trois fils, son père Guillaume détient une petite charge financière, tandis que sa mère Françoise, née Morand, comptera dans sa famille plusieurs chirurgiens, dont l'un sera le médecin de Louis XV. Les deux frères de Jean-Baptiste, quant à eux, seront pour le premier conseiller du roi, puis procureur, et pour le second chirurgien-major du roi et sieur de Neuville.

Une famille née loin de Versailles, enracinée dans le terroir charentais depuis trois siècles !

De son enfance, on ignore tout. On le retrouve un peu plus tard à Poitiers, d'abord au collège des Jésuites, puis à la faculté où il étudie le droit et la philosophie. Aucun intérêt donc *a priori* pour les sciences de la nature.

D'ailleurs, il ne s'attarde pas en Poitou. Muni de son diplôme, « sans regret des horizons des campagnes poitevines et des vallons boisés de châtaigniers des environs de Chabanais [1] », il monte directement à Paris où il devient avocat et maître des requêtes de la reine.

Bon orateur, adroit, séduisant, La Quintinie plaît. Les magistrats apprécient sa compagnie autant que

1. Jacques Gervais, *Le Jardinier du roi, Jean-Baptiste de la Quintinie* (Stock, 1944).

son éloquence. Au point que son nom circule bientôt en haut lieu et que le président de la Chambre des comptes, le très puissant Jean Tambonneau, demande à le rencontrer.

Entre les deux hommes, le contact est immédiat. Tambonneau n'a qu'un fils, Michel, qui requiert toute son attention, et se prend d'affection pour La Quintinie à qui il offre immédiatement de devenir précepteur de Michel.

Nous sommes en 1654. La Quintinie, en dépit de ses succès oratoires, juge préférable d'accepter la proposition plutôt que de déplaire au président des Comptes. Les Tambonneau sont riches. Ils vivent dans un hôtel somptueux du faubourg Saint-Germain où ils reçoivent toute la haute société parisienne et versaillaise. Certes, on accuse Tambonneau de prêter à usure dans la rue de la Verrerie et de mener une vie sentimentale agitée, mais qu'importe ! Ni le libertinage ni les ragots n'effraient Jean-Baptiste.

Est-il ambitieux ? Ce qu'il observe en tout cas, c'est que l'hôtel des Tambonneau est l'un des plus beaux de la rue de l'Université, qu'il a été dessiné par le premier architecte du roi, Le Vau, et que l'ordonnancement des jardins qui s'étendent sur l'arrière du bâtiment est dû à Le Nôtre, rien de moins !

Il n'en faut pas davantage pour séduire notre Jean-Baptiste. Il jouera désormais les précepteurs auprès de Michel-Antoine et s'acquittera de sa tâche avec bonheur.

Est-ce dans la bibliothèque de la rue de l'Université qu'il découvrira ses premiers ouvrages sur l'agriculture, qu'il lira Columelle, Virgile et Varron ? Ou cette passion pour la nature était-elle chez lui depuis longtemps éveillée ? A-t-il eu l'occasion de rencontrer alors Le Nôtre et d'échanger avec lui des propos de nature à orienter son destin de manière décisive ? Il est difficile de le savoir.

Une autre hypothèse a été avancée. La Quintinie aurait effectué, en compagnie de Jean Tambonneau, un long voyage en Italie durant l'année 1656. Passant par la Provence, il aurait été fasciné par le jardin botanique de Montpellier, puis en Italie par ceux de Pise, de Padoue, de Turin, de Bologne. On suppose même qu'il a pu séjourner à Rome dont les splendeurs – la villa d'Este à Tivoli, la Villa Aldobrandini, les jardins du Vatican – lui auraient laissé un parfum... d'éternité.

Quoi qu'il en soit, dès son retour à Paris, La Quintinie ne songe plus qu'à sa nouvelle passion. Il dévore tous les ouvrages qui lui tombent sous la main en matière d'agronomie, d'horticulture, de jardinage. Il y met même tant d'ardeur qu'il veut à toute force tenter une première expérience. C'est Charles Perrault qui, admiratif, le raconte dans un ouvrage qu'il consacre en 1697 aux *Hommes illustres* de son temps : « Pour bien connaître comment la nature opère dans la production des racines, il planta en un même jour plusieurs arbres de la même espèce et ensuite il les arracha tous l'un après l'autre de huit jours en huit jours pour voir le commencement, le progrès et l'accomplissement de la production de racines. Il apprit ce qu'on ne savait pas encore, qu'un arbre transplanté ne prend de nourriture que par les racines qu'il a poussées depuis qu'il est replanté, et qui sont comme autant de bouches par où il attire l'humeur nourricière de la terre, et nullement par les petites racines qu'on lui a laissées, qu'on appelle ordinairement le chevelu. De là, il nous a enseigné, que loin de conserver ces anciennes petites racines, quand on transporte l'arbre, comme on le faisait autrefois avec grand soin, il est meilleur de les couper parce qu'ordinairement elles se sèchent et se moisissent ; ce qui nuit à l'arbre au lieu de lui aider. »

Ce passage de la théorie à la pratique s'avère décisif. La Quintinie a trouvé sa vocation, il sera jardinier, agronome, arboriculteur, horticulteur, maître ès fruits et légumes, enfin tout cela à la fois de préférence.

Entre deux plantations, il trouve tout de même le temps de se marier avec Marguerite Joubert qui lui donnera trois fils, dont deux ne dépasseront pas l'âge fatidique de vingt-deux ans.

Tout à sa passion, La Quintinie dispose en outre d'un atout considérable : sa capacité à la communiquer aux autres. Ainsi, au vu des étonnants résultats qu'il obtient, le président Tambonneau, conquis par sa ferveur « quasi mystique », lui abandonne la direction de ses jardins.

Jean-Baptiste va s'y faire la main. Et elle se montre si verte, cette main, qu'elle lui vaut bientôt une réputation qui dépasse de loin les murs de la rue de l'Université. Tous les grands font désormais appel à lui : la Grande Mademoiselle, le prince de Condé, le duc de Montausier, Colbert et surtout Nicolas Fouquet, le surintendant des Finances de Louis XIV. La Quintinie fait partie, en effet, de l'équipe des Le Nôtre, Le Brun, Le Vau, qui va embellir le somptueux château de Vaux-le-Vicomte dont l'éclat finira par aveugler cruellement les prunelles trop sensibles du Roi-Soleil.

L'orgueil de Louis XIV, heureusement, ne l'empêchera pas de reconnaître les talents de cette équipe-là. En 1661, à l'heure où Mazarin rend l'âme et où son pouvoir personnel peut enfin s'affirmer,

Louis fait appel à La Quintinie. Il lui confie le premier potager de Versailles, situé entre la Grande Rue et l'église Saint-Julien-de-Brioude.

C'est le début d'une collaboration exceptionnelle entre ces deux hommes que tant de choses séparent, et qui, pourtant, durera pendant plus d'un quart de siècle.

L'ancien potager de Versailles existait déjà sous Louis XIII. Certes, Versailles n'était encore qu'un modeste pavillon de chasse, mais un potager pouvait se montrer avantageux en cas de séjour un peu prolongé ou de réceptions improvisées.

Jardin purement utilitaire, donc. Jardin de curé, pourrait-on dire, au charme désuet et aux ambitions limitées.

Mais la fébrilité de La Quintinie va bouleverser toutes les routines. Très vite, il s'attelle à la tâche et opère des modifications dans la structure même du potager.

Dans une notice le concernant, l'historien Le Roi le décrit comme mesurant environ 260 mètres de long sur 126 de large, « il était divisé en deux parties égales par une longue allée qui le traversait dans toute son étendue. Les deux côtés formés par cette séparation étaient chacun divisé en trois petits jardins entours de murs et séparés par des allées transversales aboutissant à une autre allée circulaire, ce qui permettait de faire le tour de tous ces jardins sans être forcé d'y entrer, et présentait une surface considérable de murs susceptibles de recevoir des espaliers. Chacun des six jardins ainsi formés était divisé en quatre parterres, et deux petits bassins, de forme ronde, occupaient le centre de deux de ces jardins ; enfin, à droite de l'entrée, étaient élevés les bâtiments et les serres ».

Ce cloisonnement est d'ailleurs voulu, selon Le Roi, par La Quintinie. Chaque jardin sera ainsi affecté à une culture spécialisée et les murs permettront de multiplier le nombre des espaliers recevant des arbres fruitiers.

D'emblée, La Quintinie va donner un nouveau souffle au potager du roi et améliorer considérablement les rendements à la stupéfaction générale. Cela ne lui suffit pas. Il songe déjà à un nouvel emplacement dont le sol, de meilleure qualité, permettra des cultures plus intensives. Sa préférence va alors à un terrain situé non loin de l'étang de Clagny, plus ensoleillé, mais ce choix ne sera pas confirmé.

Tant pis ! En 1665, il est officiellement jardinier du roi en remplacement d'Antoine Le Gendre, curé d'Hénouville et jardinier du prince de Condé. Puis, en 1670, il se voit confier la direction des jardins fruitiers et potagers des maisons royales. Un brevet signé de la main de Louis XIV atteste de la confiance qu'il place en lui et déclare que c'est lui qu'il « a retenu et retient pour, sous les ordres du sieur Colbert, surintendant des bâtiments, arts et manufactures de France, prendre soin de tous les arbres fruitiers qui sont déjà plantés et le seront à l'avenir dans les maisons royales ».

Cette fois, c'est la consécration. La Quintinie, devenu officier de la Maison du roi, est appointé pour 2 000 livres de gages et 2 000 livres de gratifications par an.

Se croit-il parvenu à l'apogée de sa carrière ? Sans doute.

C'est oublier que Louis XIV s'est lancé dans l'entreprise la plus folle, la chimère la plus absolue qui, un jour, méritera pleinement le nom de Versailles !

Dès 1676, La Quintinie va donc se consacrer pleinement à sa grande œuvre : la réalisation du nouveau potager du roi.

En vérité, les choses commencent plutôt mal. Souhaitant continuer la perspective de la terrasse du Midi surplombant les parterres de la nouvelle orangerie sans rompre la précieuse géométrie de l'ensemble, l'architecte Mansart a imaginé une pièce d'eau tout en longueur qu'on appellera plus tard « des Suisses ». Et le potager ?... Il devra se contenter, juste à côté, d'un terrain marécageux à souhait formé de trois étangs où stagnent les eaux usées rejetées par le village de Versailles. Le plus grand de ces étangs est d'ailleurs baptisé « l'étang puant » tant le terrain est insalubre.

On imagine l'effarement de La Quintinie, ses grincements de dents, ses démarches auprès de Colbert et, qui sait, du roi lui-même pour dissuader Mansart de mettre son projet à exécution.

Rien n'y fera ! D'autres priorités, pratiques et esthétiques, passaient avant le potager.

Un travail de titan, voilà à quoi La Quintinie va devoir s'atteler ! Les marécages couvrent une superficie de 12 hectares. On les comble. Pendant des semaines, des régiments de Suisses, épaulés par des terrassiers professionnels, armés de pelles, de hottes et de brouettes, vont transporter la terre de la pièce d'eau portant leur nom afin de remblayer les étangs puants et niveler le terrain.

Dès 1677, les premiers murs s'élèvent autour du potager, ces murs auxquels tient tant La Quintinie pour enclore son domaine. Le reste suivra, sur ses plans, mais construit par Mansart : terrasses, voûtes et escaliers.

Encore faut-il trouver l'essentiel : une terre de qualité irréprochable pour espérer les meilleures cultures. On en trouve du côté de Satory et du parc aux Cerfs, mais seulement de « passablement bonnes ».

Epuisé et au comble du bonheur, La Quintinie voit peu à peu s'édifier et se consolider son potager. Hélas, au moment où il croit pouvoir relâcher ses efforts, l'effroyable survient. Durant la première année, des pluies diluviennes viennent noyer le potager. « Il survint de si grandes et si fréquentes averses d'eau, écrit-il, que tout le jardin paraissait être redevenu un étang ou au moins une mare boueuse, inaccessible, et surtout mortelle et pour les arbres qui en étaient déracinés, et pour les plantes potagères qui en étaient submergées [1]. »

Las ! Il faut tout recommencer, ou presque. Et le ballet des brouettes reprend de plus belle. Tout est mis à contribution : les hommes comme les pelles, les pioches, les serpettes, les charrettes et les chariots. Il faut enlever la terre imbibée et la remplacer par une autre, ajouter du fumier, apporter aussi de la pierraille qui servira au système de drainage qu'a mis au point La Quintinie afin de dériver les eaux de pluie glissant des collines vers la pièce d'eau des Suisses.

Mais l'effort, soutenu sans faiblesse, finit par payer. Deux ans plus tard, en 1679, les premiers fraisiers sont plantés.

Un miracle ! Et un miracle qui dut satisfaire pleinement Mansart comme le très sourcilleux Louis XIV.

Comme nous le montrent des gravures d'époque, le potager de La Quintinie obéit en effet au style

1. J.-B. de La Quintinie, *Instruction pour les jardins fruitiers et potagers* (Paris, 1690). L'ouvrage fut publié par son fils deux ans après sa mort.

« Grand Siècle » par sa symétrie et ses carrés parfaits. Car la perfection alors ne peut se concevoir que géométrique. Au point que la frileuse Mme de Maintenon dira un jour à Louis XIV qui refusait de lui accorder des volets à ses fenêtres pour ne pas rompre l'harmonie de façade de son cher Versailles : « Sire, il faudra donc périr en symétrie ! »

A cette exception près que le potager de La Quintinie n'obéit pas à cette règle par simple conformisme. « Son originalité vient plus exactement de la fusion des exigences de la haute technicité agricole et de l'élégance qui est de mise partout à Versailles. Si le roi n'a pas donné raison au jardinier quant à l'emplacement du potager, La Quintinie semble avoir eu carte blanche quant à son organisation. Les nombreux jardins en creux, les plantations en biais, la serre de la figuerie, la multiplication de petits jardins clos de murs en font une véritable " industrie " à produire des fruits et des légumes en grande quantité. C'est ce qui frappe les visiteurs de l'époque qui y voient une suite de cabinets de curiosités [1]. »

La minutie avec laquelle leur créateur a disposé son potager ne laisse pas, en tout cas, de les éblouir. Qu'ils viennent du lointain royaume de Siam ou de Suède comme Nicodème Tessin. Dans son journal de voyage, ce dernier relate avec enthousiasme sa visite au potager du roi en 1688. « Le fruitier du roi, raconte-t-il, est à gauche, tout en bas du château, du côté de la grande pièce d'eau devant l'Orangerie. Il y a un grand jardin au milieu environné de trente autres jardins dont chacun a son enclos de murailles jusqu'à huit aunes de hauteur. La maison dans laquelle il est logé est grande et se trouve tout à l'entrée du fruitier ; les jardins qu'il a ordonnés le

1. William Wheeler, *Le Potager du roi* (Somogy).

plus près sont pour les melons et les figues [...] La situation du fruitier est extrêmement marécageuse, mais il a fort bien su prévenir à ses désordres par ses conduites au milieu des grandes allées, qui ont leurs branches partout posées jusqu'à sept ou huit pieds de profondeur ; après il a fait toutes les couches en dos de baïs (bahut) et les arbres à l'entour sont relevés, près de trois pieds du côté des couches et près d'un pied du côté des allées. Le grand fruitier du milieu est environné d'une terrasse et muraille en haut, toutes deux revêtues des espaliers et l'on passe aussi bien par en bas que par en haut dans les fruitiers tout à l'entour, et les portes des fruitiers tout à l'entour se répondent aussi tout au long. En bas, vers la pièce d'eau, les murailles sont faites en ligne courte, pour gagner trois heures de soleil pour les fruits printaniers. La décharge de tous les tuyaux va dans la grande pièce d'eau susnommée, et au milieu de chaque quartier à l'entour, il y a un puits, comme aussi presque dans tous les autres jardins à l'entour. »

La beauté des jardins, des fruits et des légumes qui s'y épanouissent au soleil de Versailles ne doit pas cependant nous faire oublier qu'une activité intense y règne. Entouré d'une trentaine de valets jardiniers, La Quintinie est voué à ses cultures comme à un sacerdoce. Il ne pense qu'à elles, ne vit que pour elles. Attentif au soleil trop ardent comme aux gelées de l'hiver, toujours inquiet des variations brusques du climat et des risques que courent ses plantations.

Le potager de Sa Majesté est d'ailleurs bien plus qu'un garde-manger de luxe. Il est un lieu vivant, une sorte de laboratoire à ciel ouvert. Doté d'une insatiable curiosité, La Quintinie s'y livre en permanence à de nouvelles expériences afin d'enrichir ses connaissances en biologie et en botanique. Il y développe un système de serres amovibles pour la conservation des orangers durant l'hiver, de même que la culture sous cloches de verre. Il encourage le perfectionnement des outils – les scies et les serpettes, par exemple. A travers de nouvelles techniques de taille, de bouture et de greffe, il fait accomplir d'importants progrès à la culture des légumes et des arbres fruitiers.

Des efforts qui porteront d'autres fruits bien longtemps après que La Quintinie aura cessé de veiller sur le potager du roi.

Ce n'est pas un hasard, en effet, si la plupart des grands botanistes du Siècle des lumières seront passés par les jardins botaniques royaux.

A voir la diversité des fruits et légumes figurant le long de ses allées et dans ses fameux carrés, on comprend mieux la fascination que le potager du roi pouvait exercer sur ses visiteurs.

La Quintinie ne parviendra-t-il pas, au moyen de serres chauffées, à produire des figues de mars à fin août, des asperges et des fraises en décembre ?

Que n'aurait-il fait d'ailleurs pour satisfaire les caprices du Roi-Soleil !...

Louis XIV raffole des asperges, on en cultive plus de 6 000 plants ! Il aime les artichauts, La Quintinie en exige un millier. Le potager royal produit aussi des petits pois, des melons, des poireaux, des carottes, des navets, des choux, des épinards, de l'ail, de l'oignon, des citrouilles, des potirons, des courgettes, des coloquintes multicolores, des laitues, des concombres, des radis noirs, et tant de légumes encore dont les noms comme les saveurs sont aujourd'hui oubliés. Dans ses jardins, les parterres de fleurs voisinent en bonne intelligence avec les parterres de légumes, et tout est agencé pour satisfaire le plaisir de l'œil autant que celui du palais.

Sans nul doute possible, c'est aux arbres fruitiers et aux fruits que le jardinier du roi consacre malgré tout le plus de temps et d'énergie. Aux fraises, aux framboises, au raisin muscat, aux pommiers, aux fraisiers, aux abricotiers, aux pêchers, aux pruniers. Des cultures expérimentales lui permettent même de cultiver des figues et des poires, élevées en espaliers.

Louis XIV, en effet, adore les figues, et La Quintinie veille à combler cette gourmandise. « Le plaisir que notre grand monarque trouve à ce fruit-là, observe-t-il, et le péril de mourir que courent ici les figuiers en place pendant les grandes gelées, ou au moins de n'avoir pas de figues dans le cours de l'année, ces deux raisonnements ont été deux puissants motifs qui pour moi, honoré comme je le suis de la charge de directeur de tous les jardins fruitiers et potagers des maisons royales, m'ont fait aviser de cette manière d'avoir sûrement beaucoup de figues tous les ans. »

La Quintinie conseille malgré tout de choisir de préférence les « bonnes figues blanches » aux noires. Mais là s'arrêtent ses recommandations.

Il faut dire que, pour sa part, ce ne sont pas les figues mais les poires qui retiennent son attention. Son livre se montre intarissable à leur sujet, et les poiriers abondent dans le « potager du roi ».

Combien en a-t-il planté durant sa longue carrière ? Des dizaines de milliers peut-être. Car si aujourd'hui nous connaissons quelques variétés telles que la passe-crassane, la doyenne du comice, le beurré Hardy, la louise-bonne, la Williams, il en existait alors bien d'autres aux noms tout aussi délicieux :

mouille-bouche, messire Jean, cuisse Madame, catillac...

La Quintinie a ses préférences... et ses aversions. Dans ses *Instructions*, il leur consacre plusieurs chapitres, bien plus qu'aux pommiers en tout cas. Il s'appesantit longuement sur leur variété, leurs qualités, et leur mode de culture. Si longuement même qu'il en fait trop et finit par lasser parfois le lecteur.

Sa préférence, incontestablement, va au bon-chrétien d'hiver, et son aversion au catillac qui donne de « méchantes poires » et qu'on ne devrait jamais planter. Au premier, en revanche, il consacre pas moins de huit pages pour vanter ses vertus. D'ailleurs, écrit-il, « nos pères, pour en faire une grande distinction, lui ont ajouté le surnom de “ bon ” sans avoir fait la même chose en faveur d'aucune autre poire ».

La Quintinie accorde ensuite sa faveur à six autres poiriers qui, avec le bon-chrétien, forment une sorte de base musicale dans la grande symphonie qu'est ce « potager du roi » dont on se demande parfois s'il ne voudrait pas faire un nouvel Eden ! Ce sont les poiriers de Beurré, de Virgoulé, de leschasserie, d'Ambrette, d'Episne d'hiver, de Rousselet.

En voulez-vous d'autres ? La Quintinie est inépuisable et, avouons-le, passablement ennuyeux. A chaque fois qu'il semble faire une pause dans sa longue énumération assortie des détails les plus invraisemblables, il ne fait que s'arrêter pour reprendre son souffle. Il donne non seulement le nom des espèces, mais l'ordre de leurs plantations en buissons.

La Quintinie va ainsi jusqu'à mille poiriers ! Et finit par se lamenter comme s'il s'adressait à quelqu'un d'autre : « Quand cela n'irait qu'à douze pour chaque pied d'arbre, je demande, dis-je, à ce curieux, qu'est-ce qu'il pourra faire de ces douze mille poires, à moins qu'il n'en veuille faire présent d'une grande partie, ou les vendre, ou en faire du cidre, etc. J'avoue que ce nombre m'épouvante jusqu'à me chagriner, au moins me faire pitié, sachant qu'il y en aura pour le moins la moitié de gâtée. »

La Quintinie pris à sa propre folie des grandeurs ?

Qu'on se rassure, le surplus de production du potager du roi était distribué aux pauvres.

D'ailleurs, les quantités de fruits et légumes produits à Versailles étaient largement absorbées par la Cour lorsqu'elle y séjournait. Nicodème Tessin cite notamment les chiffres de 150 melons et de 4 000 figues par jour !

Ces fruits et ces légumes, il faut cependant veiller à prolonger leur vie au-delà de la cueillette, et c'est là, en matière de conservation, que les choses se compliquent un peu.

Quand vient l'automne, il faut récolter, cueillir et ramasser. A la main, bien sûr ! En ce qui concerne les poires, si chères à La Quintinie, l'abbé Gobelin décrit avec précision l'art de la cueillette : « Il faut avoir toujours la main gauche sous la poire pour l'empêcher de tomber, et en soulevant, détacher de la droite la queue, en sorte que l'on ne la rompt point et il faut que la queue quitte d'elle-même sa branche ; car une poire qui a perdu sa queue a perdu honneur, c'est pourquoi il ne faut manquer de crier au lourdaud contre celui qui a rompu la queue afin que les autres y prennent garde. »

Une fois récoltés dans le potager, les fruits sont entreposés dans la fruiterie. On les étale sur de la mousse, du foin ou du sable sec. Mais leur conservation optimum exige encore une température fraîche et peu humide, peu de lumière et de courants d'air.

Les caprices du climat, les difficultés de conservation, les aléas de la cueillette, ne sont pas les seuls ennemis de La Quintinie. L'expression « voleurs de pommes », qui nous fait sourire aujourd'hui, n'est pas alors un vain mot. Jean-Baptiste a-t-il imaginé contre eux un stratagème ? Il n'en parle pas en tout cas. L'abbé Gobelin, en revanche, se montre radical sur ce point : « Il y a de très méchants Chrétiens qui font la guerre aux Bons-chrétiens. » Dès lors, un minimum de précautions s'impose. Quand sera venu le temps de la récolte, l'abbé conseille donc d'engager deux hommes armés de fusils et qui se feront accompagner de « petits chiens, de ceux qui glapissent et font éveiller les mâtins du village ». Il faut rémunérer ces hommes, leur interdire l'alcool, et ainsi le potager sera à l'abri de toute incursion ennemie.

La Quintinie, sans hommes d'armes, veillera jalousement jusqu'à ses derniers jours sur ce « jardin extraordinaire » qui, n'en doutons pas, eût enchanté Charles Trenet.

En récompense de tout son labeur, il sera anobli au mois d'août 1687. Il choisira lui-même ses armoiries : « D'argent au chevron d'azur accompagné de deux étoiles et, en pointe, un arbre de sinople, terrain de même. » Puis, il s'éteindra paisiblement à Versailles l'année suivante.

Deux ans plus tard, en 1690, son fils fit paraître chez Barbin, à Paris, et en deux épais volumes, ses *Instructions pour les jardins fruitiers et potagers*. L'ouvrage connut un grand succès, et suscita d'intenses polémiques. Réédité jusqu'en 1786, il fut vivement attaqué par les physiocrates et au XIXe siècle par les botanistes. Les agronomes d'aujourd'hui, en revanche, se montrent beaucoup plus indulgents avec ce manuel quelque peu indigeste et reconnaissent même la pertinence de ses réflexions sur l'arboriculture fruitière.

Plus que pour sa science agronomique, c'est donc pour la création du potager du roi et les soins qu'il lui accorda qu'il faut retenir le nom de Jean-Baptiste de La Quintinie.

Son potager lui a d'ailleurs survécu. Un temps délaissé sous la Régence – trop parisienne –, il revint à l'honneur sous Louis XV qui refusa qu'on déplace le clos aux asperges pour permettre à la reine Marie Leszczynska d'y faire construire un couvent. La Révolution, en revanche, le malmena. Contrairement au XIXe siècle qui lui restitua son lustre et sa dignité. Le potager nourrit alors la table de l'Empereur et des derniers Bourbons, puis la table de Napoléon III et même celle du roi de Prusse et du Kronprinz, son fils, lors de l'occupation allemande de 1870. Trois ans plus tard, la décision d'y créer l'Ecole nationale d'horticulture scellait définitivement son destin.

En 1976, l'Ecole nationale supérieure du paysage vint s'installer à l'ombre tutélaire de M. de La Quintinie.

Ses élèves s'en sentent-ils plus inspirés ?

Ce que bien des Versaillais ignorent encore, malgré tout, c'est qu'il est toujours possible de se procurer des fruits et des légumes en provenance du potager du roi.

Car si le souvenir de La Quintinie ne perdure, hélas, que dans la mémoire des amoureux du « bon-chrétien », son œuvre a franchi les siècles et La

Quintinie pourrait être fier aujourd'hui de ses lointains héritiers dont la patience et la science lui font honneur.

La Quintinie eut, en outre, la même élégance finale que le vieux maréchal de Richelieu. Celui-ci, en bon courtisan, mourut en 1788 pour ne pas avoir à connaître la Révolution. Disparu exactement un siècle plus tôt, La Quintinie eut quant à lui la chance insigne de ne pas connaître le terrible hiver 1709 durant lequel périrent ses pommiers, ses carrés d'asperges et ses... poires.

6

Le suicide de Vatel

« *Pour quelques saumons de plus ou de moins...* »

Le 18 janvier 1825 à Paris, au théâtre de la duchesse de Berry – belle-fille du roi Charles X –, on jouait un vaudeville de MM. Scribe et Mazères. La pièce s'intitulait *Vatel ou le petit-fils d'un grand homme*. On y mettait en scène le maître d'hôtel d'un ambassadeur s'apprêtant à donner un grand dîner. Parmi les personnages principaux figuraient ce maître d'hôtel, petit-fils du vrai Vatel, son fils César, ainsi qu'une cuisinière nommée Manette.

La foule se pressa sur le seul nom de Vatel, le maître d'hôtel du prince de Condé dont chacun savait qu'il s'était suicidé pour éviter le déshonneur lors d'une grande fête donnée à Chantilly en avril 1671. L'histoire était restée dans toutes les mémoires.

Chacun attendait également que l'on fasse allusion à l'événement au cours de la pièce.

Le public ne fut pas déçu. Une scène mettant César et Manette face à face abordait le sujet avec une relative... décontraction.

César : *Entrez Mademoiselle, n'ayez pas peur, mon père n'y est pas.*

Manette : *Il est si méchant votre père !*

César : *Méchant! Non, il n'est point méchant, papa; il est fier.*

Manette : *Et pourquoi est-il si fier?*

César : *Manette, vous me demandez pourquoi?... Parce qu'il s'appelle Vatel.*

Manette : *Mais qu'est-ce donc que cet aïeul?*

César : *Ah! C'était un malin celui-là... un cuisinier de grande maison qui a eu le bonheur de mourir la même année que M. de Turenne. Ç'a été une désolation dans toute la France. Mais, comme dit mon père en ôtant son bonnet de coton : « Il n'y a rien à dire, il est mort au champ d'honneur! »*

Manette : *Au champ d'honneur!*

César : *Oui... son champ d'honneur à lui... la cuisine. Un beau jour, le jour d'un grand dîner, comme aujourd'hui, la marée n'arrivait pas... Grand-papa Vatel s'est mis en colère; il s'est cru déshonoré, comme si l'honneur tenait à quelques saumons de plus ou de moins... Il a pris son épée; il n'a fait ni une ni deux... Et v'lan dans le cœur!... Il est mort!... Et la marée est arrivée tout de suite après : voilà ce qu'il a gagné! C'est une histoire bien connue... Mme de Sévigné en parle.*

Et chacun sait que si Mme de Sévigné en parlait...

Depuis 1671, bien des historiens se sont donc penchés sur la mort de François Vatel. Beaucoup se sont interrogés, et nombreux sont ceux qui ont donné leur avis sur ce qui apparaît bien comme une légende ou, si l'on préfère, un mystère de l'histoire de la gastronomie.

Le grand Carême, au XIXe siècle, n'hésite pas affirmer que « le cuisinier français est mû dans son travail par un point d'honneur inséparable de l'art culinaire : témoin, la mort du grand Vatel ».

Alexandre Dumas, pourtant si indulgent avec ses propres ennemis, se montre plus critique. Dans son grand *Dictionnaire de cuisine,* il écrit que « laisser manquer le poisson dans une saison, où grâce à la fraîcheur de l'atmosphère et à la glace sur laquelle on l'étend, on peut conserver le poisson trois ou quatre jours, c'est d'un homme imprévoyant qui ne va pas au-devant par l'imagination des accidents dont peut l'écraser la mauvaise fortune ».

Bref, Vatel fait débat.

Mais au fond, qui était François Vatel ? Et d'abord était-il cuisinier ? Etait-il seulement maître d'hôtel ? Ou peut-être ni l'un ni l'autre ?

On a écrit sur lui pour vanter ses mérites ou pour saper sa réputation, on l'a porté aux nues et volontiers sali, on a donné son nom à des spectacles, à des plats, à des restaurants. On a usé et abusé d'expressions telles que « émule de Vatel », « disciple de Vatel », ou « moderne Vatel »...

Et pourtant, la légende qui s'est créée autour de lui depuis plus de trois siècles repose sur des bases si fragiles que l'on ne peut s'empêcher de s'intéresser à cet homme dont la personnalité continue de nous échapper.

Pour commencer, on ignore sa date de naissance. Un ancien historiographe et archiviste de la marine, Augustin Jal, dans son *Dictionnaire critique de biographie et d'histoire* publié en 1872, lui consacre une notice, et avance cette fourchette : 1622-1627.

Les registres paroissiaux qui auraient pu nous éclairer sur ce point ont disparu dans la tourmente de la Première Guerre mondiale. La seule chose que l'on sache vraiment est qu'il est le fils d'un certain Pierre Wattel, laboureur, et de Michèle Claudel, qui se sont mariés en 1624. Ils habitaient le village d'Allaigne, dans le bailliage de Péronne en Picardie.

Une famille tout à fait ordinaire, donc, pour un destin hors du commun !

Car, de son parcours, nous ignorons tout. Entre cette date de naissance incertaine en Picardie et sa présence à Paris et Vaux comme maître d'hôtel de Nicolas Fouquet, le tout-puissant surintendant des Finances de Louis XIV, c'est un trou noir !

Or, être maître d'hôtel n'est pas une mince responsabilité, ni une charge de tout repos. Comment Vatel a-t-il pu accéder à cette fonction, et qui plus est chez Fouquet ?... Par quel biais, par quelles relations, par quel stratagème, ou au terme de quel brillant parcours ?... Son itinéraire demeure un épais mystère que rien n'a aujourd'hui permis de dévoiler.

Le fait de le retrouver au service de Fouquet porterait malgré tout à croire que Vatel avait suffisamment prouvé ses talents par le passé pour prétendre à un tel emploi.

Maître d'hôtel, au Grand Siècle, est en effet bien plus qu'une dignité ou une charge, si lourde soit-elle, c'est un fardeau. « Il doit non seulement s'occuper du service de table, nous rappelle Dominique Michel, mais aussi de l'approvisionnement et de ce que nous appellerions aujourd'hui la gestion du personnel. Il élabore les menus quotidiens ou ceux des réceptions en consultant les goûts de son maître. La connaissance des livres de cuisine et de diététique, les discussions avec ses cuisiniers lui permettent de diversifier et de multiplier les mets. Il est l'unique coordonnateur des préparations confectionnées à la cuisine et à l'office [1]. »

C'est encore lui qui est responsable du dressage de la table, de l'ordre dans lequel seront présentés les mets, de leur qualité, de la présentation des plats.

Le maître d'hôtel sera ainsi le premier à être jugé, bien avant les cuisiniers ou les domestiques assurant le service. Il est responsable de tout. Aucune erreur ne lui est tolérée. L'archevêque de Reims, furieux d'avoir très mal dîné chez le coadjuteur de Paris, réunira ainsi ses officiers pour évoquer devant eux le repas désastreux auquel il venait d'assister. Avant de clore son récit par des menaces : Je vous le dis afin que vous ne preniez garde de n'y pas tomber, car s'il vous arrivait de me traiter comme cela, autant vous vaudrait être morts ! »

Toute fausse note est donc strictement interdite...

A une époque où nous commençons de relier stress au travail et troubles de santé ou du métabolisme, ces remarques donnent la chair de poule.

Etre maître d'hôtel au XVIIe siècle, c'est en quelque sorte travailler avec un couperet permanent au-dessus de la tête.

Le seigneur des lieux où il officie est le seul, toutefois, à pouvoir le réprimander, au besoin vertement. D'autant que le maître d'hôtel est chargé de sa table, de celle de sa famille, mais aussi de la nourriture du personnel. Le bien-être de ceux qu'il sert doit être son unique souci.

A lui donc de surveiller le train de maison, de trouver les aliments de meilleure qualité aux meilleurs

1. Dominique Michel, *Vatel et la naissance de la gastronomie* (Fayard). La meilleure biographie consacrée à Vatel et à la gastronomie au XVIIe siècle.

prix. Pour cela, il achètera en gros et non au détail afin d'épargner le bien de son maître, déjà sérieusement écorné par les autres budgets de la maison. Car l'approvisionnement est son premier devoir. Et il varie selon les saisons. En été, il fera rentrer du bois et du charbon pour les cuisines, mais aussi des confitures, des fruits, des sirops pour rafraîchir, du vinaigre de fleurs, des concombres, des morilles, des mousserons secs. En automne, il constituera la réserve de bois et de charbon pour l'hiver, entreposera du lard et des chandelles. En hiver, il s'occupera d'alimenter les glacières en neige et en glace, et de faire rentrer dans les caves et le garde-manger des épices, des aromates, de l'huile, des fruits secs, du sucre, enfin toutes « provisions d'épicerie » dont il doit constituer des réserves.

Dans les maisons les plus nobles, le maître d'hôtel doit également être prêt à parer à toute éventualité. Toujours disponible, toujours sur le pied de guerre. Il accompagne ses maîtres dans leurs déplacements, voire à la guerre si nécessaire. A lui, dans ce cas, de veiller à l'approvisionnement et au transport du matériel de cuisine.

Imagine-t-on aujourd'hui ce que cela représente comme logistique ? Réunir les provisions de bouche, les enfermer avec le vin dans des caisses ou des cantines, emporter la vaisselle, les couverts et le linge de table, les indispensables et nombreux ustensiles de cuisine... Sans oublier les aléas du voyage, aussi court soit-il !

Les tracas semblent sans fin, surtout lorsqu'il s'agit de réceptions extraordinaires où figurent des personnages importants et qu'il faut traiter chacun selon des règles précises.

Payer les officiers chargés de faire les achats, tenir les comptes à jour avec méticulosité, engager du personnel, tout cela relève encore des attributions d'un maître d'hôtel. Il lui faut alors veiller au grain et choisir soigneusement ceux qui l'assisteront dans sa lourde tâche : garçons d'office, piqueurs, huissiers, maîtres queux, marmitons, tournebroches, servantes de cuisine, porteurs de chaise, etc.

Une telle domesticité, on s'en doute, ne va pas sans poser de problèmes internes au quotidien. Au maître d'hôtel donc de contrôler son personnel, de surveiller les dépenses excessives ou les vols, d'apaiser les conflits, d'éviter les abus d'autorité ou de réprimander les officiers tentés de frapper leurs inférieurs en cas de disputes. Dans ce dernier cas, le maître d'hôtel est même autorisé, s'il le faut, à « donner la correction » ou à chasser les fortes têtes.

Car le maître d'hôtel est également investi d'une sorte de « mission ». Il ne lui faut pas seulement veiller à l'ordre des cuisines ou de la table, mais aussi à l'ordre moral. Pas de coups en cuisine, mais pas d'injures non plus, encore moins de blasphèmes. Pas de vols – sévèrement punis –, pas d'intrigues amoureuses trop voyantes, pas de comportements équivoques, pas de divertissements contraires aux lois de l'Eglise, pas de « coulage » sur la nourriture des cuisines, pas de repas donnés avec les restes de la table du maître. En revanche, il incombe au maître d'hôtel de prendre soin des domestiques malades et de se comporter avec tous et toutes de façon équitable.

Quelle compensation au regard de tout ce labeur ? 500 livres par an de gages pour un maître d'hôtel qui, à la fin du XVIIe siècle, sert dans une grande maison, soit 200 de plus que le cuisinier. A quoi il faut ajouter de nombreux avantages en nature et des profits issus de la vente de certains produits, sans oublier les éventuelles libéralités des maîtres.

Comment un homme aussi puissant et avisé que Nicolas Fouquet aurait-il pu confier de telles tâches à un homme qui n'avait pas sa confiance absolue ? Lors de son procès, le surintendant fera d'ailleurs allusion à Vatel, affirmant qu'il était bien son « maître d'hôtel chargé du soin de ce qui était à faire dans (ses) maisons » et même « son principal domestique en ce temps-là ». On sait même que Fouquet demandera, en cas d'arrestation et d'emprisonnement, de pouvoir appeler Vatel auprès de lui.

Alors ?

Vatel a-t-il gravi pendant des années les degrés de la hiérarchie domestique avant d'accéder à cette haute fonction ? A-t-il servi ailleurs, dans des maisons plus modestes, avant d'être repéré pour ses talents par un personnage plus puissant ? A-t-il malgré tout tâté à ses heures perdues des pôeles à fricasser, des cassolettes et des lardoirs ?

Il est probable qu'on ne le saura jamais. Mais, il est également peu probable que sa présence aux côtés de Fouquet soit l'effet d'une génération spontanée.

Car de toute évidence, chez Fouquet, Vatel n'a pas été un simple maître d'hôtel, mais plutôt une ombre portée, une « silhouette » discrète mais omniprésente. Une des qualités du surintendant des Finances est de savoir s'entourer. Avant même d'être au cœur d'un réseau, il vit en tribu. Il a auprès de lui ses frères et sœurs, ses cousins, ses amis, ses alliés. Il aurait pu trouver parmi eux un maître d'hôtel fidèle et sûr, or c'est Vatel qu'il a choisi.

Fouquet, de dix ans au moins son aîné, fils d'un riche armateur breton, a été maître des requêtes et conseiller d'Etat, conseiller au parlement de Metz et intendant aux armées. En 1648, il s'est lié d'amitié avec le cardinal Mazarin qui l'a nommé intendant de Paris par deux fois, notamment durant la terrible période de la Fronde lorsque Paris était assiégé. Une carrière d'exception ! En 1650, Fouquet a acheté la charge de procureur général au parlement de Paris. Surtout, il n'a pas, comme d'autres, tourné le dos à la monarchie. Il est demeuré fidèle à Anne d'Autriche et à son protecteur, Mazarin, dont il a sauvé les riches collections aux pires moments de la Fronde.

Une telle fidélité, un tel dévouement, ajoutés aux capacités et à l'intelligence dont Fouquet a toujours fait preuve, ont fini par être récompensés par la charge de surintendant des Finances en 1653 et de ministre, ce qui lui a permis d'entrer au Conseil d'en haut, organe suprême de la monarchie. C'est à ce poste surtout qu'il a constitué une fortune immense. Car s'il a sauvé les finances de la France, s'il a prêté de l'argent au Trésor, s'il s'est révélé un grand « serviteur », il s'est également servi, tout comme ses prédécesseurs. Il s'est enrichi à titre personnel, menant une vie fastueuse au point de rendre jaloux les « Grands » du royaume.

Etonnant personnage que ce Nicolas Fouquet. Et diablement séduisant ! Esthète, curieux, bibliophile averti, amateur d'art, mécène, il a encouragé les carrières de Le Vau, Le Nôtre, Le Brun, protégé La Fontaine et Molière.

Et Vatel ?... Peut-être !

A partir de 1656, des documents émergent enfin qui montrent que les tâches de Vatel auprès de Fouquet sont multiples et variées.

Vatel est devenu « l'homme à tout faire » du surintendant. Celui-ci, richissime, dispose d'un appartement au Louvre, mais réside dans la riche demeure de sa seconde épouse, rue Vieille-du-Temple. Il a également acheté l'hôtel de Narbonne, à quelques pas de là, puis un autre, qui a appartenu à son prédécesseur à la surintendance, Particelli d'Emeri. Mais c'est son domaine de Saint-Mandé, à côté de Vincennes, qui a sa préférence. Un domaine qu'il n'a cessé d'embellir, et où, à l'intérieur de bâtiments d'apparence modeste, on peut trouver une bibliothèque de 30 000 volumes, des salons décorés par Le Brun, des tableaux de Véronèse et de Nicolas Poussin, des antiquités égyptiennes. A l'extérieur, Fouquet a fait aménager des jardins et un potager où poussent des herbes médicinales. Il possède également des chevaux et une ménagerie avec des fauves.

Fouquet est un grand seigneur. Intelligent, habile, opportuniste, amateur d'art autant que d'argent, il sait être reconnaissant et fidèle. Il sait surtout s'entourer, il a sa clientèle et aime à recevoir tout ce que le royaume compte de « hauts personnages », particulièrement ceux qui appartiennent à la Cour et fréquentent l'intimité du roi.

Or quel meilleur moyen que la table pour les attirer auprès de lui ? La table, au XVIIe siècle, est ce que nous appellerions de nos jours un « signe extérieur de richesse ». La table est souveraine pour ravir les palais, mais aussi délier les langues, nouer des relations, voire des compromissions. Or, Fouquet le sait mieux que d'autres, réjouir et étonner des invités blasés dans un cadre enchanteur, flatter leur vanité, leur offrir quelques heures de rêve et d'insouciance, est le meilleur moyen pour s'en faire des alliés. Surtout lorsqu'on a besoin d'alliés...

Au mois d'août 1656, Il reçoit ainsi Gaston d'Orléans, le propre oncle du roi. C'est Vatel qui préside aux festivités comme maître d'hôtel. Il fait très chaud ce jour-là et les invités du surintendant cherchent un peu de fraîcheur dans le parc de Saint-Mandé. Mais Vatel a tout prévu, même la glace pour rafraîchir le vin. Et chacun de s'extasier.

Le poète Loret, dans sa *Muse historique*, s'en fait l'écho.

Fouquet, procureur général
D'honneur un franc original
Et qu'on croit jusque dans la Perse
Digne des charges qu'il exerce
Dimanche, traité, ce dit-on
L'Altesse royale Gaston
A Saint-Mandé, maison assez proche
Où l'on vit tourner mainte broche
Pour rôtir de bon gibier frais
Apporté de loin à grand frais.
L'affluence en ce lieu fut grande
Tant du fruit, que de la viande
J'ai su, sans aller au devin
Qu'on y bût pour cent francs de vin
Et plus frais que la glace même
Nonobstant la chaleur extrême
Et puis, ensuite du dessert, on entendit un grand concert.

Vatel est déjà réputé pour son sens de l'organisation et des festivités, pour son goût irréprochable et son art de dresser une table qui flattera l'œil.

D'ailleurs, à la moindre occasion, ceux qui résident à Vincennes viennent à Saint-Mandé. Pour un dîner, un souper, une simple collation, une pièce de théâtre, un bal, un divertissement. On se sent si bien chez Fouquet...

Parmi ces invités de marque figurent régulièrement Mazarin et Louis XIV qui n'a alors que dix-huit ans. Sur ordre de Fouquet, Vatel doit les traiter somptueusement, devancer leurs moindres désirs, leurs caprices aussi. A ce jeu, dont use et abuse la cour, Fouquet dépense des fortunes.

Ces réceptions, organisées ou improvisées, font la réputation de Vatel. Son nom désormais circule partout dans les allées du pouvoir. Au point que Mazarin et Colbert – l'autre homme de confiance du cardinal – font régulièrement appel à ses services, pour eux-mêmes ou pour satisfaire un invité de marque. Le 28 septembre 1656, c'est lui par exemple qui est chargé d'organiser le banquet d'adieu que Fouquet donne à Melun en l'honneur de la reine Christine de Suède en route pour la Savoie.

A travers Vatel, Fouquet conforte encore son image de grand seigneur libéral, de financier habile, d'hôte prestigieux et de protecteur des arts et des lettres. Fouquet, à Saint-Mandé, tient table ouverte. Outre Louis XIV, Mazarin et des personnages de la Cour de Saint-Germain, il y reçoit Mme de Sévigné, la duchesse de Valentinois, le poète Scarron, Corneille, Molière, La Fontaine, Le Brun, Le Nôtre, Le Vau, Jean-Baptiste de La Quintinie, ou encore les commis des finances qui l'assistent dans sa charge. Tous chantent ses louanges et exaltent l'image d'un surintendant doué de tous les dons. Certains sont même pensionnés par Fouquet – La Fontaine, Scarron – d'autres lui sont redevables, tel le secrétaire de Mazarin, Hugues de Lionne, dont il paye les dettes de jeu.

A partir de 1659, c'est cependant à Vaux-le-Vicomte que nous retrouvons le plus souvent Vatel. Fouquet en a fait l'acquisition dès 1641. Puis, année après année, il a acheté des terres, au point de posséder non seulement la seigneurie de Vaux, mais également la moitié de la vicomté de Melun. Des terres qui lui procurent d'importants revenus.

Ce n'est qu'en 1656, toutefois – une année fertile, décidément –, que le surintendant des Finances a décidé de raser le village de Vaux ainsi que l'ancien château pour y faire édifier une demeure à son image : somptueuse.

Le résultat sera à la hauteur de ses espérances. Une fois de plus, Fouquet a fait appel aux meilleurs : Le Vau pour les plans et leur exécution, Le Nôtre pour les jardins, Le Brun pour la décoration intérieure du château, La Quintinie pour l'orangerie et le potager. Et semaine après semaine, au prix d'un labeur exceptionnel, c'est une demeure superbe qui s'élève sous les yeux d'observateurs ébahis par tant de magnificence. Un corps de logis flanqué de gros pavillons d'angle ornés d'énormes pilastres, des colonnes ioniques, doriques, des statues, une façade majestueuse, des jardins à faire pâlir d'envie les plus grands seigneurs du royaume, des fontaines, des jets d'eau. Ici, tout n'est que charme, beauté, luxe et volupté.

Trop sans doute. Colbert, qui a juré la perte de Fouquet, s'étonne de tant de richesses affichées. Or, cela fait longtemps que l'origine de la fortune du surintendant est devenue l'une des préoccupations récurrentes du pouvoir. Fouquet, de toute évidence, s'est enrichi de manière frauduleuse aux dépens de l'Etat, il faut y mettre bon ordre. D'ailleurs, ce même Etat ne doit-il pas plus de cinq millions de livres à Fouquet ou aux prêteurs auxquels le surintendant a fait appel ?...

Fouquet n'a pas encore senti venir le vent de la disgrâce. A faire étalage de sa fortune, il a suscité bien des jalousies. Surtout, il n'a pas prêté attention à ce petit roi ambitieux, encore dans l'ombre de Mazarin, mais qui attend son heure.

En cette année 1659, il s'inquiète malgré tout. Il sent peser au-dessus de sa tête une épée de Damoclès. Voilà pourquoi il a fait fortifier sa demeure de Belle-Isle achetée l'année précédente au duc de Retz.

Tandis que Vatel imagine déjà les fêtes qu'il devra organiser à Vaux-le-Vicomte, le surintendant pare donc au plus pressé : dissimuler ses dépenses et se faire plus discret. A son intendant, Bénigne Courtois, il écrit : « Si quelqu'un va à Vaux, faites en sorte de les accompagner et de leur montrer peu de chose, ne les pas mener du côté du nouveau canal, ni aux lieux où il paraît beaucoup d'ouvrages ; si l'on pouvait se clore en sorte que l'on n'entrât pas partout, cela serait bon ; mandez-moi votre avis. »

Au mois de juin, Vatel se voit malgré tout confier l'organisation des premières réceptions de Vaux. Mazarin, avant d'aller conclure la paix des Pyrénées, s'y arrête, le temps d'admirer l'édifice et les jardins qu'achève Le Nôtre. Le temps aussi de réclamer un prêt de 150 000 livres à Fouquet. Puis, c'est au tour de Louis XIV, d'Anne d'Autriche, et de Monsieur, frère du roi. Tous sont conquis. Mais un seul observe un silence farouche : Louis.

Vaux est pourtant toujours en chantier. Des améliorations doivent y être apportées, notamment au niveau des pièces du sous-sol où sont situés les cuisines et les pièces de service, la sommellerie, la laverie, les garde-manger, la paneterie.

Tous ces embarras n'empêchent nullement Vatel de faire son travail, et même d'y exceller.

Seul Fouquet paraît plus sombre qu'à l'ordinaire. Et pour cause ! Il vient d'avoir la preuve que

Colbert s'acharnait à le perdre. Ce dernier, que Mme de Sévigné surnommera bientôt « le nord », a l'intention bien arrêtée de lui faire retirer sa charge de surintendant et de le traduire devant une chambre de justice pour malversations. Pour prendre sa place ?

Cette fois, Fouquet décide de jouer patte de velours, et demande à Vatel d'organiser une grande réception en son honneur.

Nous sommes au mois de janvier 1660. Colbert lui a fait bonne figure, et Fouquet croit pouvoir respirer, rassuré par ces politesses de façade.

Au mois de juillet, Vatel est de nouveau sur le pied de guerre. Mazarin s'invite avec quelques financiers à la table du surintendant. Puis, c'est au tour de Louis XIV et de la reine Marie-Thérèse d'Espagne qu'il vient tout juste d'épouser. A cette occasion, Vatel, une nouvelle fois, se surpasse. Au point que le poète Loret affirme qu'à côté du banquet que Fouquet a donné au roi, tout le reste n'est que « gargoteries ».

Fouquet reprend confiance en lui. Mais quelque temps plus tard, les rumeurs les plus alarmantes recommencent à courir.

Vatel suit-il, dans l'ombre de son maître, les évolutions de cette fortune chancelante ?

La mort de Mazarin, le 9 mars 1661, anéantit Fouquet. Son principal soutien disparaît, et Colbert – que le cardinal a recommandé à Louis XIV – est nommé intendant des finances. Secrètement, le roi lui a confié l'examen des comptes de Fouquet.

C'est la panique ! Averti de ce qui se trame dans l'ombre, Fouquet se débat comme un gros poisson tout affolé d'être pris dans une nasse, et commet erreur sur erreur. Désespérément, il s'accroche à l'idée d'un Louis XIV adolescent et futile, uniquement préoccupé de ses plaisirs. Les apparences lui donnent raison. Mais les apparences sont trompeuses, et comme l'écrit La Fare dans ses Mémoires, de même que « chacun dans le commencement d'un gouvernement nouveau est rempli d'espérance, ce ne furent que festins, jeux et promenades perpétuelles, où un jeune roi, après avoir choisi une maîtresse digne de lui, commençait à jouir de la liberté et de la royauté ».

Amoureux de Louise de La Vallière, libéré de l'ombre tutélaire de Mazarin, Louis XIV entend bien désormais gouverner seul. Mais Fouquet s'en est aperçu trop tard.

Voilà pourquoi, en ce mois d'août 1661, il tente le tout pour le tout en invitant le roi et la Cour à Vaux-le-Vicomte.

Vatel, à son tour, est inquiet. Fouquet lui a demandé non pas de se surpasser, mais de réaliser l'impossible.

Le 17 août, en fin d'après-midi, Louis XIV et la Cour arrivent à Vaux. Plusieurs milliers de personnes, selon l'abbé de Choisy, sont présentes. C'est Fouquet en personne, accompagné de son épouse, qui vient au-devant du roi pour lui faire les honneurs du château.

Tandis que Vatel s'affaire en coulisses, Louis XIV parcourt les salles du château au côté de Fouquet. Derrière eux jaillissent les exclamations d'enthousiasme des courtisans. Tous s'émerveillent devant la richesse des décors, s'extasient en admirant les plafonds de Le Brun, les tentures, les tissus brodés d'or, les cuirs, les marbres. Partout, omniprésent, l'emblème de Fouquet, l'écureuil – Fouquet signifie « écureuil » en poitevin –, rappelle qui est le maître des lieux.

Louis XIV garde le silence. Ni à Saint-Germain, ni à Vincennes, ni à Fontainebleau, il ne jouit d'un tel luxe.

Est-ce ce soir-là que lui est venue l'idée d'aménager le petit château de son père à Versailles ?

On visite les jardins en calèche. De chaque côté des allées, des dizaines de jets d'eau entrent en action. L'enthousiasme tourne au délire. « Toutes ces eaux jaillissantes, raconte un témoin anonyme, tous ces canaux, ces parterres, ces cascades, un bois de haute futaie d'un côté, un taillis de l'autre, ces allées remplies de dames, les courtisans chargés de rubans et de plumes faisaient le plus bel aspect qu'on puisse imaginer. »

Le repas qui suit, préparé par Vatel, est à la hauteur de l'événement. Tandis que vingt-quatre violons égaient l'atmosphère brûlante de ce mois d'août, on dîne à la lueur des flambeaux dans de la vaisselle d'or et de vermeil. La profusion des mets, la richesse et l'originalité de leur préparation, la qualité des vins et du service, ne laissent pas d'éblouir les plus blasés.

Une fois le souper achevé, on se rend à la comédie pour y entendre une représentation des *Fâcheux* de Molière, puis on assiste à un feu d'artifice. Celui-ci, admiré par le roi et la Cour depuis la première cascade, illumine le parc. Son concepteur, le célèbre Giacomo Torelli, en a fait un spectacle unique, une féerie où les fusées, en retombant, dessinent dans le ciel d'été des fleurs de lys.

Lorsque la Cour repart sur les trois heures du matin, Louis XIV et la Cour sont toujours sous le coup de l'émotion. Mais le roi plus que tout autre. Ce ne sont pas tant les *Fâcheux* qui l'ont fâché, que ce luxe étalé avec indécence quand lui-même, seul maître de la France après Dieu, ne peut rivaliser avec un simple surintendant, quand sa maison ne peut soutenir la comparaison avec celle de Fouquet, quand il a dû envoyer sa propre vaisselle à la fonte pour faire face aux dernières dépenses de la guerre de Trente Ans, alors que Fouquet l'a servi dans de la vaisselle d'or.

Ce soir-là, Vatel dut dormir avec la bonne conscience du devoir accompli, Fouquet avec l'espoir d'avoir séduit le roi, et Louis XIV... d'un œil seulement.

Jamais, en vérité, il ne s'est senti aussi humilié. Cette fête de Vaux a froissé son orgueil et porté sa haine de Fouquet à son paroxysme.

Le 29 août, le roi quitte Fontainebleau pour Nantes où il doit présider les états de Bretagne. Fouquet est du voyage avec Hugues de Lionne. Le 5 septembre, à la sortie d'un conseil de gouvernement, Fouquet est arrêté par d'Artagnan.

La nouvelle fait l'effet d'un coup de tonnerre.

La disgrâce qui touche le surintendant n'épargne d'ailleurs pas son entourage. Mme Fouquet assignée à résidence, les scellés sont apposés sur les propriétés de ses amis, de ses commis, certains arrêtés et embastillés, les secrétaires d'Etat Plessis-Guénégaud et Arnauld de Pomponne poursuivis en justice, des domestiques arrêtés eux aussi. Une véritable rafle !

Mais Vatel ? Demeuré à Vaux ou à Saint-Mandé, il a eu le temps, à l'instar de quelques autres, de prendre la fuite. Où cela ? Mystère !

Le procès de Fouquet s'ouvre le 14 novembre 1661. Il va durer jusqu'au 20 décembre... 1664. Un procès bâclé pourtant, embrouillé à souhait, sans même qu'ait été réalisé de véritable inventaire, ce que réclamait Nicolas Fouquet. Un procès où les témoignages de certains proches du surintendant – dont Vatel –, accusé d'avoir confondu ses deniers et ceux de l'Etat, ont sans doute fait cruellement défaut.

A-t-on laissé à Vatel le temps de fuir pour ne pas avoir à tenir compte de son témoignage ?

Condamné en 1664 au bannissement et à la confiscation de ses biens, Fouquet verra sa peine commuée en détention perpétuelle à la forteresse de Pignerol, en Piémont, sur l'ordre exprès de Louis XIV. Il y mourra seize ans plus tard dans des circonstances jamais élucidées.

Et Vatel ?

Notre maître d'hôtel a quitté le royaume. A quelle date ? On l'ignore. On retrouve seulement sa trace en 1663, à Londres, grâce au témoignage d'un financier familier de Fouquet, Gourville, qui, lui aussi accusé de malversations, a dû se réfugier en Angleterre. Hélas, l'Angleterre n'étant pas très accueillante pour les Français, les exilés doivent bientôt s'enfuir à nouveau. Pour Bruxelles.

C'est là sans doute que Vatel apprendra la condamnation de Fouquet, et on peut imaginer la tristesse qu'il dut en éprouver pour l'homme qui avait favorisé sa carrière.

Mais dans les dispositions où était Louis XIV à l'égard de Fouquet, à quoi aurait servi qu'il se jette dans la gueule du loup ?

Fouquet, d'ailleurs, ne lui en voudra pas de n'être pas auprès de lui alors qu'il avait réclamé sa présence en cas d'emprisonnement. Il l'a même laissé entendre dans l'un de ses écrits : « Chacun jugera si un homme bien sensé quelque innocent qu'il soit, viendra s'exposer à la merci et à l'humanité des gens qui n'en ont point, pour pourrir dans les prisons où les juges n'ont pas de pouvoir et y passer sa vie, à l'exemple de ceux qui y languissent, sans qu'ils puissent donner une requête, sans qu'il leur soit permis de demander justice du traitement qui leur est fait et sans qu'on fasse leur procès dans les règles. Voilà le beau secret qu'on a trouvé pour inviter les hommes à venir. En vérité, dira-t-on que ceux qui ont eu crainte d'un pareil traitement ont eu grand tort de différer un peu leur retour ? »

Une fois rentré en France, Vatel retrouve une place de choix comme argentier des écuries de Monsieur, frère du roi. Les esprits se sont calmés depuis l'enfermement de Fouquet à Pignerol. Vatel en profite pour renouer des contacts.

En 1667, il apparaît ainsi dans les papiers des princes de Condé avec le titre de « contrôleur général ». Condé qui, pour avoir été l'un des meneurs de la Fronde, a été accusé de crime de lèse-majesté et vient à peine de rentrer en grâce.

Pourquoi Condé ? Celui-ci avait eu l'occasion d'apprécier ses talents à Vaux, et Gourville a pu servir d'intermédiaire, lui qui était lié à Fouquet comme à Condé.

La maison domestique du prince de Condé compte alors près de 250 personnes. Vatel, lui, appartient à la catégorie des hommes d'affaires, des trésoriers, intendants et gestionnaires. Est-il toujours maître d'hôtel ? Peut-être. Ses fonctions, en tous cas, le portent à s'intéresser à tous les domaines du prince : son hôtel parisien, le château de Chantilly, et celui de Saint-Maur-des-Fossés. « En tant que gestionnaire, Vatel vérifie pour les divers fournisseurs les marchés et états, les mémoires de fourniture, les ordres ou mandements de paiement, les quittances, les rôles – liste, catalogue – des dépenses, les assignations. Cela concerne tout ce qui touche à l'alimentation et à la table, aux écuries en passant par le blanchissage du linge [1]. »

En outre, il semble que Vatel ait été commis à l'organisation des festivités extraordinaires, fonction qu'il remplissait déjà chez Fouquet et dont celui-ci n'avait eu qu'à se louer. Rien d'étonnant donc à ce que Condé lui ait demandé de jouer ce rôle à ses côtés.

En quelques années, tandis que Gourville – lui aussi passé au service des Condé – rétablit les finances désastreuses du prince, Vatel va donc s'imposer à nouveau pour l'excellence de ses talents. Bientôt, avec la faveur retrouvée de Louis XIV, Chantilly renaît de ses cendres et les fêtes les plus brillantes y sont données, accompagnées de chasses en forêt, animées également par le fils de Condé, Henri Jules, dont Saint-Simon dira qu'il « savait surprendre et enchanter dans toutes les espèces imaginables ».

Jusqu'à ce jour d'avril 1671...

D'avoir retrouvé la confiance du roi, qui a d'ailleurs besoin de ses talents militaires, Condé ne peut que se féliciter. Bien des hôtes de marque, dont Louis XIV, sont déjà passés à Chantilly pour y jouir de son hospitalité. Mais cette fois le vainqueur de Rocroy, de Nordlingen et de Lens – qui a préparé les traités de Westphalie en 1648 – est aux anges. Louis XIV, tandis que se prépare la guerre de

1. Dominique Michel, *op. cit.*

Hollande, a décidé d'honorer Condé avant de partir pour une tournée d'inspection dans les Flandres. Il séjournera donc chez lui avec la Cour pendant trois jours.

L'annonce de cette visite met Chantilly en émoi. Mais comme à l'accoutumée, c'est vers Vatel que se tournent les regards du prince. C'est à lui qu'il demande de recevoir le roi avec tous les honneurs dus à sa dignité.

La tâche est écrasante. Du 23 au 25 avril, près de 2 000 personnes vont séjourner à Chantilly. « On croit que M. le Prince n'en sera pas quitte pour 40 000 écus, écrit Mme de Sévigné. Il faut quatre repas ; il y aura vingt-cinq tables servies à cinq services, sans compter une infinité d'autres. »

La date enfin fixée, Vatel n'aura que quinze jours pour tout préparer ! Plus qu'un défi, une gageure.

Aussitôt, la fièvre s'empare de Chantilly. Le château ne pouvant naturellement héberger autant de courtisans, il faut aménager des logements dans les dépendances, réquisitionner maisons et auberges dans les villages voisins. Vatel, aidé de Gourville, s'y emploie. Mais il lui faut également engager du personnel – cuisiniers, marmitons, domestiques –, faire venir d'énormes quantités de nourriture, des volailles, des porcs, des bœufs, des moutons et aussi beaucoup de poisson, car la visite du roi coïncidera avec des jours maigres. Elaborer les menus, prévoir les plans de table, s'enquérir des moindres difficultés d'approvisionnement, surveiller les activités du personnel, pourvoir à son alimentation, prévoir leur logement ainsi que le fourrage pour les chevaux, organiser le transfert des carrosses et des bagages vers les lieux où seront logés les invités, trouver des musiciens, autant de tâches qui incombent à Vatel.

Lorsqu'arrive la date fatidique du 23 avril, Vatel n'est pas seulement surmené, il est épuisé. Il a dépassé probablement les quarante-cinq ans et exerce le métier de maître d'hôtel depuis de longues années déjà. Or, il n'a pas dormi depuis plusieurs nuits. Il est à deux doigts de s'effondrer. Pour la première fois de sa vie, il a peur. Il sait que la fête doit être parfaite, que Condé compte sur lui pour donner à cette réception un lustre qui scellera sa réconciliation définitive avec Louis XIV. Et pour couronner le tout, il y a cette pluie qui tombe depuis plusieurs jours sans discontinuer, une pluie qui menace de transformer sa fête en fiasco.

La pluie, heureusement, s'arrête, laissant place à un soleil magnanime. Heureux présage ? Les dieux de la gastronomie sont donc avec lui. Le 23 avril dans l'après-midi, tout est fin prêt pour accueillir le roi et les premiers carrosses de la cour.

Vatel commence de croire aux miracles. De belle humeur, Louis XIV et la reine Marie-Thérèse, accompagnés de courtisans empressés, découvrent d'abord les jardins en compagnie du prince de Condé, du duc d'Enghien et du duc de Longueville. Chantilly a retrouvé toute sa splendeur et le roi se montre ravi de toute cette magnificence, sans être incommodé et humilié comme il l'a été dix ans plus tôt à Vaux-le-Vicomte. Il est vrai que Condé n'est pas Fouquet et qu'il est prince du sang.

Lorsqu'arrive l'heure du souper, ce sont donc des invités détendus qui prennent place autour des tables disposées sur les pelouses du château. L'abondance de viandes, la qualité des mets, la perfection du service effectué par des gardes suisses enchantent le roi et sa suite. « Tout cela fut à souhait, rapporte Mme de Sévigné. On soupa : il y eut quelques tables où le rôti manqua à cause de plusieurs dîners où l'on ne s'était point attendu. »

Ce rôt manquant !... Vatel, épuisé, y voit un présage. La fête tournerait-elle au désastre ? Qu'en pensera Condé ? Il se plaint à Gourville de maux de tête : « Je suis perdu d'honneur, lui aurait-il déclaré, voici un affront que je ne supporterai pas. »

Deuxième incident : le feu d'artifice qui clôt la soirée n'est pas une franche réussite, non par la faute de Vatel ou de son maître d'œuvre, mais à cause d'une lune un peu trop claire.

Il n'en faut pas davantage pour effrayer un homme au bord de la crise de nerfs.

Dès le lendemain, après une mauvaise nuit de sommeil, Vatel se rend aux cuisines. Il est quatre heures du matin, et tout dort autour de lui. Vatel s'inquiète. Ce 24 avril est un jour maigre, il a besoin de grandes quantités de poissons et d'huîtres, où en est donc la marée qu'on doit lui apporter ? En chemin, il ne rencontre qu'un seul « petit pourvoyeur qui lui apportait seulement deux charges de marée ». Vatel a pourtant pris la précaution de s'adresser à plusieurs ports de pêche. Que se passe-t-il ?

Vatel panique. Et attend. Cinq heures, six heures, rien. A sept heures, il désespère de jamais recevoir à temps sa « marée » pour le dîner, et s'abandonne au désarroi. A nouveau, il imagine le pire, la honte, le déshonneur absolu.

Huit heures. Toujours rien. Vatel ne s'impatiente plus, Vatel ne désespère plus, Vatel est résolu. Il remonte des cuisines, traverse le château encore à demi silencieux, puis rejoint sa chambre.

A-t-il rencontré Gourville en chemin ? Gourville, devant ses craintes et ses déclarations grandiloquentes au sujet de son « déshonneur », s'est-il moqué de lui, portant l'estocade finale à un homme à bout de nerfs ?

Quelques instants plus tard, Vatel entre dans sa chambre, referme la porte, appuie contre elle la poignée de son épée et s'empale sur la lame qui traverse le cœur.

La mort de Vatel n'empêchera ni la marée d'arriver peu après huit heures, ni la fête de Chantilly d'aller jusqu'à son terme.

C'est Gourville qui annoncera la nouvelle au prince de Condé. Celui-ci, dit-on, pleura beaucoup, de même que le duc d'Enghien. Puis, Gourville ayant remplacé Vatel au pied levé, la fête se poursuivit sur sa lancée sans qu'on se souciât de savoir où était Vatel. Comme le dit Mme de Sévigné, « on dîna très bien, on fit collation, on soupa, on se promena, on joua, on fut en chasse ; tout était parfumé de jonquilles, tout était enchanté ». Et les plus beaux poissons resplendissaient de toutes leurs écailles sur les tables...

Pendant ce temps, le corps de Vatel était conduit dans une paroisse voisine de Chantilly. Sa mort était passée inaperçue au milieu des airs de violon, des rires des belles marquises et des jeux d'eau qui animaient la fête du Grand Condé.

Au vu de la brutalité de l'événement et du désintérêt qu'il suscita sur le moment, une question s'impose, malgré tout. Comment un homme tel que Vatel, habitué de ce type de réceptions, a-t-il pu se laisser aller à la panique au point de mettre fin à ses jours d'une façon aussi théâtrale ?

Plusieurs hypothèses ont été avancées, y compris des explications financières selon lesquelles Vatel aurait eu des dettes. Or, s'il n'est pas mort en laissant derrière lui une fortune – son inventaire après décès le prouve, – il était loin d'être pauvre ou surendetté.

Une autre raison a été proposée au XIXe siècle : la mort de Vatel serait due à un dépit amoureux. Epris d'une dame de la cour, il aurait vu ses avances repoussées et, humilié, aurait choisi le suicide pour laver l'affront.

Une dernière enfin, moins indulgente : Vatel se serait montré imprévoyant et même léger dans ses fonctions et, voyant sa réputation compromise, n'aurait eu d'autre solution, par lâcheté, que de se suicider.

Le déroulement des faits plaide pourtant en faveur d'une réalité à la fois plus simple et plus crue. A l'heure de la fête de Chantilly, Vatel est un homme usé. Vingt années peut-être au service des « Grands », vingt années à satisfaire leurs moindres désirs, leurs caprices, à supporter les longues heures de travail, les responsabilités multiples de sa charge, vingt années de silence et de secrets, de comptes méticuleux, de jonglages arithmétiques, tout cela a fini par épuiser un homme au tempérament peut-être moins solide qu'il n'y paraissait. S'est-il ajouté à cela un dépit amoureux ? N'a-t-il pu trouver d'équilibre compensatoire dans sa vie privée ? Pourquoi pas ?

Le sens du devoir, le perfectionnisme poussé à un degré quasi pathologique, la crainte du déshonneur, la fatigue surtout, expliquent pourtant ce geste désespéré sans qu'il soit besoin de faire de longues analyses psychologiques. Tous ceux qui connaissent le dur métier de la grande restauration et qui doivent s'astreindre à une gestion rigoureuse savent à quel point le stress, les angoisses, les responsabilités, peuvent faire basculer un destin. La disparition récente du regretté Bernard Loiseau l'a, hélas, démontré.

Ce que l'on s'expliquera moins sans doute, c'est la célébrité de Vatel et son écho à travers le temps.

Pour le côté théâtral de sa mort ? Pour les fêtes de Vaux et de Chantilly ? Pour Fouquet et le Grand Condé ?

En réalité, Vatel apparaît comme un symbole : celui des fastes de la cuisine au Grand Siècle. Qu'il ait été seulement un maître d'œuvre, et non un cuisinier, n'enlève rien à son talent, à son goût, à son sens de l'organisation, à son souci du bien-être de ceux qu'il servait comme de ceux qu'il recevait.

Et si Vatel n'a jamais été cuisinier – ce qui reste à démontrer –, il a tout de même bien mérité, par son panache, de figurer au « champ d'honneur » de la gastronomie.

7

Thé, café ou chocolat ?

C'est une invitation ?

C'en est une en effet. Sur ces trois breuvages connus aujourd'hui de la planète entière et qui font partie intégrante de notre quotidien, on a tant écrit qu'il serait presque possible de déterminer une psychologie basée sur les différences entre buveurs de « petit noir », amateurs de thé et amoureux du cacao.

Savez vous que l'on boit environ 15 000 tasses de thé par seconde dans le monde ?

S'il vient de Chine, de l'Inde ou de Ceylan, nul ne sait en revanche où et quand il est apparu. Chacun en connaît pourtant quelques grands « crus » : Lapsang souchong, Orange Pekoe, Gunpowder, Darjeeling ou Earl Grey. Les Anglais lui associent le lait, les autres le boivent pur, avec ou sans sucre, certains le préfèrent noir, d'autres vert. Et de la même manière que Talleyrand parlait avec raffinement de la *Fine Champagne,* ses défenseurs pourraient discourir sur lui à l'infini.

Une boisson aussi célèbre ne pouvait donc avoir une histoire banale.

Les Chinois prétendent ainsi que le thé fut découvert par l'un de leurs empereurs, Chen Nung. Tandis qu'il dormait, étendu sous un arbre, quelques feuilles seraient tombées dans une tasse d'eau chaude qu'un serviteur avait déposée auprès de lui. A son réveil, l'empereur aurait absorbé cette infusion improvisée et, enthousiasmé par son goût subtil, en aurait imposé l'usage à la Cour.

Cette légende ne pouvait que déplaire, on s'en doute, aux Indiens. Ceux-ci ont donc leur propre explication au miracle du thé. Selon une autre version, sa découverte serait due à un fils de roi, le prince Bodhidharma. Décidé à découvrir le sens profond du bouddhisme, celui-ci aurait fait vœu de ne pas dormir tant qu'il n'aurait pas atteint son but. Assis sous un arbre, et après avoir tenu son serment pendant des années, il aurait fini par s'assoupir. Pris de remords à son réveil, il se serait alors coupé les paupières et les aurait jetées au sol. Là, elles se seraient enracinées, donnant un peu plus tard le premier arbre à thé. D'où le nom de Bodhidharma, celui qui a trouvé l'éveil.

Il semble que le thé vert ait cependant été récolté en Chine environ deux mille cinq cents ans av. J.-C. et utilisé surtout sous forme de breuvage thérapeutique. Mais les premiers écrits qui mentionnent le thé ne datent que des VIIIe-VIIe siècles av. J.-C. : ce sont le *Shijing* (Livre des chants) et le *Er'ya*. L'idéogramme alors employé pour le désigner signifie simplement une « herbe amère » sans qu'il soit possible de donner d'autres précisions à son sujet. Une prononciation distincte, « cha », ne sera rendue obligatoire que sous la dynastie des Han (206 av. J.-C. – 220 apr. J.-C.).

Pourtant, l'origine des théiers demeure aujourd'hui un mystère, et les Chinois ont tout fait pour la protéger. Jusqu'à une certaine époque, des décrets impériaux menaçaient de mort quiconque livrerait à des « barbares » – entendez, des étrangers – la moindre information sur la fabrication du thé. Mieux, afin de semer un peu plus la confusion dans les esprits, on accrédita l'idée que le thé vert et le thé noir provenaient de deux arbustes différents.

On le prépara tout d'abord bouilli, avec du sel. Puis, on l'écrasa sous une meule jusqu'à former une poudre extrêmement fine que l'on battait dans de l'eau très chaude à l'aide d'un fouet jusqu'à obtenir une sorte de mousse. La méthode de l'infusion ne vint qu'avec les Européens et la bouilloire.

C'est de la seconde manière que l'on prépare toujours le thé au Japon où, là aussi, il est sensé maintenir l'esprit en état d'éveil, notamment durant les longues méditations des moines zen.

Le thé, tout comme le café, est en effet réputé pour lutter contre l'assoupissement, et revitaliser le corps et l'esprit. Les taoïstes chinois, poètes à leurs heures, en étaient convaincus. Le maître Lu-Yu prétendait même qu'il conférait l'immortalité. Il lui consacra d'ailleurs un traité, le *Cha King*, où il codifie son usage à l'extrême. Chargé de symboles, vénéré comme le breuvage des dieux, objet d'un véritable cérémonial, le thé allait connaître un succès rapide. Dès le VIIIe siècle, il se répand dans toute la Chine où on commence de le cultiver, particulièrement dans les régions du Yunnan, du Sichuan ou du Jiangxi, régions humides et chaudes propices à son développement.

La cour impériale en est très friande. Elle se le fait livrer en briques qui facilitent son transport et que l'on émiette lorsqu'on veut en consommer. Au XIe siècle, les empereurs Song se réservent les feuilles les plus délicates, et poussent le raffinement jusqu'à les faire cueillir par de jeunes vierges. Celles-ci doivent se laver sept fois les mains, puis enfiler des gants de soie avant d'être autorisées à couper les jeunes pousses de thé avec des ciseaux d'or.

Le peuple chinois participe lui aussi à cette folie du thé. Excepté qu'il se montre moins sophistiqué dans son usage quotidien. Marco Polo, visitant la Chine au XIIIe siècle, sera ainsi choqué de voir des Chinois déguster une tasse de thé dans des tripots où officiaient des filles de joie. D'ailleurs, notre voyageur vénitien ne cache pas que les feuilles d'or qui recouvrent les murs du palais de Kubilay Khan l'intéressent beaucoup plus qu'une boisson à base de feuilles et qui lui semble tout juste bonne « pour les femmes et les vieillards » !

Dès le IXe siècle, la réputation du thé franchit les mers. A cette date, il est déjà au Japon, rapporté de Chine par un moine bouddhiste du nom de Saichô qui en plante quelques graines au pied de la montagne sacrée de Heizan à Sakamoto. Là encore, le succès est immédiat. Considéré comme une boisson qui élève l'esprit, il devient l'objet d'un véritable culte et, à côté de l'art floral et de celui de l'encens, un art de vivre à part entière.

La cérémonie du thé – aujourd'hui encore – occupe une place importante dans la culture japonaise. Dès le XVe siècle, toutes les règles du *chanoyu* sont définies et observées avec soin. Boire du thé devient alors un rite précieux et raffiné.

L'Occident, hélas, ne découvrira le thé que plus tardivement.

Quelques missionnaires avaient déjà entendu parler d'une herbe « au goût suave, nommée chia » et avaient cherché à se renseigner sur elle auprès des Chinois. Mais ce n'est qu'au début du XVIIe siècle que les premières briques de thé, échangées à Java contre de la sauge par des Hollandais, furent ramenées en Europe.

Le thé semblait alors une boisson presque exclusivement médicinale. Mazarin en prenait pour lutter contre la goutte, Louis XIV pour prévenir les vapeurs et les vertiges, Mme de Sévigné pensait qu'il guérissait « tous les maux », et la princesse de Tarente, qui partageait l'avis de notre épistolière, en buvait douze tasses par jour, persuadée qu'elle tenait là un remède universel. La princesse Palatine, belle-sœur de Louis XIV, considérait en revanche que le thé était tout juste bon à « vider la vessie ». En bonne Allemande, elle lui préférait la bière et la choucroute qu'elle consommait sans modération.

Le thé ne parvint d'ailleurs pas à s'imposer en France à cette époque, au contraire de l'Angleterre et de la Hollande où il connaîtra un succès immédiat. Ce n'est qu'au XVIIIe siècle, par un effet de mode dû à l'anglomanie, qu'il séduira davantage de consommateurs, mais peu de « Français de vieille roche », comme le soulignait avec ironie Brillat-Savarin.

Jusqu'au XIXe siècle, il semble d'ailleurs encore très largement confiné dans les salons de l'aristocratie. Puis, par un effet de mode, peut-être dû à Marcel Proust et à sa fameuse madeleine, il conquiert une partie de la bourgeoisie.

Balzac, amateur de café, critique pourtant vertement le thé. Dan son *Traité des excitants modernes*, il l'accuse de rendre les femmes désagréables! « Là où les femmes boivent le thé, écrit-il, l'amour est vicié dans son principe, elles sont pâles, maladives, parleuses, ennuyeuses, prêcheuses. »

L'auteur de *La Comédie humaine* va plus loin encore. Il cite une expérience qu'il tient pour avérée et qui se serait déroulée en Angleterre. Désireux de mener une expérience scientifique, on proposa à trois condamnés à mort, affirme-t-il, de se nourrir exclusivement de thé, de café, ou de chocolat pour observer les effets de ces trois boissons sur leur organisme. Le premier, abreuvé de chocolat, mourut au bout de huit mois dans un état de décomposition avancée, rempli de vers et de gangrène. Le deuxième, buveur de café, rendit l'âme au bout de deux ans. Son corps, nous dit-il, était brûlé de l'intérieur par un feu digne de celui qui ravagea Sodome et Gomorrhe. Balzac, il est vrai, savait de quoi il parlait. N'a-t-il pas évoqué à plusieurs reprises ce café qui enflammait son estomac, faisait palpiter son cœur et précipitait les idées dans son esprit comme les bataillons de la Grande Armée déferlaient sur les troupes russes à Eylau.

Et le troisième homme ? Contraint à ne boire que du thé, Balzac affirme que son agonie se prolongea durant trois longues années. Entre-temps, il était devenu squelettique, et sa peau était si diaphane qu'on pouvait aisément lire un article du *Times* en plaçant une lumière derrière son corps !

Est-ce pour cette raison qu'aujourd'hui encore les Français consomment moins d'une centaine de tasses de thé par an et par habitant, contre 2 000 de l'autre côté de la Manche ?

Car l'Angleterre, d'abord amatrice de café, a été immédiatement séduite par le thé. Grâce à la Compagnie des Indes orientales – créée en 1599 par la reine Elisabeth Ire – et qui disposait de pouvoirs exceptionnels (battre monnaie, entretenir des hommes d'armes, déclarer la guerre, conquérir des territoires, conclure des alliances, ou encore punir les contrebandiers), l'Angleterre a supplanté les Hollandais sur le marché du thé. Mieux, le Japon ayant fermé ses portes aux Occidentaux, elle est parvenue à signer un accord avec la Chine de façon à s'arroger le monopole du commerce du thé avec l'Empire du Milieu !

Ce monopole durera jusqu'en 1834 !

Une entente qui ne sera pas sans nuages. Les Anglais ayant cherché à duper les Chinois en leur proposant d'échanger contre des thés fins de la simple pacotille, l'empereur s'est vivement opposé à ce marché de dupes. Las ! Les Anglais ont alors inventé un stratagème diabolique. Disposant d'importantes cultures de pavot dans leurs colonies indiennes, ils ont inondé la Chine avec de l'opium. Ni l'interdiction d'importer le poison des « barbares », ni les guerres menées contre l'Anglais n'y changeront rien. La contrebande contournera les édits impériaux, et la Chine devra céder. Elle limitera à 5 % ses accords douaniers, remettra le territoire de Hong Kong à l'Angleterre et devra ouvrir seize de ses ports au commerce du thé.

On estime ainsi que de 2 millions de fumeurs d'opium réguliers en 1850, la Chine était passée à 120 millions en 1878 !

Les Londoniens savaient-ils quel drame se jouait de l'autre côté des mers pour qu'ils puissent consommer en toute liberté leur boisson favorite ?

C'est dans une « coffee-house » que les Anglais ont eu l'occasion de découvrir le thé pour la première fois. Son propriétaire, un certain Thomas Garraway, n'avait rien trouvé de mieux, pour attirer la clientèle, que de vanter ses vertus médicinales. Cette boisson, selon lui, était depuis toujours reconnue pour sa salubrité. Il suffisait d'ailleurs, pour s'en convaincre, de lire le texte de son affiche publicitaire : « Elle préserve en parfaite santé jusqu'à un âge extrêmement avancé. Elle guérit le mal de tête ; elle est très bonne contre la pierre et la goutte. Elle supprime la gêne respiratoire, soulage de la fatigue, purifie les humeurs, renforce la faiblesse de l'estomac ; elle fait disparaître les mauvais rêves, active le cerveau, renforce la mémoire... » Bref, la panacée universelle !

La taxe qu'imposa Cromwell sur le thé ne dissuada nullement les Anglais d'en consommer, bien au contraire !

Au début du XVIIIe siècle furent enfin ouvertes de véritables « tea-houses ». La première était située sur le Strand, et son propriétaire, Thomas Twinning, eut l'heureuse idée d'y accueillir des femmes qui, jusque-là, étaient exclues des « coffee-houses ». Il ne savait pas alors à quel point cette idée allait se révéler bénéfique pour ses affaires.

Le thé devint la boisson des Anglais. On en consomma désormais à toute heure du jour, et sous n'importe quel prétexte. Une aubaine pour les armateurs londoniens qui avaient obtenu le monopole du commerce du thé, et une source de revenus considérable pour le Trésor royal.

Aussi, lorsque le roi George III voulut, en 1767, taxer le thé à l'exportation vers les colonies d'Amérique, la réaction fut unanime. Les Américains, furieux, boycottèrent le thé. Les ventes baissèrent de 70 %, précipitant la chute de la Compagnie des Indes orientales. Le boycott alla même plus loin. Lorsque trois bateaux de la compagnie arrivèrent à Boston le 16 décembre 1773, chargés de cargaisons de thé pour tenter de le vendre directement aux habitants,

200 Américains, déguisés en Indiens, montèrent à bord et jetèrent à la mer les 342 caisses de thé qui étaient entreposées dans leurs cales.

Cette fameuse « Boston Tea Party » eut les conséquences que l'on connaît. La révolte des colons américains marquerait tout simplement le début d'un processus qui devait aboutir à l'indépendance des Etats-Unis.

Une fois cette indépendance acquise, les Américains prendraient d'ailleurs l'habitude d'aller chercher eux-mêmes leur thé en Asie. Construits par des armateurs de New York et San Francisco, les fameux *clippers*, dans la seconde moitié du XIXe siècle, allaient révolutionner le commerce en mettant Canton à soixante-quatorze jours de New York quand il fallait jusque-là plusieurs mois pour effectuer le même trajet.

La vitesse sur mer devint dès lors une obsession, et chaque année les capitaines de *L'Ariel*, du *Taeping* ou du *Thermopylae* s'efforçaient de faire tomber les records. A ce jeu, le *Cutty Sark* était l'un des plus rapides. Partant du port de Fou-Tchéou, il dépassait les vapeurs sur les 27 000 kilomètres qui reliaient la Chine à Londres. Le progrès technique et l'ouverture du canal de Suez en 1869, qui interdisait tout passage aux grands voiliers, mirent hélas fin à ces exploits.

D'ailleurs, la situation avait radicalement changé. Les Chinois n'étaient plus les seuls à exporter du thé. Un certain Robert Fortune, de la Compagnie des Indes orientales, s'était introduit à Shanghai, déguisé en bonze, et, après avoir assimilé toutes les techniques de production du thé, était parvenu à en expédier plusieurs milliers de pieds en Assam.

Tandis que la Chine n'exportait plus guère que vers le Japon et la Russie, l'Inde était devenue le premier producteur de thé au monde. Dès 1887, les importations en provenance des colonies anglaises suffisaient à la Couronne britannique. L'Angleterre ne dépendait plus de l'Empire du Milieu.

Les Russes consommaient aussi de grandes quantités de thé. Ils l'avaient découvert par l'intermédiaire des Mongols au XVIIe siècle. Ils y ajoutaient des feuilles de pommier ou du citron. Ils ne le sucraient, en revanche, que très rarement, car le sucre était cher. On avait donc l'habitude de suspendre une pierre de sucre au-dessus des samovars, ces bouilloires que l'on trouvait dans la plupart des foyers et que les voyageurs du XIXe siècle ont décrites avec étonnement.

Au fil du temps, le thé deviendra également un symbole : celui de l'hospitalité. Les Arabes notamment avaient l'habitude – ils l'ont conservée – d'accueillir leurs visiteurs avec du thé vert parfumé à la menthe et fortement sucré. Chez les Touaregs, l'usage veut que l'on en serve trois tasses, dont la dernière seule est parfumée à la menthe. Les Tibétains, eux, préfèrent le thé salé au beurre rance conservé dans des peaux de yaks. Alexandra David-Néel en découvrira le goût très particulier lors de ses nombreux voyages au Tibet au début du XXe siècle.

Plus délicats, les Chinois le parfumaient au jasmin, à la rose ou à l'orchidée.

Au début du XIXe siècle, un Premier ministre britannique, Lord Charles Grey, introduisit en Angleterre la mode du thé à la bergamote, devenu célèbre sous l'appellation de « Earl Grey ».

Les Anglais, il est vrai, étaient devenus littéralement « fous de thé ». A la fin du XIXe siècle, la reine Victoria ayant l'habitude de dîner tardivement, la duchesse de Bedford eut ainsi l'idée d'insérer entre le lunch et le souper une brève collation. Le « five o'clock tea » était né !

Très vite, il devint une religion. Chacun voulut marquer le « five o'clock ». Au point que ce rituel empêcha bientôt les usines de tourner, les employés de poursuivre leur travail, et les soldats de se battre. Ne dit-on pas que lors de la guerre des Boers, dans les plaines du Transvaal, ou dans les tranchées en 1914-1918, l'heure du thé était scrupuleusement respectée ?

Qui a dit que le thé, à l'instar de la musique, n'adoucissait pas les mœurs ?

Aujourd'hui, les Anglais n'ont plus cependant le monopole du thé. Il est en effet cultivé partout : en Amérique du Sud (Argentine, Brésil, Equateur, Pérou), en Afrique noire (Kenya, Rwanda, Cameroun, Mozambique, Ethiopie), en Géorgie, en Turquie, en Iran, en Indonésie, au Vietnam... On tenta même à plusieurs reprises de l'acclimater en Bretagne, en Corse et même à Paris. Mais ces essais demeurèrent infructueux. Le thé a beau être une plante accommodante, elle réclame un climat que nos latitudes ne peuvent lui offrir.

Le café, à côté du thé, passe quant à lui pour un excitant plus violent. Est-ce en raison de sa noirceur ? Idée reçue cependant, puisque la théine, alcaloïde présent dans les feuilles de thé, est identique à la caféine.

Talleyrand se montrait pour sa part plus mesuré dans son appréciation, ou plus ambigu comme on voudra. Du café, il dit en effet qu'il est « noir comme le diable, chaud comme l'enfer, pur comme un ange, mais doux comme l'amour ».

Que de vertus et de vices n'a-t-on prêtés au café ? Il y a trois mille ans, Homère parlait déjà d'une drogue venue d'Egypte grâce à laquelle Hélène, après la disparition d'Ulysse, avait apaisé le chagrin de ses compagnons. Etait-ce déjà du café ?

L'origine, ici, est tout aussi incertaine que celle du thé.

Une légende veut que le caféier ait été découvert sur les hauts plateaux du Yémen au IXe siècle. Par un berger nommé Kaldi. Celui-ci avait remarqué que ses chèvres étaient depuis quelque temps insomniaques !... Il découvrit alors qu'elles grignotaient les fruits d'un arbuste toujours vert, et y goûta lui-même. Devenu tout à coup très excité, hilare et volubile, il se répandit en louanges sur les fruits de cet arbuste inconnu. C'est alors qu'un imam eut l'idée de les broyer, de les griller et de les moudre pour en faire un breuvage qui maintiendrait les membres de sa communauté éveillés lors des longues nuits de prière.

Les Yéménites l'appelèrent *Kawa*, ce qui signifie force, élan, vitalité. Ils étaient tellement fiers de leur découverte qu'ils prétendirent que cette potion miracle avait guéri le Prophète lui-même deux siècles plus tôt. Remis sur pied grâce au café, il avait alors été capable de désarçonner 40 cavaliers et d'honorer 40 femmes !

Ce qui est certain, c'est que les Yéménites tinrent à conserver le plus longtemps possible le monopole du café. On estime qu'au début du XVIIIe siècle, l'aire cultivée du café au Yémen devait représenter 50 000 hectares. Mais, entre-temps, le café s'était répandu dans tout le monde musulman.

Il fit notamment la fortune d'un petit port de la mer Rouge fondé par un mystique soufi au VIIIe siècle :

Moka. C'est de là que, venu de l'intérieur, partirait pendant des siècles le précieux café. D'abord vers toutes les grandes villes de l'aire arabo-musulmane, puis ensuite vers l'Europe par le cap de Bonne-Espérance.

Tout comme les Chinois avaient pendant longtemps cherché à préserver les secrets du thé, les Yéménites veillèrent à ce qu'aucune graine de caféier en état de germer ne quitte Moka avant d'avoir été ébouillantée. Jaloux de leur découverte, sans doute pensaient-ils que le café participait d'un art de vivre typiquement oriental et auquel les Occidentaux demeureraient insensibles.

Le café, dont le nom fut assez vite associé aux établissements où on pouvait le consommer, joua en effet un rôle déterminant dans la sociabilité musulmane. Que ce soit à La Mecque, à Damas, à Bagdad, au Caire ou à Istanbul, c'était un lieu privilégié pour parler affaires ou politique, pour jouer aux dés ou parler religion avec une liberté de ton qui n'était pas toujours du goût des imams les plus orthodoxes. Dans l'Empire ottoman, plusieurs propriétaires de cafés le payèrent de leur vie. On les retrouvait alors au petit matin enfermés dans des sacs de cuir et flottant sur les eaux du Bosphore.

Ni les Yéménites ni les autres pays de l'aire islamique ne purent cependant conserver leur secret indéfiniment. A la fin du XVIe siècle, des botanistes et des voyageurs entendirent parler de cette plante si singulière qu'on disait parée de toutes les vertus.

En 1616, les Hollandais – toujours eux! – parvinrent ainsi à ramener un plant de café à Amsterdam. Quarante ans plus tard, ils le cultivaient à Ceylan. Et à la fin du siècle, ils réussissaient à l'implanter à Java.

Une fois de plus, les Français avaient sur eux une longueur de retard. Pourtant, le café avait déjà fait son apparition à la cour de Louis XIV. En 1669, l'ambassadeur de Turquie, Soliman Aga, avait émerveillé une partie de l'aristocratie en lui faisant découvrir des saveurs inconnues : celle des sorbets, celle des loukoums, celle du café. Ce dernier fut très vite à la mode en dépit de nombreuses réticences. Si Molière s'en moquait, Louis XIV lui préféra le chocolat, et la Palatine, avec sa franchise coutumière, le comparait à l'haleine de l'archevêque de Paris, l'un de ses pires ennemis. Saint-Simon allait même encore plus loin, à ses yeux le café n'était « qu'une boue tout juste bonne pour la lie du peuple » !

Rien n'empêcha malgré tout le café de conquérir la France, puis l'Angleterre, puis l'Europe tout entière quelque temps avant la folie du thé. Ni l'aristocratie française ni la *gentry* britannique ne purent bientôt s'en passer, et c'est dans les « coffee-houses » à la mode que se traitèrent désormais les affaires. Un homme y fit même fortune en assurant les marchandises qui provenaient des lointaines colonies indiennes. Il s'appelait Edward Lloyd...

Le café l'ayant probablement inspiré, un général polonais qui avait récupéré des stocks de la précieuse graine dans la débâcle de l'armée turque chassée de Vienne par Jean Sobiesky (1683) eut lui aussi un trait de génie. Il ouvrit un café à l'enseigne de la Bouteille bleue, et, pour accompagner le café, fit confectionner une pâtisserie à laquelle on donna une forme de circonstance : le croissant !

Avec ou sans croissant, le café connaissait de toute façon un engouement tel qu'on se mit à le cultiver là où les conditions climatiques étaient favorables : les Hollandais dans leurs colonies indonésiennes, les Anglais et les Français en Afrique et aux Caraïbes.

Aux Antilles mais surtout au Brésil, la main-d'œuvre locale ne suffisant plus, la culture du café engendra cependant un phénomène qui aujourd'hui nous révolte. D'Afrique noire, on fit venir par centaine de milliers des hommes, des femmes et même des enfants qui, dans des conditions épouvantables, furent condamnés aux travaux forcés sur d'immenses plantations. Sous la menace du fouet, les fers aux pieds, réduits en esclavage, ils défrichèrent, plantèrent et récoltèrent ce fameux or noir qui allait faire les délices des Européens.

Tous ne furent pas dupes à l'époque de ce commerce indigne. Ainsi, Bernardin de Saint-Pierre : « Ce qui sert à nos plaisirs est mouillé de nos larmes, écrivait-il. Je ne sais pas si le café et le sucre sont nécessaires au bonheur de l'Europe, mais je sais que ces deux végétaux ont fait le malheur de deux parties du monde. On a dépeuplé l'Amérique afin d'avoir une terre pour les planter, on a dépeuplé l'Afrique afin de les cultiver. »

Mais ceux qui ne voyaient dans le café qu'un délice exotique ou une source de profit s'en souciaient-ils ?

Un Français joua également un rôle déterminant dans cette aventure. Un Dieppois, le capitaine Gabriel de Clieu.

Par deux fois, en effet, on avait tenté de transférer aux Antilles des plants de café issus de celui du Jardin des plantes qu'en 1714 le bourgmestre d'Amsterdam avait offert à la France. Sans résultat.

Gabriel de Clieu, désireux de renouveler la tentative, obtint une bouture du Jardin des plantes. Puis, il s'embarqua avec son précieux « colis » pour les Antilles.

Colis ou fardeau ?... Le voyage fut un calvaire. Outre une attaque de pirates, il fallut affronter une tempête épouvantable puis des calmes plats déprimants pendant lesquels de Clieu crut sa dernière heure arrivée. Lui et son équipage allaient mourir de soif avant d'avoir touché terre. Eux et leur précieuse bouture...

Mais il était dit que les dieux veilleraient jusqu'au bout sur *Le Dromadaire* – c'était le nom de leur bateau !...

On finit donc par arriver à bon port. Parvenu à la Martinique, de Clieu planta sa bouture dans sa propriété du Prêcheur, puis, l'entourant de soins et d'amour, attendit que se produise un miracle.

Et le miracle survint ! La bouture qui avait survécu à tout donna naissance à la plupart des plantations de café des Antilles. Le tremblement de terre, la tempête et le raz-de-marée qui secouèrent la Martinique et la Guadeloupe en 1727, loin de compromettre le travail de Gabriel de Clieu, lui donnèrent un nouvel élan. Les cacaoyers ayant été détruits contrairement aux caféiers, ce fut l'occasion de remplacer les premiers par de nouveaux plants de café. Cinquante ans plus tard, près de 19 millions de caféiers s'épanouissaient au soleil de la Martinique.

Ce succès valut à de Clieu une carrière accélérée dans la marine royale. Et donna à d'autres le désir de se lancer dans l'aventure. Bientôt, des caféiers poussèrent en Jamaïque, au Brésil, à Cuba, aux Philippines, au Guatemala, au Venezuela, au Mexique, en Afrique, en Inde, au Tonkin ! Tout comme le thé, le café était en train de conquérir la planète.

Il ne la conquit pas seulement dans les plantations, d'ailleurs, mais aussi dans les villes où s'ouvrirent des cafés dans lesquels on pouvait se livrer à son vice favori en toute impunité.

Après Istanbul, Venise et Vienne, le premier café qui fit parler de lui à Paris en 1672 fut tenu par un Arménien du nom de Pascal à la foire Saint-Germain. Mais c'est en 1686 qu'un italien, Procopio Coltelli, ouvrit pour la première fois les portes d'un établissement appelé à devenir célèbre : le Procope. Il existe toujours, rue de l'Ancienne-Comédie.

Le Procope devint rapidement le café à la mode. Coltelli, arrivé à Paris sans un sou vaillant, avait, il est vrai, vu les choses en grand. Pour le décor – lustres de cristal, glaces et marbres – comme pour le service. On pouvait y consommer toutes sortes de boissons et de friandises : thé, café, chocolat, eau de bergamote, hypocras, ratafia à l'orange, huile de Vénus, mais aussi crème de rose, fruits confits, crèmes de fleur d'orange ou pâte d'orgeat, sans oublier une multitude de glaces et de sorbets. Les nouvelles du jour étaient placardées sur le tuyau du poêle qui réchauffait la salle, et chacun pouvait ainsi en prendre connaissance avant de les commenter.

Fréquenté d'abord par les comédiens et les auteurs dramatiques, le Procope devint au XVIIIe siècle le rendez-vous littéraire par excellence. On y vit la plupart des grands auteurs du siècle : Voltaire, Diderot, Rousseau, Marmontel, Beaumarchais, et même Fréron, un auteur dramatique mineur qui soupirait après l'Académie française !

Le même Fréron, dont on dit que c'est au Procope que Voltaire, voulant se venger, écrivit son célèbre quatrain sur un coin de table :

L'autre jour, au fond d'un vallon
Un serpent mordit Jean Fréron
Que pensez-vous qu'il arriva ?
Ce fut le serpent qui creva !

Voltaire avait, certes, la dent dure, mais l'on peut se demander si ce soudain accès de colère n'était pas dû à l'abus de café dont il faisait une grande consommation.

La Révolution ne mettra pas fin aux activités de l'établissement. On y vit défiler au contraire tous les grands noms de la Convention : Danton, Marat, Camille Desmoulins, et même le très réservé Maximilien de Robespierre.

Le Procope n'était pas, on s'en doute, le seul café de Paris. A la même époque – celle du « rasoir national » –, il en existait près de 2 000, dont les plus courus étaient sans doute, avec le Procope, le Café de la Régence, le Café de Valois, le Café de Foy et tous les cafés politiques du Palais-Royal. Chacun avait sa spécialité et surtout sa clientèle : agitateurs, journalistes, informateurs, royalistes, républicains modérés, ultras, homosexuels, prostituées, s'y côtoyaient parfois mais se regroupaient souvent. On y buvait force tasses de café, et l'esprit plus lucide ou la « cervelle plus échauffée », comme le redoutait Montesquieu, on agitait des idées, on complotait, on refaisait la République ou on soupirait après le retour des Bourbons.

Napoléon allait mettre fin à toute cette agitation non pas en fermant les cafés, mais en y glissant ses espions.

Lui-même était très amateur de ce breuvage « noir comme le diable et chaud comme l'enfer », bien qu'il souffrit déjà d'un ulcère à l'estomac.

« Le café fort me ressuscite, dira-t-il un jour, il me cause une cuisson, un rongement singulier, une douleur qui n'est pas sans plaisir. J'aime mieux souffrir alors que de ne pas souffrir. »

Le XIXe siècle perpétua heureusement la tradition des cafés où l'on refaisait le monde autour d'une tasse et d'une friandise. Balzac n'y voyait-il pas le véritable « parlement du peuple » ?

Sur les Grands Boulevards, on y rencontrait surtout des écrivains et des artistes en mal d'inspiration. Chez Tortoni ou au Café de Paris, plus tard à la Coupole, au Dôme, ou à la Rotonde.

Balzac est demeuré célèbre pour être l'un des auteurs du XIXe siècle qui consommaient le plus de café. Jusqu'à cinquante tasses par jour ! Il l'appelait son « torréfiant intérieur ». Toujours à la recherche du breuvage miracle qui aurait pu lui permettre de passer ses nuits à écrire, il en achetait sans cesse de nouvelles variétés, et finissait par avaler une sorte de café à la turque qui n'était en réalité qu'une bouillie de café censée le tenir en éveil dès le petit matin. « Ce café, disait-il, tombe dans votre estomac vide. Dès lors, tout s'agite : les idées s'ébranlent comme des bataillons de la Grande Armée, les souvenirs arrivent au pas de charge, les traits d'esprit en tirailleurs, le papier se couvre d'encre. » Vingt pages parfois en une seule nuit !

Cet amour se doublait malgré tout d'une certaine méfiance. Il lui arrive même de le traiter de « poison », surtout pris à jeun. « On doit se mettre alors aux préparations lactées, conseille-t-il, au régime du poulet, des viandes blanches, enfin de détendre la harpe, et rentrer dans la vie flâneuse, voyageuse, niaise, et cryptogamique des bourgeois retirés. »

Pris ou non avec modération, le café fait aujourd'hui partie de notre quotidien. Qu'il s'agisse d'arabica, de robusta, ou de moka, qu'il vienne du Kenya, du Mexique ou d'Ethiopie, il conserve ses vertus et son pouvoir de fascination.

Paradoxalement, ce ne sont pas les pays producteurs qui en consomment le plus. Ainsi les Finlandais sont-ils les plus gros consommateurs de la planète avec onze kilos et demi par an et par habitant, suivis de près par les autres pays scandinaves.

Le café est, après le pétrole, la matière première la plus échangée au monde aujourd'hui. A la différence de l'or noir, cependant, on peut s'en passer en temps de crise. Si les cours du pétrole alors grimpent vertigineusement, ceux du café s'effondrent. Témoin, la crise de 1929 qui, du fait de la surproduction, obligea les Brésiliens à brûler le café dans les chaudières des locomotives. Mais qu'il survienne une sècheresse en Afrique ou un cyclone en Amérique centrale, et les prix sur le marché de Londres vont atteindre des sommets.

Viril par excellence, le café peut donc se révéler plus fragile qu'il n'y paraît.

Qu'en eût pensé Kaldi, le berger des hauts plateaux du Yémen rendu euphorique par sa découverte ? Plus un grain de café ne pousse aujourd'hui dans son pays, et le qat, mâché à longueur de journée par ses lointains descendants, ne l'a pas remplacé avantageusement. Le Yémen a perdu son trésor comme on perd une femme aimée, par excès de jalousie peut-être. Aujourd'hui, « l'or noir » flambe ailleurs.

A côté du thé si spirituel, du café si excitant, l'amer cacao, loin de faire mauvais visage, « réunit, selon l'historien et sociologue Jean-Paul Aron, tous les appâts, les fards et les grâces, les figures du luxe et du dévergondage ».

Diable !

Les Olmèques, au deuxième millénaire av. J.-C., furent probablement les premiers à déguster sous forme de boisson chaude et agrémentée d'herbes et d'épices des fèves de cacao broyées. D'autres prétendent que, il y a bien longtemps, au Mexique, le dieu de la végétation Quetzalcoalt cultivait dans son jardin un arbre dont le tronc était gris argenté et dont le fruit permettait de préparer un étrange breuvage.

Ce qui est à peu près sûr, en revanche, c'est que la culture du cacao se répandit dans toute l'Amérique centrale, et des Olmèques passa chez les Mayas et les Aztèques.

Le breuvage qu'on en tira fut baptisé par les Indiens *Tchoco late*, soit « l'eau qui fait du bruit », puisqu'on le préparait avec de l'eau bouillante. Les Aztèques, qui l'avaient reçu des Mayas, y ajoutèrent des piments, de l'ambre et du musc. Les pauvres toutefois se contentaient d'un cacao plus amer que les riches qui buvaient le doux et délicieux *couascho*. L'empereur Moctezuma en raffolait tant qu'il en prenait plusieurs tasses par jour pour ses vertus aphrodisiaques.

Mais, surtout, la fève de cacao était si précieuse qu'elle servait de monnaie dans toutes les transactions. Le conquistador Hernan Cortés fut ainsi très surpris en arrivant à Mexico, lui qui venait là pour trouver de l'or, qu'on lui offrît des fèves blanches dont il ne sut que faire dans un premier temps. Il comprit cependant assez vite tout ce que l'on pouvait s'offrir avec ces minuscules graines au goût amer. « Avec dix amandes, observait l'un de ses compagnons, ils peuvent acheter un lapin, avec cent un esclave et, comme il y a dans ces contrées des femmes qui vendent leurs corps, celui qui veut en faire un usage libidineux, leur donne huit ou dix amandes pour une passe. »

Quelques instants de plaisir pour le prix d'un lapin ! On comprend pourquoi les conquistadores en prirent à leurs aises.

Le chocolat n'en conquit pas moins ceux qui venaient en conquérants. Les Espagnols prirent l'habitude de l'adoucir avec du miel ou du sucre venu de leurs plantations du Mexique et de Saint-Domingue et se mirent à en consommer quotidiennement. On y ajoutait également de la vanille et de la cannelle.

La première cargaison, en provenance de Vera Cruz, toucha l'Espagne en 1585. Elle se vendit à prix d'or. Comme dans toute l'Amérique espagnole, la péninsule Ibérique se mit à l'heure du chocolat. Au point de susciter la méfiance des théologiens. Ce breuvage si sombre, qui passait pour aphrodisiaque et permettait de mieux supporter, dans les couvents, les longues périodes de jeûne, ou simplement l'abstinence du Carême, n'était-il pas d'essence diabolique ?

L'Eglise, prudente, préféra cependant battre en retraite et remiser ses anathèmes. La folie du chocolat était telle dans l'aristocratie que ses fidèles pouvaient être tentés de déserter l'office pour aller satisfaire leur vice. Par chance pour les amoureux transis de la petite fève brune, Philippe II se résolut à introduire le chocolat à la cour d'Espagne, le lavant ainsi de tous soupçons.

Adulé en Espagne, le cacao va mettre plus de temps à franchir les Pyrénées tant les Espagnols voulaient, comme les Yéménites avec le café, le conserver pour leur usage exclusif. Mais, pas plus que le café, il n'était possible de tenir le chocolat en laisse.

Heureusement, il ne fascinait pas tout le monde. Les corsaires hollandais, lorqu'ils arraisonnaient un bateau transportant une cargaison de cacao, en jetaient dédaigneusement les fèves à la mer. Ils appelaient ça des « crottes de brebis ».

En France, le succès vint avec l'arrivée de l'infante d'Espagne, Anne d'Autriche, devenue l'épouse du roi Louis XIII, mais surtout avec Marie-Thérèse, autre infante espagnole, épouse de Louis XIV. Celle-ci en buvait tant – parfois au point de se rendre malade – qu'elle n'eut aucun mal à se faire la propagandiste du cacao à la Cour.

Tandis que le chocolat parvenait en Angleterre en même temps que le thé de Chine et le café du Yémen, la « France d'en haut » s'embrasa pour la nouvelle boisson à la mode. Au début, pourtant, Louis XIV fit la fine bouche. Puis, désireux de battre les Espagnols sur leur propre terrain, il décida de prendre les choses en main. Il fit planter des cacaoyers aux Antilles et accorda au sieur David Chaillou, un négociant, le privilège exclusif pour vingt-trois ans de « fabriquer, faire vendre et débiter dans toutes les villes du royaume une certaine composition qui se nomme chocolat, faite en liqueur ou en pastilles, ou en telle autre manière qu'il lui plaira ».

En 1671, David Chaillou ouvrit ainsi à Paris la première boutique de chocolat. La vogue du « chocolat français » était lancée. On s'y précipita et l'habitude fut prise d'en servir dans les collations. Louis XIV lui-même, convaincu par Mme de Maintenon, succomba à la tentation.

Comme pour le thé ou le café, le cacao fit débat. Etait-il un remède ou un poison ? L'excès seul était-il condamnable ou s'agissait-il d'un produit dangereux capable de corrompre l'âme et de réveiller les sens au-delà du raisonnable ?

L'avis de Mme de Sévigné fut partagé. Elle lui trouva d'abord des vertus thérapeutiques : « Avant-hier, écrit-elle, j'ai pris du chocolat pour bien digérer mon dîner, afin de bien souper, et j'en ai pris hier pour me nourrir et jeûner jusqu'au soir. Voilà de quoi je le trouve plaisant, c'est qu'il agit selon l'intention. » Puis, sa méfiance grandit : « Le chocolat n'est plus pour moi ce qu'il était. La mode m'a entraînée comme elle le fait toujours. Tous ceux qui m'en disaient du bien m'en disent du mal. On le maudit, on l'accuse de tous les maux qu'on a, il est la source de vapeurs et de palpitations, il vous flatte un temps, puis il vous allume tout d'un coup d'une fièvre continue qui conduit à la mort. »

En avait-elle abusé ? Cette mauvaise langue de Mme de Sévigné ne craint pas d'aller plus loin encore : « La marquise de Coëtlogon prit tant de chocolat, raconte-t-elle, qu'étant grosse l'année passée, elle accoucha d'un petit garçon noir comme le diable. » Une façon habile et sournoise de rappeler que le domestique qui lui apportait le chocolat dans sa chambre était antillais !

C'est en 1674 que Londres se mit à fabriquer les premières pastilles de chocolat. Innovation si intéressante aux yeux des amateurs de cacao que l'on se mit à l'accommoder de toutes les façons possibles et imaginables. Les Italiens le parfumaient au jasmin, les Allemands le délayèrent dans du vin ! Les Aztèques y mélangeaient des piments, les Espagnols du sucre, le limonadier Pierre Masson le mélangea avec du lait chaud.

Dès lors, le chocolat entrait dans une ère nouvelle. En 1780, l'Espagne, demeurée le premier exportateur de chocolat, ouvrit sa première usine, bientôt suivie par l'Allemagne et la Suisse. Au début du XIXe siècle, un Hollandais, Conrad Van Houten, eut même l'idée d'utiliser une presse hydraulique pour broyer les fèves de cacao et en extraire une fine poudre aisément soluble. Le chocolat en poudre était né. Une poudre qui devait plus tard faire la fortune d'un Français, Pierre-François Lardet, inventeur du fameux « Banania ».

La Suisse prit le relais à la fin du XIXe siècle, tandis que l'Afrique noire commençait de supplanter l'Amérique du Sud dans le monopole de la production de cacao. Dans sa fabrique de Vevey, Daniel Peter, grâce à l'invention du lait en poudre par son compatriote Henri Nestlé, parvint à introduire du lait dans du chocolat solide, créant ainsi en 1875 la première tablette de chocolat au lait. Un autre Suisse enfin, Rodolphe Lindt, mit au point une technique, le conchage, dont l'intérêt principal fut de donner le fondant et le brillant des tablettes de chocolat que nous consommons aujourd'hui.

Noir, au lait, en poudre, en pastilles, en tablettes, il y avait désormais du chocolat pour tous les goûts et pour toutes les bourses. A la fin du XIXe siècle, Victor-Auguste Poulain et Jean-Antoine Meunier rationalisèrent encore la transformation du chocolat en intégrant dans leur entreprise tous les maillons de la chaîne du cacao, depuis la plantation des cacaoyers jusqu'à la distribution. Grâce à eux, le chocolat put ainsi pénétrer dans les foyers les plus modestes. Anglais et Américains leur emboîtèrent le pas, notamment Forest Mars en créant en 1925 la fameuse barre chocolatée.

Inévitablement, le chocolat devait ensuite se diversifier. Et on pourrait le décliner sur tous les modes, à l'infini... On trouve désormais du chocolat aux fruits secs (amandes, noisettes), praliné, fourré, à la liqueur, en poudre, en pâte à tartiner, en bonbons, en sucettes, on en utilise également dans les glaces, les sorbets, la cuisine des toques les plus renommées et même dans les salons d'esthétique.

Moctezuma eût-il imaginé un tel succès pour la petite fève blanche dont huit à dix exemplaires suffisaient à s'offrir un lapin ou les services d'une prostituée ? Sans doute pas.

L'habitude de boire du thé, du café ou du chocolat est depuis entrée dans nos mœurs alimentaires, et l'on se soucie beaucoup moins aujourd'hui qu'autrefois de leurs vertus thérapeutiques, aphrodisiaques ou de leurs dangers pour la santé, sauf en excès bien sûr. Talleyrand ne disait-il pas que « tout ce qui est exagéré ne compte pas », donnant par là même une des meilleures règles en matière de gastronomie : la modération.

Mais est-il toujours possible de résister à la tentation d'un thé de Chine fumé, d'un moka d'Ethiopie ou d'un chocolat chaud quand vient la fatigue ou simplement l'envie de se faire plaisir ? Ce serait un peu « fort de café », à moins bien sûr que vous n'ayez envie de « vous faire chocolat » vous-même...

Gageons donc que amateur de l'un ou de l'autre, vous devrez répondre encore longtemps à cette question aussi plaisante qu'inévitable :

— Vous en reprendrez bien une tasse ?...

8

La fabuleuse histoire du champagne

Champagne!... Le mot se lance haut et clair, comme s'il annonçait une charge de cavalerie, comme s'il sonnait le tocsin de la révolte, comme s'il éclatait naturellement pour donner le coup d'envoi des festivités.

Présent sur toutes les tables dès lors qu'il s'agit de célébrer un événement, d'honorer des invités ou simplement pour le déguster entre amis, le champagne est de toutes les fêtes parce qu'il est, comme le disait joliment Talleyrand, le « vin de la civilisation ».

Avouons-le, il est aussi un peu l'image, voire même le symbole d'une certaine France.

Voltaire ne s'y trompait pas qui, dans son poème *Le Mondain*, fait son éloge :

Chloris, Eglé, me versent de leur main
D'un vin d'Aï, dont la mousse pressée
De la bouteille avec force élancée
Comme un éclair fait voler le bouchon
Il part, on rit, il frappe le plafond
De ce vin frais l'écume pétillante
De nos François est l'image brillante.

Au personnage de Lucien Leuwen, dans le roman de Stendhal, le champagne donne gaieté, liberté et même hardiesse puisqu'il a osé « s'adresser à la dame de ses pensées ».

Et Balzac, dans *La Peau de chagrin*, lui confère le même pouvoir d'excitation : « Déchaînés comme les chevaux d'une malle-poste qui part d'un relais, ces hommes, fouettés par les piquantes flèches du vin de Champagne impatiemment attendu, mais abondamment versé, laissèrent alors galoper leur esprit dans le vide de ces raisonnements que personne n'écoute, se mirent à raconter ces histoires qui n'ont pas d'auditeurs, recommencèrent cent fois ces mêmes interpellations qui restent sans réponse. »

Celui qui trône aujourd'hui sur nos tables est pourtant le fruit d'une longue histoire.

Mais quand commence-t-elle ?

C'est au VIe siècle av. J.-C. que la culture de la vigne est importée en Gaule méridionale par des colons grecs de Marseille. Mais ce n'est qu'au IIIe siècle qu'apparaissent les vignobles de Bourgogne et de Moselle. Quant à ceux de Champagne, ils devront attendre le siècle suivant. Près de mille ans se seront donc écoulés entre le moment où la vigne touche le sol de France et celui où elle fait son apparition aux alentours de Reims et d'Epinay.

La tradition veut cependant que l'on attribue l'entrée du champagne dans l'histoire à l'évêque Remi qui aurait remis un tonnelet de vin bénit à Clovis à l'occasion de sa conversion au christianisme. Fernand Woutaz n'en doute pas un seul instant : « La vraie date, le véritable point de départ de l'histoire du champagne est aussi celui du Moyen

Age : c'est l'an 496 ! Il fera de la Champagne le berceau de la France et de Reims la ville des sacres [...]. Si Clovis avait été baptisé à Orléans, nous n'aurions probablement pas eu de champagne, mais beaucoup de vinaigre, ce qui est impensable si l'on songe que le Christ mourant sur la croix refusa l'éponge imbibée de vin aigre que lui tendit le soldat [1] ! »

Ce qui paraît à peu près certain, c'est que la vigne est bien établie en champagne aux alentours de l'an 800. Dès cette époque, le vin est devenu source de prestige et de revenus pour les nobles, les ecclésiastiques et les abbés de monastères. L'évêque de Reims est ainsi propriétaire de vignobles à Epernay et Hautvillers.

Les besoins croissants en vin de messe ne sont pas étrangers à ce développement. Dans les abbayes de Saint-Rémi, de Saint-Pierre à Reims, à Hautvillers, à Châlons, de Saint-Basle à Verzy, de Saint-Thierry, on cultive la vigne pour ses propres besoins – liturgiques ou de consommation –, mais aussi pour offrir au visiteur le « pot de vin » qui le délassera de la fatigue du voyage.

Au XIIe siècle, le renouveau monastique cistercien encourage également la propagation de la vigne en Champagne. On défriche et on plante avec ardeur autour de Reims et d'Epernay, de Châlons, Sainte-Menehould et Vitry-le-François.

« La délimitation géographique étant bien évidemment moins précise qu'aujourd'hui, on peut inclure dans ce que l'on nommait alors " les vins de France ", les régions correspondant à l'actuel département de l'Aube, ainsi que les productions de très nombreuses communes faisant aujourd'hui partie de la région

1. F. Woutaz, *La Véritable Histoire du champagne* (Favre, 1990).

parisienne, comme Lagny ou encore Nogent-sur-Marne, ainsi que celles des vallées supérieures de la Seine [1]. »

Un texte du milieu du IXe siècle, le *Polyptique de l'Abbaye de Saint-Rémi,* recensement des propriétés, des serfs et des revenus de l'abbaye, mentionne d'ailleurs la présence d'un vigneron au côté du cuisinier, ce qui témoigne assez de son importance. Par exploitation directe de ses vignobles, ou au titre des redevances qui lui sont dues, l'abbaye est d'ailleurs créditée de 4 000 hectolitres de vin par an. Elle bénéficie en outre des corvées pour assurer les vendanges et le transport de ses produits.

A la fin du XIIe siècle, il semble donc établi que la Champagne est une région à vocation viticole. Les vignobles de Champagne étant situés près de la Marne, de l'Aube et de la Seine, les vins trouvent aisément des débouchés commerciaux sur Rouen et Paris, et même, par mer, vers la Flandre, la Hollande, l'Angleterre, le Portugal et l'Espagne.

Ce qui ne peut être transporté par bateau emprunte vers le nord et l'est les anciennes voies romaines, et vers le sud de nouvelles routes qui mènent aux foires de Troyes, Bar-sur-Aube, Lagny et Provins. Châlons et Reims sont alors les deux grandes places de commerce pour les vins de Champagne. Des lettres patentes de Charles VI, datées de 1412, nous apprennent que le commerce de Reims repose en grande partie « sur les vins qui croissent environ la ville, qui amenés sont et rendus en ycelle ». En 1448, un mandement de Charles VII précise que les habitants de Châlons, « ville située et assise au pays de vignoble, font des vins... et ont

1. Frédérique Crestin-Billet, *L'Univers du champagne* (Solar, 1999).

accoustumé de vendre aux marchands de Picardie, Haynau, Flandre et Liège ».

Les vins de Champagne sont encore assez peu renommés, mais déjà ils commencent à flatter le palais des rois de France. Ils concurrencent même les vins de Beaune. Au sacre de Philippe VI de Valois, en 1328, les habitants de Reims à eux seuls consomment allégrement trois cents pièces de vin, « partie de Beaune et de Saint-Pourçain, partie de Reims ». On raconte également que lors d'une entrevue diplomatique se déroulant à Reims entre Charles VI et l'empereur germanique Venceslas IV, dit l'Ivrogne, roi de Bohême et des Romains, ce dernier se serait tellement enivré qu'il aurait approuvé tout ce que lui demandait le roi de France pourvu que l'on consentît à le laisser boire paisiblement son vin de Champagne.

La guerre de Cent Ans, hélas, apportera son cortège de pillages, de meurtres et de saccages qui n'épargneront ni la Champagne ni ses vins.

A ces troubles s'ajoute une pression fiscale qui varie au rythme des dépenses militaires. Outre la gabelle du sel, des aides conséquentes frappent les vins.

La guerre de Cent Ans n'apparaît pourtant pas négative à tous égards. Le système féodal, moribond, s'assouplit. Affranchissements et anoblissements se multiplient, le servage disparaît. Mais si l'Eglise a vu augmenter l'étendue de son vignoble en raison des legs que lui faisaient des fidèles, la noblesse, appauvrie, se trouve dans l'obligation de vendre ses terres à des roturiers, amorçant le progressif morcellement des grands domaines.

Le répit qui suit la guerre de Cent Ans sera de courte durée. Sous Louis XII et François Ier, la

France est à nouveau en guerre, mais les opérations militaires touchent peu la région. A partir de 1562, en revanche, les guerres de Religion ramènent des troubles en Champagne. Car si Reims est l'un des fiefs de la Ligue, les idées luthériennes ont pénétré la région et bouleversé les consciences.

C'est d'ailleurs un huguenot, Henri IV, qui vient mettre le siège devant Epernay en 1592. A nouveau, la misère et la violence s'abattent sur le pays. « On ne voudra croire, écrit Claude Haton, un curé de l'Aube, les tormens qu'ont enduré les pauvres gens des villages en leur corps, esprit, âme, biens, bestial et autres choses, tant les hommes que les femmes et par gens de leurs propres nations. » Jean Pussot, maître charpentier de Reims et propriétaire de vignobles, note quant à lui que « les troubles continuoient, saulf quelque petite trêve qui fut faicte avec ceulx de Chalons pour le recueil des vendanges et chariage des vins ». Et plus loin : « En ce temps régnoit une autre affliction, c'est que les loups avoient telle domination sur le corps humain qu'ils se jettoient et dévoroient plusieurs gens, tant aux champs, vignes, que dans les villages. »

La guerre n'entraîne pas toutefois la fin des vignobles. On continue de produire, de vendre et même de commercer au loin. La paix de Vervins, en 1598, ramène heureusement le calme et la prospérité en Champagne. En dépit d'une renommée grandissante, on appelle toujours ses vins par le nom de leur cru d'origine. On parle ainsi de vins de Rivière ou de vins de Reims, et il faudra attendre l'année 1600 pour que l'on commence d'employer l'expression « vins de Champagne ». Dans un bréviaire agricole paru en 1586, intitulé *La Maison rustique*, il est seulement fait allusion au vin d'Aÿ. « Les vins d'Ay, comme sont moins vineux [...], aussi sont salubres sans comparaison. » Et plus loin on précise que « les vins d'Ay sont clerets et fauvelets, subtils, delicats et d'un goust fort agreable au palois, pour ces causes souhaistez pour la bouche des Roys, Princes et grands Seigneurs ».

D'après le même auteur, on fait déjà grand cas des vins d'Aÿ à Paris. En 1601, Nicolas de la Framboisière confirme cette réputation. Il écrit que « quelques années les vins de Bourgogne gagnent le prix; autres années les vins d'Orléans surpassent; aucunes années les vins d'Anjou sont plus excellens que tous les autres; et le plus souvent les vins d'Ay tiennent le premier lieu en bonté et perfection ».

Cette image flatteuse ne cessera plus de s'imposer. Au comte d'Olonne qui vient d'être exilé sur ses terres, Saint-Evremond donne ces conseils : « Accommodez, autant qu'il vous sera possible, votre goût à votre santé. N'épargnez aucune dépense pour avoir des Vins de Champagne, fussiez-vous à deux cents lieues de Paris. Si vous me demandez lequel je préfère de tous les vins, sans me laisser aller à des modes de goûts qu'introduisent de faux délicats, je vous diroi que le vin d'Ay est le plus naturel de tous les vins, le plus sain, le plus épuré de toute senteur de terroir, et d'un agrément le plus exquis par son goût de pêche qui lui est particulier, et le premier, à mon avis, de tous les goûts. Léon X, Charles Quint, Franfois premier, Henry VIII, avoient tous leur propre Maison dans Ay ou proche d'Ay, pour y faire plus curieusement leurs provisions. Parmi les plus grandes affaires du monde qu'eurent ces grands princes à démêler, avoir du vin d'Ay ne fut pas un des moindres de leurs soins ».

Dès 1630, la guerre de Trente Ans et les intrigues du duc de Lorraine sèment à nouveau le désordre.

L'Espagne est quasiment maîtresse du Nord de la France et les plaines de Champagne sont le théâtre d'opérations militaires. Peu de combats, mais des pillages et quelques exactions.

Les années de Fronde, entre 1648 et 1657, se montreront beaucoup plus terribles. Les Espagnols des Pays-Bas s'étant alliés aux frondeurs contre la monarchie française, le prince de Condé expédie sur place le baron d'Erlach et ses troupes. Mais celles-ci, essentiellement composées de mercenaires polonais, suédois et allemands, laisseront un souvenir terrible dans la mémoire des Champenois. Pendant deux ans, crimes, sacrilèges, viols, pillages et vols ravagent villes et campagnes.

Aux troupes d'Erlach succèdent en 1651 des soudars commandés par un certain Oudard, dit Machefer. Puis, en avril 1652, les mercenaires du duc de Lorraine. Et enfin, les troupes de Condé et Turenne. Celles-ci ne se montrent pas plus clémentes que leurs rivales, vident les caves, s'enivrent et rançonnent les Champenois. « Ce ne sont des chiens que le roi envoie pour garder son troupeau, note un observateur, mais des loups ! »

En 1659, la paix des Pyrénées apporte enfin le soulagement tant espéré.

Les vignes champenoises, toutefois, ne sont pas sorties indemnes de ces trente années de guerre et d'exactions. Seuls quelques marchands sont parvenus à tirer leur épingle du jeu en abreuvant les armées et en faisant monter les prix.

La fin du règne de Louis XIV se révèle d'ailleurs une époque tout aussi pénible pour les Champenois en général, et les vignerons en particulier. L'augmentation des impôts et du coût de la vie, l'obligation de loger les gens d'armes, accroissent les difficultés. La Bruyère le reconnaît volontiers : « Le destin du vigneron, du soldat et du tailleur de pierre m'empêche de m'estimer malheureux par la fortune des princes ou des ministres qui me manque. »

Et les vignerons, contrairement à ce que pense La Bruyère, ne sont pas les plus mal lotis !

Seule consolation : la qualité des vins de Champagne s'améliore très nettement en cette fin de siècle. On les dénomme alors vins rouges et vins blancs sous l'appellation de « vins de rivière ». Seul le vin d'Aÿ est nommément cité. Parmi les cépages blancs, on trouve alors le morillon blanc, le gouais, le meslier ou encore l'arbanne ; pour les noirs, le morillon noir, le morillon taconné ou encore le gouais noir. Il existe même une variété à mi-chemin pouvant donner des vins allant du blanc au rouge : le fromenteau.

Mais c'est sans nul doute le vin d'Aÿ qui tient le haut de l'affiche, et il faudra que de très grands bourgognes parviennent sur la table du roi à Versailles pour que Louis XIV, sur le conseil de son médecin, Fagon, consente à délaisser les vins de Champagne à leur profit.

C'est cette concurrence insupportable qui va pousser les vignerons champenois à fabriquer, avec des cépages noirs à chair blanche, un « vin gris » de meilleure qualité.

Il connaîtra un succès prodigieux. Au point que, dans d'autres régions de France – en Bordelais notamment –, on s'y essayera. Sans grands résultats d'ailleurs.

Mais c'est un autre phénomène qui va bientôt donner au champagne son originalité. Et ce phénomène semble bien avoir connu ses premiers succès en... Angleterre !

Nos voisins d'outre-Manche, en effet, avaient pris l'habitude, à réception des vins qu'ils importaient de

France, de leur ajouter des sucres, de la mélasse et autres aromates. Cette pratique était sans doute destinée, dans un premier temps, à atténuer les troubles que le vin avait pu subir durant son transport. Puis, les marchands londoniens, selon un rapport du docteur Christopher Merret daté de 1662, s'aperçurent que l'ajout de sucs rendait le vin plus vif et plus... pétillant.

Une pièce de théâtre de Sir George Etheredge, *The Man of Mode*, fait même l'éloge de « ce champagne effervescent qui ranime rapidement les pauvres amants languissants, les rend joyeux et gais et noie tous leurs chagrins... ».

Le fait de mettre le vin en bouteilles – l'industrie verrière anglaise était alors très supérieure à la nôtre – amplifiait encore le phénomène. Ces bouteilles étaient faites d'un « verre noir » – en réalité vert foncé – et assez épais pour supporter la pression. A l'ouverture de la bouteille, la libération du gaz carbonique due à la fermentation faisait jaillir une belle mousse blanchâtre et un vin pétillant agréable au palais.

Mais était-ce réellement du champagne ?

Christian Pessey a raison de dire que, pour faire du champagne, il ne suffit pas d'ajouter du sucre afin de relancer la fermentation, « c'est aussi, et avant tout réussir un assemblage subtil d'équilibre et de complexité pour obtenir un breuvage qui ne se contente pas de faire de la mousse mais aura cette légèreté et cette fraîcheur des premiers émois sur la langue et l'ampleur et l'écho pour le fond du palais avec une durée longue comme le souvenir ». Et d'ajouter, avec un rien de chauvinisme lucide, que le « champagne, c'est inimitablement français ! ».

Au début du XVIIIe siècle, un homme – français celui-là – allait malgré tout maîtriser ce phénomène et permettre au champagne « mousseux » de devenir celui que nous connaissons tous aujourd'hui : Dom Pérignon.

Né à Sainte-Menehould en 1638 – l'année de naissance de Louis XIV –, celui dont le nom demeure encore aujourd'hui un symbole incontournable a fait de brillantes études chez les Jésuites avant de s'engager, chez les Bénédictins, dans la voie monastique. Devenu cellérier à l'âge de trente ans à l'abbaye Saint-Pierre de Hautvillers située auprès des vignobles de champagne les plus réputés – Damery, Cumières, Aÿ, Dizy –, baigné dans la culture viticole, Pierre Pérignon s'est rapidement intéressé aux vins de l'abbaye.

Au vrai, ce n'était pas seulement parce que ceux-ci représentaient une source de revenus appréciable, mais d'abord parce qu'il se montrait un passionné d'œnologie.

Sur le sujet, il avait beaucoup lu, beaucoup appris, beaucoup médité. Cette connaissance, il était donc logique qu'il la mît à profit. Sans être « l'inventeur du champagne », comme on l'a trop souvent écrit, il est admis aujourd'hui qu'il posa une partie des fondements de la viticulture moderne : sélection très stricte des cépages, vendanges optimales, refus de mettre des raisins verts ou au contraire pourris au pressoir. Surtout, il comprit qu'en pratiquant des techniques d'assemblage de cépages, il obtiendrait un vin de bien meilleure qualité. « Il apprit également à manier avec art les délicates opérations de soutirage et de collage (l'élimination des particules en suspension dans les vins à l'issue de leur fermentation) [1] » lui permettant de stabiliser pour plusieurs années des vins qui, d'ordinaire, finissaient par tourner au bout de quelques mois.

1. Frédérique Crestin-Billet, *op. cit.*

Quoi qu'il en soit, c'est au début du XVIIIe siècle que le champagne prend réellement son essor en tant que vin mousseux. Bien que cette mode n'ait pas été du goût de tout le monde ! Saint-Evremond, amateur de vins de Champagne plus « classiques », s'en plaint amèrement. Dans un ouvrage consacré à la culture de la vigne, un chanoine de Reims, Jean Godinot (1661-1749), lui fait chorus : « Depuis vingt ans, écrit-il, le goût des Français s'est déterminé au vin mousseux, et l'on a aimé pour ainsi dire jusqu'à la fureur ; on a commencé seulement d'en revenir depuis sept ou huit ans. Les sentiments ont été fort partagés sur les principes de cette espèce de vin. Les uns ont cru que c'était la force des drogues qu'on y mettait qui le faisait mousser si fortement, d'autres ont attribué la mousse à la verdeur des vins, parce que la plupart de ceux qui moussent sont extrêmement verts ; d'autres enfin ont attribué cet effet à la Lune, suivant les temps que l'on met les vins en flacons... » Et il ajoute par honnêteté : « Il est vrai qu'il y a eu des marchands de vins qui, voyant la fureur qu'on avait pour ces vins mousseux, y ont mis souvent de l'alun, de l'esprit de vin, de la fiente de pigeons et bien d'autres drogues pour le faire mousser extraordinairement. »

Les pratiques illicites, on le voit, ne datent pas d'aujourd'hui !

En fait, Godinot exagère quelque peu en parlant du « goût des Français ». Car le champagne ne figure encore que sur les grandes tables. Le Régent, Philippe d'Orléans, adepte des soupers galants et très privés dans les salons du Palais-Royal, en boit certains soirs jusqu'à six ou sept bouteilles. Ses compagnons et compagnes de parties fines, ses « roués », l'imitent sans faiblir. La princesse Palatine, dont la correspondance est remplie de lamentations sur les « malheurs du temps », affirme que « les femmes boivent encore plus que les hommes » et que, le jour de l'enterrement de la duchesse de Berry – la fille du Régent –, on « a bu du champagne aussi goulûment que si de rien n'était ». A Saint-Cloud, Mme de Tencin organise également des soirées où l'on s'enivre sans complexe. Le maréchal de Richelieu, qui s'y connaissait en la matière, affirme d'ailleurs que « jamais les orgies ne commençaient que tout le monde ne fût dans cet état de joie que donne le vin de Champagne ».

Le succès est donc au rendez-vous et s'il n'est pas encore sur toutes les tables, le champagne a déjà franchi les frontières. En Angleterre, comme en Espagne où, il est vrai, règne Philippe V, un Bourbon, petit-fils de Louis XIV.

Ce succès du champagne devient même, aux yeux de ses adversaires, presque insupportable. Les Bourguignons, notamment, refusent de se voir détrônés par ce vin pétillant qui, selon eux, ne peut rivaliser avec leurs grands crus de Beaune. Au point qu'une querelle sur leurs vertus respectives éclate entre la faculté de médecine de Reims et celle de Beaune. Elle durera cent vingt ans !

Heureusement, le champagne est plus souvent prétexte à des traits d'humour qu'à des différends. Ainsi, en 1716, Rouillé du Coudray étant arrivé en retard au Conseil des finances, le duc de Noailles observe avec ironie :

— Le champagne vous a peut-être trop arrêté ?...

A quoi Coudray répond sur le même ton :

— Il est vrai que j'aime un peu trop le vin de Champagne, mais ça n'a jamais été jusqu'au pot-de-vin !...

Dans son journal, Dangeau relate encore la visite de Pierre le Grand en France en juin 1717. « Le lendemain, écrit-il, il fut à Fontainebleau, où il trouva le vin si bon qu'il s'enivra... Etant sorti de table et retiré dans la chambre où il coucha, il se fit encore apporter quatre bouteilles de vin de Champagne qu'il but avec son vice-chambellan et avec le prince Kourakin, avant de se mettre au lit. »

Ce qui aurait inspiré cette réflexion à Frédéric-Guillaume Ier de Prusse :

« Pierre le Grand ! Qu'a-t-il rapporté de ses courses ?... l'habitude de s'enivrer avec du vin de Champagne au lieu de s'enivrer avec de l'eau-de-vie. »

Le champagne donnerait-il de l'esprit ? Ses partisans en sont convaincus.

Louis XV et Mme de Pompadour en raffolent, et avec eux tout le XVIIIe siècle. Les cours royales d'Europe l'ont adopté. Toute une partie de la noblesse, éprise de nouveauté, également. Mais un contemporain prend soin de l'évoquer en des termes qui ne laissent aucun doute sur la rareté et donc la cherté du produit. Il parle de ce...

... Vin blanc délicieux
Qui mousse et brilla dans le verre
Dont les mortels ne boivent guère
Et qu'on ne sert jamais qu'à la table des dieux
Ou des grands pour en parler mieux
Qui sont les seuls dieux de la terre.

Les grandes maisons naissent d'ailleurs à cette époque : Ruinart en 1729, Moët en 1743, Clicquot en 1772, Rœderer en 1776, Heidsieck en 1785...

La Révolution elle-même, dans sa folie, ne pourra entraver la marche triomphante de celui que certains considèrent comme un nectar, « le roi des vins », et d'autres, avec un rien de mépris, comme un vin aussi léger que ses bulles, aérien, presque futile.

Dès que la tête de Robespierre eut basculé dans le panier de Samson, la gaieté revint à la mode. La France du Directoire aspirait à l'insouciance après la tourmente, et l'on recommença, dans les dîners, les soirées, et même sur les champs de bataille, à boire du champagne.

D'ailleurs, n'est-ce pas ce que réclamait l'époque après la Terreur de l'an II ?... Un vin léger, qui faisait tourner les têtes au lieu de les décapiter !

Le succès du champagne, dès lors, ne se démentira plus. Même s'il lui préfère au quotidien le chambertin et les vins de Bordeaux, et s'il ne passe guère que quelques minutes à table, Napoléon ne fait jamais la fine bouche devant une bonne fricassée de poulet cuisinée au champagne.

Les femmes surtout l'apprécient de plus en plus. La mode est aux dîners champêtres, et Grimod de la Reynière observe « qu'ordinairement ce vin est servi, à défaut de l'Amphitryon, par une Dame, qui se fait un plaisir de le faire mousser en le versant de très haut ».

Apprécié à l'étranger autant qu'en France, le champagne s'offre même le luxe de réconcilier ennemis de la veille ou du lendemain. Le 6 germinal an XII, Pierre Failly note ainsi qu'il se « fait en ce moment des expéditions immenses de vin mousseux pour l'Allemagne, la Suède, le Danemark, la Russie et tous les pays du Nord ». En Angleterre, en dépit du blocus, le champagne continue d'arriver en contrebande. Régulier ou irrégulier, le flux ne s'interrompt pas.

Lors de l'invasion de la Champagne en 1814 par les troupes coalisées, hélas, le champagne n'arrête pas la folie de hommes, ni les tueries, ni les viols ou les pillages. On se bat avec acharnement autour de Reims, de Châlons, d'Arcis-sur-Aube. Au mois de mars, l'armée russe s'enferme même dans Reims avec des « tonneaux bien remplis ». Napoléon, lui, se contente d'être l'hôte de Jean-Baptiste Ponsardin, le frère de Mme Clicquot, puis celui de Jean-Rémy Moët, le maire d'Epernay.

L'occupation est terrible. Epernay est envahie par les Russes et les Prussiens. Ces derniers se comportent comme les premiers et vident les celliers. Etrangement, les producteurs de champagne ne semblent guère s'en soucier.

Jean-Rémy Moët a même ce mot merveilleux :

« Je souris à la spoliation dont je suis l'objet, et je me fais de tous ceux qui boivent mon vin autant de commis voyageurs qui, en rentrant dans leurs patries lointaines, feront l'article pour ma maison. »

Il ne se trompe pas ! Au congrès de Vienne, qui se déroulera entre novembre 1814 et juin 1815, toutes les délégations – la fine fleur de l'élite européenne – redessineront la carte de l'Europe en buvant du champagne. « Le congrès ne marche pas, il danse », dira le prince de Ligne. Russes, Autrichiens, Anglais, Polonais, Rhénans, Bavarois, Hollandais, Suédois, Piémontais, Danois, Norvégiens, dégustent ensemble celui que le prince de Talleyrand appelle le « vin de la civilisation ».

En 1815, durant les Cent-Jours, qui séparent le retour de Napoléon de l'île d'Elbe et son ultime abdication à Fontainebleau, la Champagne va subir une seconde occupation. Comme lors de la première, les caves sont pillées. Le cauchemar recommence, mais cette fois exaspère les Champenois. Une chanson populaire traduit d'ailleurs ce « ras-le-bol » :

Buveurs de la Moscovie
Quand partirez-vous enfin !
Avez-vous encore envie
D'avaler tout notre vin
C'est, je crois, l'unique affaire
Qui vous retient parmi nous
Mais, soit dit sans vous déplaire
Nous le boirons bien sans vous !

Une dernière manifestation alliée est cependant organisée. Avant de quitter la France, le tsar Alexandre a en effet proposé à Louis XVIII d'inviter les souverains coalisés à une grande parade militaire. Son but : impressionner ses propres alliés de façon à les dissuader de démembrer la France, un projet qu'il désapprouve.

La parade se déroulera pendant plusieurs jours aux frontières de la Champagne. Mais celle-ci sera mise à contribution malgré tout, puisque l'armée russe déploiera 200 000 hommes dans la plaine qui s'étend sous le mont Aimé. Réquisitions d'hommes, de matériel et de bouteilles de champagne sont alors de rigueur. Rien qu'à la table du tsar, on consomme près de 2 000 bouteilles par jour ! Il est vrai qu'il reçoit des tablées de 300 personnes ! Un souci de tous les instants pour son cuisinier, le fameux Carême.

La Restauration, la monarchie de Juillet, le Second Empire, continueront d'assurer le succès du « vin de la civilisation ».

C'est au champagne qu'on fête la libération du territoire français en 1818, qu'on applaudit à la révolution de 1830 qui renverse le dernier roi bourbon, Charles X ; au champagne également qu'on reçoit son successeur, Louis-Philippe d'Orléans, qu'on s'enthousiasme pour la révolution de 1848 et la naissance de la IIe République, qu'on célèbre le coup d'Etat du 2 décembre 1851 par Louis-Napoléon Bonaparte. L'histoire du champagne se confond de plus en plus avec l'histoire de la France.

La paix retrouvée relance le commerce. Dans les dîners, les soupers officiels, les festivités, le champagne retrouve naturellement sa place. Les restaurants le servent de plus en plus à table. Ils le mêlent également à des mets tels que les potages, la « tortue à la parisienne » ou encore le « poisson de Seine à la française », dans la confection desquels entre au moins une demi-bouteille de bon vin de Champagne.

Le champagne est aussi le vin des rencontres amoureuses. Dans les cabinets privés, dans les parties fines, il met de la gaieté et de la lumière dans les yeux des convives. Les théâtreuses, les danseuses, les lorettes, les filles de joie, les demi-mondaines, les écrivains, les artistes, les musiciens bohèmes, toutes et tous en usent sans modération et se grisent volontiers du nectar champenois. Certains « rats » de l'Opéra en abusent même tellement qu'on les appelle les « rats de cave » !

Mais comment résister à une telle puissance de séduction ? L'époque du Second Empire est à la folie, à l'insouciance, à la liberté de mœurs. La bourgeoisie règne, certes, et le monde de l'argent, mais une sorte d'appétit irrésistible dévore toute une partie de la société enivrée par la musique légère d'Offenbach. Dans les *Scènes de la vie de bohème,* d'un Henri Murger, lorsque l'un de ses personnages, Musette, se décide enfin à épouser le maître de poste, c'est en lui déclarant :

« Mon cher monsieur, avant de vous donner définitivement ma main, je veux boire mon dernier verre de champagne ! »

Dessinateurs et caricaturistes – Gavarni, Daumier – ne peuvent d'ailleurs évoquer cette tumultueuse vie parisienne sans mêler à leurs œuvres des bouteilles et des flûtes de champagne.

Le progrès technique sert aussi la fabrication et le négoce. En 1825, ce sont les premières tireuses ; en 1827, la première machine à boucher ; en 1844, une machine à rincer les bouteilles ; en 1870, une machine à ficeler les bouchons. Et surtout, le chemin de fer qui, dès 1849, va permettre de relier la région champenoise à la capitale.

Quelques chiffres suffisent à illustrer l'explosion du champagne en ce XIXe siècle obsédé par la gastronomie et la gourmandise. De quelques milliers de bouteilles produites à la veille de la Révolution, on passe à 6,5 millions en 1845, puis à 11 millions en 1861, à 17 millions en 1870. A la fin du siècle, la production avoisinera les 30 millions de bouteilles !

Ce n'est plus là un simple succès, mais un raz-de-marée. Le champagne est désormais étroitement associé à un art de vivre, et cet art de vivre tend peu à peu à une diffusion planétaire.

La guerre de 1870 ralentit à peine le phénomène, et les années 1900 l'accélèrent. Pourtant, dans l'euphorie générale de ces années d'avant la grande tourmente de 1914-1918, un mal terrible rôde qui menace le champagne.

Ce mal porte un nom : phylloxera.

Le phylloxera est un insecte, un puceron jaune minuscule, quasi invisible à l'œil nu, et qui parasite les racines de la vigne jusqu'à provoquer sa mort.

Importé d'Amérique en Angleterre avec des plants de vignes, il s'est attaqué à l'Europe dans les années

1860. On l'a vu apparaître dans le Gard et dans les Bouches-du-Rhône, puis entre 1870 et 1880 dans d'autres vignobles, mais pas en Champagne.

Un répit de courte durée.

On a pourtant préféré en sourire, pensant que jamais le phylloxera ne s'attaquerait à un vignoble aussi prestigieux, aussi bien tenu. Dans *Le Charivari* du 6 novembre 1875, un dessin satirique représente même un bourgeois en gibus tenant à des vignerons ce discours rassurant :

« Mes amis, la commission vous apporte une méthode infaillible pour tuer le phylloxera ; vous allez commencer par arracher vos vignes ! »

Les chiffres sont pourtant alarmants. En France, depuis l'offensive du phylloxera, la production vinicole est descendue en trente ans de 41 à 23 millions d'hectolitres.

Mais, en 1888, lorsque l'Aube a été elle-même atteinte par le puceron jaune, les Champenois ont commencé à s'inquiéter. Bientôt, sa progression est devenue inexorable. Au mois d'août 1892, on le signale à Mardeuil, à Chavot-Courcourt, à Moussy, à Mancy, à Damery. Certes, les superficies atteintes sont faibles, à peine 2 hectares. Mais à partir de 1898, les pucerons se multiplient. L'année suivante, ce sont 61 hectares qui sont contaminés, 560 en 1900. Le 29 octobre 1901, le département de la Marne tout entier est déclaré « phylloxéré ». Dix ans plus tard, en 1911, l'évaluation des surfaces détruites par la maladie se monte à 6 500 hectares !

A la veille de la Première Guerre mondiale, le phylloxera semble donc en bonne voie pour rayer de la carte le vignoble champenois. Certes, des mesures ont été prises. On a d'abord interdit l'introduction de nouveaux plants de vigne dans le département de la

Marne, puis on a détruit systématiquement les parcelles contaminées, brûlé les ceps et désinfecté les terres avec du sulfure de carbone. Un syndicat a même été créé pour trouver des solutions afin d'enrayer l'épidémie. Mais le mal est demeuré là, souterrain, prêt à ressurgir dans les vignes comme dans les consciences.

L'acharnement paiera. En 1906, 1 000 hectares seront déjà replantés, 2 000 en 1910 et plus de 2 500 en 1914, soit environ le tiers des vignobles qui ont été contaminés par le puceron.

En 1904 naît également la « Fédération des Syndicats de la Champagne », forte de 400 vignerons.

Bien décidés à se battre et à défendre leurs droits, les vignerons champenois n'ont pas seulement comme ennemi le mildiou ou le phylloxera, mais aussi la fraude. Entre l'Aube et la Marne, le torchon brûle, les Marnais réclamant seuls le droit à l'appellation « champagne », les Aubois protestant contre un tel ostracisme.

La décision du gouvernement, en 1908, de donner raison aux Marnais est mal accueillie, on s'en doute. Les importations massives et frauduleuses de vins de l'Aube se poursuivant en dépit des décrets, la tension devient palpable.

Déjà, des émeutes viticoles ont éclaté dans le Midi l'année précédente. Pourquoi pas en Champagne ?

Les vignerons champenois n'en peuvent plus. Non seulement le phylloxera a ravagé la vigne, mais les récoltes ont été mauvaises depuis 1902, beaucoup ont été obligés d'hypothéquer leurs terres. Les années se suivent et se ressemblent : médiocres et désespérantes. Seule l'année 1904 a été pléthorique, mais l'offre dépassant largement la demande, les prix se sont effondrés. Le rapport du « Syndicat du commerce des vins de Champagne », dans son assemblée générale du 23 septembre 1910, est accablant : « L'année s'achève dans un désastre encore plus étendu et plus complet qu'en 1908. Aucun fléau n'aura épargné notre malheureuse contrée : les inondations, les orages et la grêle, le mildiou qui a sévi partout en attaques répétées, la pyrale et la cochylis. »

Dès 1908, le Syndicat du commerce a pourtant procédé à des dons en nature ou à des prêts à la Caisse régionale agricole. Mais les mesures se sont révélées insuffisantes. Dans certaines localités, plus des deux tiers des terres sont hypothéquées.

La misère est telle dans certains villages qu'elle constitue un terreau idéal pour la révolte. Aux mécontents se mêlent d'ailleurs des anarchistes venus de Paris et qui n'hésitent pas à parler, dans leurs tracts, de « l'implacable férocité des tyrans qui vont entendre résonner lugubrement le rugissement furieux de leurs innombrables victimes » ! Le drapeau rouge et *L'Internationale* font leur apparition dans des manifestations vigneronnes. On ira même jusqu'à parler de complot anarchiste destiné à s'appuyer sur la misère des vignerons champenois pour provoquer un soulèvement.

Mais cette misère était amplement suffisante à elle seule pour engendrer des troubles.

Le 16 octobre 1910, un meeting de protestation organisé par la Fédération se déroule à Epernay. Dix mille vignerons y participent. L'atmosphère est tendue. Pourtant, on se contente d'une simple communication dénonçant la fraude et réclamant l'application des décrets de 1908 sur la délimitation des zones de production.

Ce calme apparent ne va pas durer. Le 4 novembre, dans plusieurs communes, la grève de l'impôt est décidée. Pendant plus de deux mois, les incidents se succèdent, bénins au début, puis de plus en plus violents. Le 17 janvier 1911, à Damery, le chargement d'un camion est jeté dans la Marne et les caves d'un négociant fraudeur mises à sac. Le surlendemain, l'armée est requise et la vallée de la Marne placée en état de siège. Le 20, le préfet annonce qu'il obtiendra l'arrêt des transports étrangers, en échange les vignerons devront cesser leurs déprédations.

Pendant deux semaines, les négociations se poursuivent sans incidents nouveaux. Enfin, le 10 février, le Parlement adopte des mesures supposées enrayer le conflit. Une loi est votée qui impose l'obligation d'apposer le mot « champagne » sur les étiquettes, bouchons et emballages, et la mention « Vin déclaré originaire de la Champagne viticole » sur les titres de circulation. En outre, elle précise de façon très claire que seuls pourront porter la dénomination « champagne » les vins mousseux produits avec des raisins et des vins provenant de la zone délimitée, c'est-à-dire de la Marne.

Rassurés, les Marnais. Mais les Aubois ? Les 11 et 12 avril, Damery, Dizy et Aÿ sont le théâtre de pillages, de destructions et d'incendies. Pour réprimer les émeutes et maintenir l'ordre, 40 000 hommes de troupe sont mobilisés.

Le gouvernement, cette fois, redoute que la situation en Champagne n'évolue comme dans le Midi en 1907. Les manifestations prennent d'ailleurs un tour de plus en plus violent. Outre les destructions, les grèves d'impôt, les démissions des conseils municipaux, il y a toujours ces anarchistes qui brandissent le drapeau rouge ou même essayent de le faire flotter sur les mairies.

Par chance, les vignerons champenois ne se laisseront pas prendre au piège. Bientôt, le dialogue reprend le pas sur l'affrontement. Des négociations sont engagées, et les Aubois doivent accepter une appellation « champagne 2e zone ». Ils ne seront pleinement réintégrés dans la région Champagne qu'en 1927.

La Première Guerre mondiale fera passer au second plan les révoltes viticoles champenoises. Reims bombardée, Epernay détruite, les vignobles sont saccagés. Comme les hommes sont partis au front, ce sont les femmes, les vieillards et les enfants qui s'improvisent vignerons.

Le champagne sera tout de même là pour fêter l'armistice de 1918. Il faudra ensuite se mettre à reconstruire, replanter, soigner. Mais, en 1922, la Champagne aura retrouvé son niveau de production de 1914.

La sortie de la guerre, inévitablement, répétera un scénario déjà ancien. A toute période de privation succédant une période d'euphorie, le champagne retrouve tous ses droits dans les Années folles.

A nouveau, il pétille sur les tables des restaurants, dans les cafés, dans tous les endroits à la mode et les lieux de plaisir, aussi bien chez Maxim's que dans les maisons closes, au Sphinx, au One-Two-Two. Pour oublier les horreurs de la Grande Guerre, on se noie dans un tourbillon de fêtes et des flots de champagne.

La crise de 1929 frappera malgré tout durement la viticulture. Mais rien ne peut longtemps défier un vin aussi prestigieux. Même la Seconde Guerre mondiale n'y parviendra pas. Mise en coupe réglée par le « Bureau national de répartition des vins de Champagne », dirigée par un certain Otto von Klaebich

– surnommé le « Führer du champagne » –, la région fêtera la Libération au son des flûtes de champagne entrechoquées.

Aujourd'hui, ce sont plus de 300 millions de bouteilles de champagne qui sont produites chaque année. Les maisons anciennes sont toujours là, d'autres sont apparues au début du siècle, sans compter nombre de productions plus modestes mais souvent de qualité. Elles se nomment Ruinart, Moët et Chandon, Piper Heidsieck, Dom Pérignon, Rœderer, Taittinger, Veuve Clicquot, Henriot, Laurent-Perrier, Bollinger, Pommery ou Mercier. Autant de noms qui chantent à l'oreille et ont fait le tour du monde.

Pourtant, qui aurait pu prédire une telle destinée à un vin qui « moussait » ? Dom Pérignon lui-même n'aurait pas imaginé que son « pétillant » serait un jour sur les tables du monde entier et même dans des endroits sulfureux où il n'eût sans doute pas aimé le voir figurer...

La vocation du champagne, en vérité, est à l'image de celle de la France : universelle.

Pour ne pas être accusé de chauvinisme, il faut cependant laisser la parole à nos voisins d'outre-Manche, à qui nous devons peut-être en partie la découverte de la mousse de champagne. Le poète Byron l'aimait beaucoup et en buvait régulièrement. « J'aime fort pour ma part le coin du feu, disait-il, les grillons, et ce qui va bien avec : une salade de homard, du champagne, et la conversation. » Trois ingrédients essentiels, il est vrai, pour réussir une soirée.

Mais c'est à Winston Churchill que nous laisserons le dernier mot. Amateur de whisky et de cigares, on sait moins qu'il éprouvait une véritable passion pour le champagne. Comme son gendre, Lord Soames, lui en demandait un jour la raison, il marmonna simplement entre ses dents :

« Je me contente aisément du meilleur ! »

9

La pomme de terre de M. Parmentier

Il est des mots dont la signification se démultiplie à travers le langage, et Dieu sait si les termes liés à la gastronomie remplissent souvent cette fonction. Le terme de « pomme de terre », également décliné sur le mode « patate », fait partie de ceux-là.

Etre gros comme une patate, avoir la patate, avoir la frite, posséder un nez en forme de patate, se débrouiller comme une patate, avoir du sang de patate (expression flamande), être habillé comme un sac à patates... La pomme de terre possède autant de connotations positives que négatives. Et pourtant, rien ne nous dissuade aujourd'hui de la considérer comme sympathique puisqu'il ne viendrait l'idée à personne de l'utiliser comme un terme injurieux, à peine ironique. La patate est donc bon enfant, et se laisse accommoder à toutes les sauces, traversant tous les régimes sans prendre une ride, exemple même de l'aliment « amphibie » survivant à toutes les modes.

Méprisée, elle le fut pourtant autrefois. Ce tubercule rondouillard était loin de séduire ses éventuels consommateurs. Par chance, elle avait un amoureux, un homme tenace qui allait défendre jusqu'au bout sa dulcinée et trouver une oreille attentive auprès du roi Louis XVI : Antoine Parmentier.

La pomme de terre est une dicotylédone de la famille des Solanacées, qui, elles-mêmes, ont des affinités avec les Convolvulacées, les Scrofulariacées, les Borraginacées et autres Asclépiadacées, toutes plantes herbacées ou arbustives poussant sous des climats chauds et tempérés.

Mais peut-on tomber amoureux d'une Solanacée ?

C'est sur les hauts plateaux de Colombie ou aux abords de la cordillère des Andes que la pomme de terre semble avoir poussé pendant longtemps à l'état sauvage.

Le premier à en avoir parlé abondamment est Juan de Castellanos dans son *Histoire du nouveau royaume de Grenade* en 1536. Mais c'est un compagnon du conquistador Francisco Pizarre, Pedro de Cieza, qui découvrit trois ans plus tôt qu'on la cultivait un peu partout, et particulièrement aux alentours de Quito. « Dans les lieux voisins de Quito, rapporte-t-il dans ses *Chroniques*, les habitants ont, avec le maïs, une autre plante qui leur sert en grande partie à subsister : les *papas*. Lorsqu'elles sont cuites, elles ont la chair presque aussi tendre que la chair de la châtaigne. Séchées au soleil, on les appelle *chumo* et on les conserve pour l'usage. »

Pourquoi cette référence à la châtaigne ? Parce que la châtaigne était, en Europe, l'aliment de survie en cas de disette.

En réalité, il semble que les Incas connaissaient ce tubercule jaune, blanc ou rouge, depuis déjà fort longtemps. Comme les premières patates étaient particulièrement amères, ils avaient inventé un procédé astucieux qui tient de la lyophilisation. Ils mettaient les pommes de terre à tremper en plein air, attendaient qu'elles gèlent, puis les exposaient à l'air sec jusqu'à ce qu'elles soient parfaitement déshydratées. En somme, le même principe appliqué aujourd'hui à nos pommes de terre surgelées.

Séduits, les marins espagnols en remplirent les cales de leurs navires pour la ramener du Nouveau Monde en Europe.

« La date exacte de l'introduction de la pomme de terre en Europe n'est pas connue, écrit Jean-Paul Thorez, mais on sait qu'il y a deux filières, l'une espagnole avec des plantes à fleur violette et tubercule rougeâtre, et l'autre anglaise, une plus tardive avec des plantes à fleur blanche et tubercule jaune. De cette double filiation naîtra la riche diversité variétale de nos pommes de terre. »

Importée en Espagne par les conquistadores, on la retrouve assez vite en Galicie. A l'état sauvage ? En 1576 et 1584, les livres de comptes d'un hôpital de Séville font pourtant état de plusieurs approvisionnements en *papas*, ce qui tendrait à prouver qu'on la cultive déjà de manière plus régulière.

Vers 1560, le roi Philippe II fait d'ailleurs parvenir quelques *papas* à Rome pour guérir le souverain pontife de sa goutte !

Loin de se montrer aussi précautionneux qu'avec le chocolat, les Espagnols font même circuler la pomme de terre dans le Nouveau Monde, au Mexique et en Virginie.

Est-ce de Virginie qu'elle repartira vers l'Europe ?

Le corsaire Francis Drake s'y serait intéressé dans les années 1576-1577. Mais c'est probablement le mathématicien Thomas Harriot, qui naviguait sous le pavillon de l'amiral Walter Raleigh, qui la ramènera en 1586 en Angleterre. Dans son *Grand Dictionnaire de cuisine*, Alexandre Dumas, en tout cas, l'affirme : « Cet excellent légume qui met désormais les peuples à l'abri de la famine fut rapporté de Virginie par l'amiral anglais Walter Raleigh en 1585. Cet amiral fut plus connu par son esprit entreprenant et les vicissitudes de sa vie que pour l'importation de la pomme de terre à laquelle tout d'abord on ne fit pas grande attention. »

Dans sa relation de voyage, publiée en 1590, Harriot désigne la nouvelle plante sous le nom d'*openwak*. Il la décrit ainsi : « Les racines sont rondes, quelques-unes aussi grosses qu'une noisette, d'autres beaucoup plus grosses, croissant dans les terrains humides et se trouvant réunies plusieurs ensemble, comme attachées à des cordes. Elles sont un bon aliment. On peut les manger rôties ou bouillies. »

En quelques années, la pomme de terre se sera donc acclimatée en Espagne, en Angleterre et en Italie. A la même époque, le légat du pape aux Pays-Bas en fait passer quelques tubercules au gouverneur de la ville de Mons. Puis, en 1588, celui-ci en expédie deux spécimens au botaniste français Charles de l'Ecluse qui dirige alors, à Vienne, les jardins de l'empereur Rodolphe II.

La pomme de terre intrigue, fascine, suscite la méfiance ou répugne. Nourrissante, dissimule-t-elle d'autres vertus ? On l'ignore encore. L'anglais John Gerarde aime les manger rôties, mais ajoute qu'il « y a des gens qui les trempent dans du vin, d'autres qui les font bouillir avec des prunes. Elles sont nourrissantes, réconfortantes et provoquent la luxure ».

La luxure ! On dira la même chose du café, du thé, du chocolat, des épices, de la menthe, de Dieu sait quoi encore !

Espagne, Italie, Angleterre, Pays-Bas, Suisse... La pomme de terre, quoi qu'il en soit, ne cessera plus de voyager désormais, nourrissant l'imaginaire avant même de nourrir les estomacs.

Dans son roman *L'homme qui rit*, situé dans l'Angleterre du XVIIe siècle, Victor Hugo invente un personnage de vagabond misanthrope et généreux qui erre sur les routes avec son chariot et son ours : Ursus. « Il tirait de ses talents de quoi souper quelquefois, écrit-il. Il y avait au plafond de sa cahute un trou par où passait le tuyau d'un poêle de fonte contigu à son coffre, assez pour roussir le bois. Ce poêle avait deux compartiments : Ursus dans l'un faisait cuire de l'alchimie, et dans l'autre des pommes de terre [...]. Son acceptation de la destinée humaine était telle qu'il mangeait des pommes de terre, immondice dont on nourrissait alors les pourceaux et les forçats. Il mangeait cela, indigné et résigné. »

En Allemagne aussi, *die Kartoffel* ne nourrit encore que les cochons et les prisonniers. Mais, au début du XVIIe siècle, Olivier de Serres, un gentilhomme huguenot, signale dans son *Théâtre d'agriculture et mesnage des champs* (1600) que la « cartoufle » est venue du Dauphiné. « On s'en pourvoit par semence, écrit-il, la mettant en terre au commencement du printemps après les grands froids, la lune étant à son descours, à quatre doigts profonds. »

Quinze ans plus tard, elle atterrira tout de même sur la table du roi Louis XIII. Mais, pas plus qu'en Angleterre, elle ne séduit encore vraiment. On la connaît mal. En 1630, le parlement de Besançon en interdit même la culture sous le prétexte qu'elle pourrait provoquer la lèpre !

On est alors en pleine guerre de Trente Ans, et la pomme de terre pourrait se révéler fort utile en cas de disette. Mais l'heure n'est pas encore venue. La guerre et les mouvements de troupes accélèrent pourtant sa diffusion.

Vers 1640, « les soldats venus d'Espagne et d'Italie l'ont apportée avec leurs provisions de route dans le Sud-Ouest de l'Allemagne, en Westphalie, en Saxe, ce qui donna aux habitants l'idée d'en faire la culture. Les plantations se firent nombreuses dans le pays de Bade à partir de 1695, dans le Wurtemberg à partir de 1701, au Mecklembourg après 1708, en Bavière et Bohême après 1725, ainsi qu'en Brandebourg et en Prusse, où Frédéric Ier et surtout Frédéric le Grand contribuèrent à leur succès, accéléré par la disette de 1771-1772. A la fin du XVIIIe siècle, la pomme de terre était devenue l'une des principales ressources de l'Allemagne [1] ».

Partout ailleurs, elle finit également par se glisser dans le paysage alimentaire, d'abord à destination du bétail, ensuite pour les hommes. En Angleterre, en Irlande, en France, en Autriche, en Suisse, dans les Flandres, ou dans l'Est de la France. Plus ouverts que les milieux aristocratiques, les paysans ont très vite reconnu ses qualités. Les premiers, eux, n'y voient qu'une racine sans qualité ni intérêt, « le plus mauvais des légumes dans l'opinion générale ». « Le goût pâteux, l'insipidité naturelle, la qualité malsaine de cet aliment qui est flatueux et indigeste, renchérit Le Grand d'Aussy en 1783, l'ont fait rejeter des maisons délicates et renvoyer au peuple dont le palais plus grossier et l'estomac plus vigoureux se satisfont de tout ce qui est capable d'apaiser sa faim. »

Apaiser la faim... Quand, pour des raisons climatiques ou conjoncturelles, une disette peut toujours

1. Jean Feytaud, *La Pomme de terre* (PUF, 1949).

survenir et décimer les populations les plus pauvres, qui s'en plaindrait ?

La pomme de terre, heureusement, n'a pas que des ennemis, elle a également ses défenseurs acharnés, voire ses thuriféraires. Lentement fait son chemin l'idée qu'elle pourrait être d'un grand secours lors des périodes de pénurie alimentaire. En 1761 et 1762, Louis XV régnant, Duhamel du Monceau et Fresneau recommandent sa culture. En 1765, l'évêque de Castres distribue aux curés de son diocèse des tubercules afin de créer des plants de pomme de terre pouvant servir de « vitrine » au nouveau légume, voire même de propagande. Enfin, en 1772, l'académie des sciences, arts et belles-lettres de Besançon propose comme sujet de concours « les substances alimentaires qui pourraient atténuer les calamités d'une disette ».

Un homme sera le lauréat incontesté de ce concours. Il s'appelle Antoine Augustin Parmentier.

Il est né le 17 août 1737 à Montdidier en Picardie, Antoine Parmentier. Très tôt orphelin, il a dû arrêter ses études pour gagner sa vie comme préparateur en pharmacie. Une vie banale et sans grand relief.

Or, la guerre de Sept Ans va représenter pour lui une opportunité décisive. Devenu aide-pharmacien dans l'armée de Hanovre, il est fait prisonnier à cinq reprises et traité comme tel. C'est à cette occasion qu'il découvre la pomme de terre dont on nourrit les captifs... et les cochons. Mais, contrairement à d'autres, Parmentier ne fait pas la fine bouche en mâchant ce tubercule qui va lui sauver la vie.

De retour en France en 1763 – il a séjourné quelque temps à Francfort pour y perfectionner ses études de chimie –, la pomme de terre aura trouvé en lui son meilleur propagandiste. Parmentier, convaincu non seulement de l'innocuité de la pomme de terre, mais surtout de sa valeur nutritive, rédige plusieurs rapports à l'intention du Bureau central d'Agriculture. Sans grands résultats ! En dépit des efforts de nombreux autres partisans de la pomme de terre – le Suisse Saussure, l'Américain Benjamin Franklin, le prélat Jean-François de Lamarche –, le tubercule des Incas suscite encore des réticences. Certes, on ne l'accuse plus de propager la lèpre, mais de là à le juger vraiment comestible !...

Lorsque Parmentier s'inscrit au concours de l'académie de Besançon, il est pharmacien à l'hôtel des Invalides. Le résultat ? Un mémoire alerte et on ne peut plus convaincant : *Recherche sur les végétaux nourrissants qui, dans les temps de disette, peuvent remplacer les aliments ordinaires, avec de nouvelles observations sur la culture des pommes de terre.* Si convaincant que la faculté de médecine salue le « travail d'un artiste instruit qui a confirmé par ses expériences un jugement qui doit être universellement adopté ».

Parmentier ne poussait-il pas l'audace, en effet, jusqu'à suggérer de remplacer le blé par la pomme de terre dans la fabrication du pain ?

En réalité, la faculté de médecine ne fait que « prendre le train en marche » ! Il y a déjà des années que la pomme de terre s'est implantée un peu partout dans le pays. « La plante, écrit Parmentier, s'est tellement répandue qu'il y a des provinces où les pommes de terre sont devenues en partie la nourriture des pauvres gens ; on en voit depuis quelques années des champs entiers dans le voisinage de la capitale où elles sont si connues que tous les marchés en sont remplis et qu'elles se vendent au coin des rues, comme on y vend depuis longtemps des châtaignes. »

Grâce à l'appui de Turgot, mais aussi de Maurepas, de Condorcet et de Buffon, le mémoire de Parmentier sera publié. Voltaire, d'abord rétif, lui adresse même une lettre élogieuse : « Le vulgaire, lui écrit-il, fait grand cas des brigands illustres qui désolent le monde et on les décore du titre de héros. Croyez-moi monsieur, une gloire comme la vôtre est pure et mérite l'ovation de tous ceux qui aiment l'humanité. »

Les accents de sincérité de Voltaire, dont l'ironie était souvent féroce, ne trompent pas.

Ceux de Parmentier nous touchent encore aujourd'hui. Philanthrope, il ne cherche que le bonheur de ses contemporains et se désole des critiques dont on l'accable dans certains milieux. « Quel autre profit pourrait m'animer ? se lamente-t-il. Je ne suis dans aucune entreprise et ne fais aucun commerce ; je ne sollicite ni places ni pension. »

La place, il l'obtiendra tout de même : celle d'apothicaire-major de la pharmacie des Invalides. Mais cette situation, à ses yeux, n'a qu'un intérêt : rendre plus crédibles ses démarches scientifiques.

Parmentier est un passionné, un obstiné aussi. Il est comme un bouledogue enragé qui jamais ne lâche l'os qu'il a saisi dans sa gueule. Il sollicite, frappe aux portes, écrit des rapports, cherche à faire entendre sa voix et à travers elle celle d'une certaine nation laissée pour compte, attire sans cesse l'attention sur la nécessité de parer à toutes les éventualités en cas de disette ou de famine. Puisque les pauvres eux-mêmes ont adopté la pomme de terre, puisqu'ils la consomment sans autre souci que d'apaiser leur faim, pourquoi ne pas la cultiver, pourquoi chercher à être « plus royaliste que le roi » ?

Il l'entend, d'ailleurs, ce roi. Car Louis XVI, intelligent, plus subtil que sa relative timidité ne le laisse paraître, se soucie également du sort de ses sujets les plus démunis. Aussi, par l'intermédiaire du maréchal de Castries, fait-il donner à Parmentier un terrain dans la plaine des Sablons – au nord du bois de Boulogne – et un autre à Grenelle pour y poursuivre ses expériences.

Le soutien du roi aiguillonne l'enthousiasme de Parmentier. Et plus encore le fruit de la première récolte que Parmentier fait distribuer aux pauvres et aux agriculteurs séduits par le tubercule. A cette occasion, Parmentier en fait d'ailleurs porter une corbeille à Versailles ainsi qu'un bouquet de fanes. Louis XVI, pour témoigner de l'intérêt qu'il porte à ses recherches, en place alors quelques feuilles à sa boutonnière et demande à Marie-Antoinette d'en porter à son corsage et dans ses cheveux. Le 24 août 1785, jour anniversaire du roi, « la pomme de terre entre (officiellement) dans le système compensatoire de l'alimentation [1] ».

Cette fois, la « patate » a ses lettres de noblesse. Louis XVI, en agissant ainsi, a donné son aval. Il a même fait les honneurs de la table royale à celle qu'on ne tardera pas à appeler « la Parmentière ».

L'engouement ne connaît plus de bornes. Parmentier, pour préserver ses champs expérimentaux des vols et des déprédations, doit les faire garder par des hommes d'armes. Avec une consigne, cependant : fermer les yeux sur les maraudeurs qui voudraient s'emparer de quelques précieux tubercules.

1. J.-F. Chiappe, *Louis XVI, le Prince* (tome 1, Perrin, 1987).

« Chaque larcin, ironise-t-il, fait un nouveau prosélyte à la culture et à l'emploi de la pomme de terre. »

Surtout, l'aristocratie, suivant l'exemple du roi qui a fait entrer la pomme de terre au Jardin d'essai royal de Rambouillet, a fait passer un mot d'ordre selon lequel tout paysan qui le souhaiterait serait autorisé à cultiver la « Parmentière ».

La pomme de terre est soudain devenue à la mode. Elle se glisse partout : non seulement dans les sols cultivables, dans les assiettes, mais jusque dans les soieries, les papiers peints, les faïences et les coiffures féminines.

Profitant de cette frénésie, Parmentier a l'idée d'un dîner promotionnel qui assurera le triomphe de sa « découverte ». Le 21 octobre 1787, aux Invalides, il reçoit des invités pour un banquet destiné à lancer le nouveau légume. Dans une notice consacrée à Parmentier, Paul Heuzé a donné quelques détails de ce dîner où régnait la pomme de terre. « On nous servit d'abord deux potages, raconte-t-il, l'un d'une purée de nos racines, l'autre d'un bouillon gras dans lequel le pain de pommes de terre mitonnait assez bien sans s'émietter. Il vint après une matelote suivie d'un plat à la sauce blanche, puis d'un autre à la maître d'hôtel, et enfin un cinquième au roux. Le second service consistait en cinq autres plats, non moins bons que les premiers, d'abord un pâté, puis une friture, une salade, des beignets et un gâteau économique dont j'ai donné la recette [1]. Le reste du repas n'était pas fort étendu, mais délicat et bon : un fromage, un pot de confitures, une assiette de biscuits, une autre de tarte, et enfin une brioche aussi en pommes de terre. Il y avait deux sortes de pains :

1. Il s'agissait d'un gâteau à base de fécules de pomme de terre, le gâteau de Savoie.

celui mêlé de pulpes de pommes de terre et de farine de froment représente assez bien le pain mollet, le second fait de pulpes de pommes de terre avec leur amidon portait le nom de pâte ferme. »

Le banquet connut un vif succès, et il n'en fallut pas davantage pour asseoir la notoriété du nouveau légume.

Ce dernier n'empêchera pas malgré tout le spectre de la famine de venir rôder autour de Paris durant l'hiver 1788-1789. Et pour cause, les réserves de pommes de terre elles-mêmes avaient été sérieusement écornées par les gelées. Mais cela ne dissuadera pas Antoine Parmentier de continuer à plaider en sa faveur. Dans un mémoire qu'il publie cette année-là, il constate avec tristesse qu'on ne l'a pas encore suivi assez loin dans la voie qu'il a initiée : « Quand on réfléchit, note-t-il, que les années les moins riches en grains sont extrêmement abondantes en pommes de terre et vice versa, on ne peut qu'être surpris et même scandalisé que, dans beaucoup de cantons les plus propres à cette production, il règne encore de la méfiance à l'égard de ce dédommagement dont il ne tiendrait qu'à nous de profiter. Cette plante ne craint ni la gelée ni le vent, ni la coulure, ni les autres accidents qui arrivent à nos champs et à nos vergers; elle se plante après toutes les semailles et se récolte après toutes les moissons. Elle peut remplacer les diverses semences dont on nourrit les bestiaux : les chevaux la mangent volontiers; elle procure beaucoup de lait aux vaches; elle engraisse tous les animaux de la basse-cour. »

Obstiné, Parmentier? Sans aucun doute. Mais utile aussi, un scientifique et un humaniste désireux de rendre service à ses contemporains, d'améliorer leur sort. Le « meilleur homme du monde dira de lui

Arthur Young dans ses *Voyages en France*, et joignant « à une multitude de connaissances utiles, beaucoup de feu et de vivacité ».

La Révolution le tiendra pour tel.

La Convention appela d'ailleurs Parmentier à siéger dans ses rangs, à la Commission de l'agriculture et des arts. Quelques-uns lui reprochaient seulement d'avoir reçu des mains de Louis XVI le cordon de l'ordre de Saint-Michel. D'autres redoutaient ses obsessions alimentaires. On prétend ainsi qu'au moment de son élection, un député s'opposa violemment à sa présence sur les bancs de l'assemblée :

« Ne le nommez pas ! s'écria-t-il. Il ne nous ferait manger que des pommes de terre. C'est lui qui les a inventées ! »

Si Parmentier n'a pas « inventé » la pomme de terre, elle lui doit cependant énormément. Deux chiffres en disent davantage qu'un long mémoire. En 1793, on estime que la France comptait environ 35 000 hectares voués à la culture de la pomme de terre. En 1815, cette surface avait été multipliée par dix !

Réduire l'œuvre de Parmentier à la promotion d'un tubercule serait cependant mentir. Car Parmentier s'est livré à des travaux considérables, et dans des domaines très variés. Ainsi se réfère-t-on aujourd'hui encore à ses études sur le maïs et le sucre de raisin. On lui doit des ouvrages sur la boulangerie, la culture de la vigne et la vinification. Il s'est également intéressé aux céréales, au chocolat, aux fromages, au lait, aux soupes de légumes, aux châtaignes, aux conserves de viande, aux eaux minérales et à l'eau-de-vie. En tant que chimiste, pharmacien et toxicologue, il a étudié le salpêtre, les vins médicinaux, l'ergot de seigle, la camomille romaine. Le tout représentant près de quinze mille pages d'écriture !...

Grand travailleur, d'une honnêteté scrupuleuse, affable et gardant sa porte toujours ouverte aux solliciteurs, Parmentier ne fit toutefois pas toujours l'unanimité dans les rangs de la Convention. Il avait eu le tort, il est vrai, de commencer à faire parler de lui sous Louis XV et de séduire Louis XVI, qui, en soutenant ses travaux, avait contribué à « décapiter la famine », comme le fait observer Lucienne Desnoues [1]. C'était impardonnable. On le lui fit comprendre.

Dénoncé, il ne dut alors son salut qu'à la fuite. Deux de ses collègues de la Commission, Vilmorin et Gilbert, lui trouvèrent une mission à Genève, Gênes et Livourne. Il fut chargé de l'approvisionnement des pharmacies des hôpitaux militaires de la République. Le temps que la Terreur prenne fin.

Robespierre et les « enragés » disparus, on reconnut à nouveau ses talents. Membre du Collège de pharmacie de Paris, des académies de Rouen, de Lyon, de Besançon et de Dijon, de la Société d'agriculture de Paris, il fut nommé à l'Institut en 1796 où il retrouva Arago et Cuvier, puis au Conseil supérieur des hospices en 1801.

En 1803, Parmentier était inspecteur général du service de santé. Cette année-là, il fit paraître une *Pharmacopée* à l'usage des hôpitaux militaires et civils, et parvint au faîte de sa notoriété. Napoléon, qui avait succédé au Directoire et allait ceindre la couronne impériale, appréciait grandement les travaux de Parmentier. Il le fit officier de la Légion d'honneur et baron d'Empire.

1. L. Desnoues, *Toute la pomme de terre* (Mercure de France, 1978).

Promoteur de la pomme de terre, Parmentier a laissé un nom et une œuvre. Et s'il n'a rien inventé, les agronomes, les pharmaciens et les botanistes d'aujourd'hui peuvent légitimement le regarder comme l'un de leurs illustres prédécesseurs.

Après sa mort en 1813, certains voulurent perpétuer son nom à travers le petit tubercule qu'il avait défendu avec tant d'acharnement en le désignant sous le nom de « Parmentière ». Dans un *Dictionnaire d'histoire naturelle* daté de 1840, on peut lire sous la plume de Thiébaut de Berneaud : « François de Neufchâteau a le premier proposé aux botanistes et aux cultivateurs d'imposer au précieux tubercule que l'on désigne communément sous le nom de pomme de terre, celui de parmentière. Les botanistes et les horticoles, si prompts à créer des genres lorsqu'il s'agit de fixer les regards d'un riche ou d'un homme puissant, sont demeurés sourds. Le mot nouveau n'a été accepté que d'un petit nombre, quoi qu'il fût destiné à consacrer un acte de reconnaissance, à récompenser notre illustre Parmentier. Il a su tout faire pour asseoir cette solanée au rang qu'elle occupe aujourd'hui, comme l'insurmontable digue opposée désormais au torrent dévastateur des disettes. Nous plaçons ici ces lignes pour attester l'ingratitude des uns, la sottise des autres, et témoigner le profond regret que nous cause l'obligation de céder à la tyrannie de l'usage, et par suite de négliger un mot aussi noble, aussi juste que celui de parmentière pour nous servir d'une expression aussi ridicule qu'elle est essentiellement vicieuse. »

La « Parmentière » – au contraire du hachis Parmentier – ne fit pas recette. On continua de l'appeler pomme de terre ou patate.

L'important était que l'œuvre de Parmentier ne fût pas oubliée. Hélas, le XIXe siècle eut plusieurs fois l'occasion de s'en souvenir lors de périodes de disette. Excepté la famine de 1846 en Irlande – le mildiou avait détruit les récoltes –, qui fit 600 000 morts et poussa plus d'un million d'Irlandais à émigrer vers les Etats-Unis, le petit tubercule des Incas dont Antoine Parmentier avait si bien vanté les mérites sauva de nombreuses vies. Il aide encore aujourd'hui les plus pauvres à ne pas sombrer totalement dans la misère.

Son expansion se poursuivit d'ailleurs dans toute l'Europe. Rien qu'en France, la consommation fut multipliée par huit.

La pomme de terre envahit alors les jardins et les potagers que mettent au besoin à la disposition des ouvriers des associations caritatives. Dans les casernes, en 1914-1918, la « corvée de pluche » fait partie de la routine. Sans doute est-ce aussi à cette époque que les soldats américains stationnés en France et en Belgique introduisent le goût des frites en Europe.

La Belgique en tombera amoureuse. Par goût ou par nécessité ? Lors de la Première Guerre mondiale, les céréales sont expédiées sur le front, tandis que la population est invitée à se nourrir de pommes de terre. Pour cette raison et pour quelques autres, les Belges entreront dans le club des plus gros consommateurs au monde : plus de 100 kilos par personne et par an !

Jusqu'en 1945, la pomme de terre tient ainsi un rang élevé parmi les légumes consommés dans toute l'Europe. Sous l'occupation allemande, elle devient même plus précieuse encore. Et ce ne sont pas les attaques des doryphores, un insecte ramené des Etats-Unis en 1922, qui en viendront à bout.

Non ! Ce ne sont ni les doryphores, ni le mildiou, ni les gelées ou un quelconque cataclysme climatique, mais plus simplement l'amélioration du niveau de vie pendant les « Trente Glorieuses ». Si le steack-frites a remplacé le pain et la soupe, s'il est devenu une sorte de plat national à lui seul, l'image de la pomme de terre comme « aliment du pauvre » a fini par indisposer les consciences. D'où une progressive désaffection envers elle à une époque qui connaît l'abondance et où les modes alimentaires ont changé. La surproduction a fait chuter les prix, les pommes de terre se vendent par sacs de cinquante kilos dans les grandes surfaces, les potagers ont presque disparu. Le petit tubercule des Incas ramené en Espagne par les conquistadores, banalisé, relégué au rang d'aliment de consolation, en aurait presque honte de nous avoir si souvent sauvé la vie.

Aujourd'hui, nous consommons trois fois moins de pommes de terre en moyenne qu'au début du XXe siècle. Faut-il s'en féliciter ? Si de nombreux grands chefs la réhabilitent régulièrement dans leur cuisine, la pomme de terre a de nouveau mauvaise réputation. Certes, on ne l'accuse plus de provoquer la lèpre comme autrefois, mais il est une autre lèpre aujourd'hui à laquelle chacun veut échapper : le surpoids. La pomme de terre ferait donc grossir !...

Faux ! rétorquent ses défenseurs. Tout dépend du mode de cuisson. Le débat n'est pas clos.

Une leçon de l'Histoire s'impose malgré tout. A l'heure où, par curiosité, par goût ou par snobisme, certains potagers se targuent de faire pousser des légumes qui n'y figuraient plus depuis le Moyen Age, peut-être serait-il bon de ne pas mépriser la pomme de terre. Qui sait si le petit tubercule de M. Parmentier ne nous sera pas à nouveau d'un grand secours un jour prochain !

A l'heure où éclatent un peu partout dans le monde des « émeutes de la faim », et si le catastrophisme n'est pas de mise, une réflexion salutaire n'a rien non plus d'indécent. Il est loin, en effet, le temps où « patate » était synonyme d'argent, où « cent patates » signifiait cent millions ! La pomme de terre n'est plus un symbole de richesse. Elle tend même à déserter les jardins privatifs.

Il en existe pourtant 3 000 variétés différentes au moins. Comment renier une telle richesse ?

Michelet disait déjà que « l'ingratitude des hommes est cruelle à observer ». Et Alexandre Dumas père ajoutait, plus lucide encore : « Il y a des services si grands qu'on ne peut les payer que par l'ingratitude. »

10

L'aventure du fromage, de Babylone à Marie Harel

Brillat-Savarin, spécialiste des mots d'esprit relatifs à la gastronomie et des formulations heureuses, l'a dit un jour : « Un repas sans fromage est comme une belle à qui il manque un œil ! »

Et que seraient nos tables, en effet, sans un plateau de fromages, sans ces parfums entêtants qui, avant la douceur apaisante des desserts, sont comme l'ultime salve libérant cette orgie de saveurs constituant le point d'orgue d'un dîner réussi ?...

Jacques Laurent racontait volontiers que les meilleurs repas auxquels il lui avait été donné de participer, il les avait pris chez Dumas en compagnie de ses *Trois Mousquetaires*. Poularde, pâtés, fromages et vin cacheté réjouissaient ses papilles autant sinon plus que si les mets eux-mêmes avaient été réellement présents sous ses yeux.

Ils l'étaient, d'ailleurs. Par le miracle de l'imagination.

Dumas avait du talent à revendre, et le goût des nourritures terrestres.

Dans la grande famille des romanciers du XIXe siècle, il est cependant loin d'être le seul. Ecoutez plutôt Zola, dans *Le Ventre de Paris* : « Mais, c'était surtout sur la table que les fromages s'empilaient. Là, à côté des pains de beurre à la livre, dans des feuilles de poirée, s'élargissait un cantal géant, comme fendu à coups de hache, puis venait un chester, couleur d'or, un gruyère pareil à une roue tombée de quelque char barbare, des hollandes, ronds comme des têtes coupées, barbouillés de sang séché, avec cette dureté de crâne vide qui les fait nommer tête de mort. Trois bries sur des planches rondes avaient des mélancolies de lunes éteintes. »

Personne n'a inventé le fromage. Il est né spontanément, du hasard – qui, comme chacun le sait, n'existe pas – ou des circonstances.

Cette naissance, il faut en fait l'imaginer elle aussi. Imaginer qu'il y a quelques milliers d'années sans doute, à l'époque où l'homme était encore pasteur et accompagnait ses troupeaux, il découvrit que le lait de brebis qu'il transportait dans une outre s'était solidifié pour donner une pâte agréable au goût. Quand s'aperçut-il ensuite qu'il suffisait de la saler et de la faire sécher pour la conserver ?

Au Ve millénaire, la forme des poteries qu'utilisent les éleveurs en Afrique du Nord et dans le Sud de l'Europe montre qu'elles servent déjà à l'égouttage du petit-lait. Au IIIe millénaire, en France, en Italie et en Suisse, on trouve également des faisselles, récipients percés et servant à égoutter le lait caillé.

Moutons, porcs, chèvres et vaches font déjà partie du paysage, et à n'en pas douter le fromage aussi. Depuis quand ? Des tablettes sumériennes vieilles de six mille ans évoquent les comptes d'un éleveur qui produisait déjà plus de soixante litres de fromage par an. Mais c'est surtout à Babylone, deux mille cinq cents ans av. J.-C., que le fromage semble avoir connu ses premiers succès. Des tablettes d'argile gravées de caractères cunéiformes énumèrent les divers plats servis lors d'un festin royal. Parmi eux figurent des tommes, des fromages épicés et du fromage blanc. Rien que pour ce dernier, on ne dénombre pas moins de vingt noms s'y référant.

Dans la Bible, « la crème des vaches et le lait des brebis » font partie de la nourriture du peuple élu. Quant au fromage, il est la nourriture des héros. Ainsi, comme il est rapporté dans Les Livres de Samuel, David, fils de Jessé, fut chargé par son père de rendre visite à ses frères, en guerre contre les philistins.

« David, lui dit-il, emporte donc à tes frères cette mesure de grain grillé et ces dix pains, va vite au camp de tes frères. Quant à ces dix morceaux de fromage, tu les offriras au chef de Mille. »

Le fromage avait-il excité son courage ? C'est peu après que David, armé d'une simple fronde, terrassa le champion des Philistins, le géant Goliath, et lui trancha la tête. Les Hébreux ayant vaincu grâce à la bravoure de David, les Philistins battirent aussitôt en retraite.

La Grèce, plus encore que le peuple d'Israël, attache une importance capitale au lait et au fromage de chèvre. On en retrouve la trace sur les frises du Parthénon et dans sa mythologie. Ainsi, dans l'*Iliade*, c'est le fromage d'Hécamédée qui permet de redonner force et courage aux soldats pendant le siège de Troie. Puis, lorsque Ulysse, dans l'*Odyssée*, pénètre dans la grotte du cyclope Polyphème, c'est pour y découvrir « des claies chargées de fromages ». Le monstre, une fois rentré dans son antre, entreprend d'ailleurs de traire « d'affilée tout son troupeau bêlant de brebis et de chèvres ; puis lâchant le petit sous le pis de chacune, il fait de son lait blanc cailler une moitié, qu'il égoutte et dépose en ses paniers de jonc ; mais il avait gardé le reste de ses terrines pour le boire à son heure ou pendant son souper ».

Pasteurs et éleveurs savent déjà que, lors de la traite, il faut prendre le premier lait, le plus léger, et laisser ensuite les petits téter le plus gras.

L'Antiquité, à vrai dire, semble littéralement raffoler du fromage.

Du temps où les Romains règnent en maîtres sur l'ensemble du bassin méditerranéen, le fromage de chèvre ou de brebis occupe une place de choix dans l'alimentation. Paysans, soldats, esclaves s'en nourrissent quotidiennement. Dans les rations des légionnaires partis à la conquête de la Gaule, on glisse même une sorte de parmesan, tandis que le fromage blanc est destiné à la consommation courante. On sale et on affine, en revanche, ceux qui sont destinés à la conservation. « Le lait qu'on a tiré au lever du jour, explique Virgile, ou aux heures de la journée, se met en présure la nuit ; celui qu'on a trait quand commencent les ténèbres et que le soleil se couche, le berger, au point du jour, va le porter dans les villes en des vases d'airain, ou bien on le saupoudre d'un peu de sel, et on le garde pour l'hiver. »

Virgile célèbre le lait de chèvre et de brebis, mais se défend contre le lait de vache. « N'allez pas garder pour vous le lait dont les vaches rempliront vos vases, s'écrie-t-il. Leurs tendres nourrissons doivent seuls épuiser leurs mamelles. »

Le caillé est parfois aromatisé avec du thym ou d'autres herbes. A partir d'une seule matière, le lait, le fromage se décline selon des formes, des consistances, des saveurs différentes.

Car une fois égoutté, le lait caillé n'est encore que du fromage blanc. Et c'est d'abord pour le conserver que les Romains ont eu l'idée de le saler, de le sécher et de le presser dans des formes. Le mot « fromage » vient, en effet, du latin *forma*, le moule dans lequel les Romains versaient leur lait caillé. Passé dans notre langue, il donnera « formaige », puis « fromage »...

D'emblée, ce fromage connaîtra une infinie variété de goûts obtenus à partir des différences dans la qualité du lait, l'alimentation, les ferments, les techniques de fabrication ou encore l'affinage. Dans son *Histoire naturelle*, Pline raconte ainsi qu'au marché aux fromages de Rome, il lui est possible de choisir entre les fromages de Ligurie, « faits avec du lait de brebis », ceux de Luna, « remarquables par leur taille, chacun pesant jusqu'à mille livres » ou le fromage au lait de chèvre « dont on augmente beaucoup la saveur en le fumant quand il est frais. C'est ainsi qu'on le prépare à Rome où on le préfère à tous les autres ».

Pline n'évoque pas seulement les fromages romains. Il parle de ceux de Dalmatie ou de Savoie, de Lozère, du Gévaudan, ancêtres du roquefort et du cantal. Il regrette cependant que « les fromages venant de Gaule aient un goût de médicament » ! Sans doute parce qu'ils ne sont pas relevés avec des herbes ou des épices.

Les légionnaires, eux, amenés à se déplacer sur tout le territoire de l'empire, apprécient le parmesan et le pecorino parce qu'ils se conservent mieux. L'étendue du monde romain permet non seulement la communication entre des provinces très éloignées, mais l'échange de produits très différents. Le fromage, dès lors, voyage. Qu'il s'agisse du cheshire anglais ou du parmesan, en passant par le cantal d'Auvergne, le beaufort des Alpes, les fromages à pâte dure des Alpes, du Jura ou du Massif central, et le roquefort.

Les invasions des IVe et Ve siècles mettent un frein à cette expansion. Certaines voies de communication sont coupées, et les envahisseurs saxons, vikings ou scandinaves passent aux yeux des Romains pour de simples « buveurs de lait » qui ignorent la presure.

En attendant, la plupart des communautés villageoises se replient sur elles-mêmes et fabriquent leurs propres produits. Le fromage « s'autarcise ».

Consommateurs de « lait aigre », les peuples barbares ne tarderont pas, cependant, à apprendre les techniques romaines de fabrication du fromage. Francs et Burgondes, notamment, découvrent les pâtes molles et crémeuses : brie, munster, maroilles. Charlemagne, lui, raffole du brie et du roquefort.

Comme ils s'étaient montrés pionniers en matière de culture viticole, ce sont toutefois les moines bénédictins et cisterciens qui assureront leur succès définitif. Qui ne connaît en effet ces fromages d'abbaye que sont le saint-paulin, le saint-nectaire, le port-salut ou le maroilles ?

Grâce à la reprise du commerce, aux pèlerinages, à la mobilité de plus en plus grande des populations, leur réputation va largement dépasser les frontières de leur zone de production. Les techniques d'affinage s'améliorent, permettant la fabrication de fromages aux saveurs plus douces et disposant d'une meilleure capacité de vieillissement. Il faut dire que ces communautés monastiques, au Moyen Age, sont devenues de véritables entreprises agricoles. Elles disposent de troupeaux pour la production laitière, de champs de blé pour la fabrication du pain, de vignobles.

Les invasions des IXe et Xe siècles, qui démantèlent l'Empire carolingien, affectent peu cet essor du fromage. Réfugiés dans leurs monastères, Bénédictins et Cisterciens poursuivent patiemment leur travail en attendant des jours meilleurs.

Ils viendront avec le retour de la paix et de la sécurité des routes. Voies terrestres et fluviales sont de nouveau fréquentées sans crainte, et le commerce comme la vogue des pèlerinages enrichissent à nouveau l'Occident chrétien. Les abbayes se transforment en relais, et les moines en aubergistes. Le fromage joue alors un rôle majeur dans l'alimentation quotidienne. Les pèlerins, en prévision d'une longue route, emportent volontiers dans leur sac cet aliment qui, mieux que d'autres, saura se conserver pendant plusieurs jours.

Il faut imaginer l'activité fiévreuse régnant dans ces communautés disséminées à travers toute l'Europe. Partout, on défriche, on arrache des broussailles, on coupe les arbres, on cultive la terre, on aménage les pâturages et les terrains d'altitude exposés au soleil. Les alpages sont mis en commun, de même que la fabrication des fromages d'été. La fraîcheur et l'humidité des caves favorisent la production de fromages à pâte pressée comme le gruyère, le beaufort ou l'appenzell.

Mais le succès, chaque fois, est au rendez-vous.

En 1217, Blanche de Navarre fait ainsi parvenir 200 fromages de brie à Philippe Auguste pour qu'il les distribue en cadeaux aux dames de sa cour. A la même époque, des femmes, désireuses de trouver une source de revenus et de tirer parti de la production de lait, fondent la première coopérative fromagère en France, à Deservilliers.

Au XIVe siècle, la plupart des « grands crus » ont déjà une réputation bien établie. Tous, ou presque, relèvent de la production monastique. Et ce n'est pas un hasard si le XIXe et le XXe siècle, pour les authentifier, utiliseront sur leurs étiquettes l'image de moines aux visages rubiconds et à la panse épanouie, renforçant par là même la notion de produit de qualité, et surtout de produit du terroir.

L'abbaye de Maroilles offre ainsi un excellent exemple de « marketing » réussi, mais aussi de production à la fois artisanale et prospère. Dès l'an mil, l'abbaye produit elle-même, à travers ses filiales et ses paysans qui s'acquittent ainsi de leurs redevances, des quantités considérables de fromage qui voyageront à travers l'Europe. Mieux, soucieux de rentabiliser cette « entreprise » au maximum, ils créent un sous-produit du maroilles ! Récupérant les déchets de fabrication et les mélangeant avec du paprika, du persil et de l'estragon, ils inventent la boulette d'Avesnes.

Après les grandes foires de Champagne, celles de Venise, de Bruges, d'Angleterre, d'Allemagne ou de Scandinavie, ce sont les marchés urbains dans leur ensemble qui proposent sur leurs étals des fromages venus des quatre coins de l'Europe. Si la France se taille la part du lion avec l'Italie, on y trouve aussi du gouda et du frison de Hollande, ainsi que des fromages d'Europe du Nord fortement épicés au poivre, au cumin ou au clou de girofle.

Les ravages de la guerre de Cent Ans dans les campagnes, en revanche, n'épargneront pas le fromage. Puis, celui-ci reprendra son irrésistible ascension durant toute l'époque moderne.

La naissance du camembert, à la Révolution – nous y reviendrons –, marquera sans nul doute une étape décisive dans la mythologie fromagère.

Mais, quoi qu'il en soit, le fromage – tous les fromages – a déjà gagné la partie. Soldats de la Révolution et de l'Empire, transformés bien involontairement en commis voyageurs, l'emportent comme la patrie de Danton à la semelle de leurs souliers.

Le XIXe siècle et la révolution industrielle l'achemineront plus vite encore aux extrémités de la planète. A partir de l'Angleterre, la cheddarisation, procédé de fabrication mécanique, se répand dans tous les pays anglo-saxons. Le fromage est devenu un aliment de consommation courante. Toutes les variétés voyagent d'un pays à un autre, d'un continent à un autre. L'échange de saveurs est devenu aussi essentiel entre les nations que celui des produits manufacturés.

Les temps sont même à l'innovation. L'industrie du fromage à pâte fraîche est ainsi lancée en France vers 1850 par Charles Gervais. C'est une visite rendue à une fermière, dame Héroult, qui fabriquait du fromage frais, qui lui a donné l'idée d'une nouvelle technique d'égouttage par couches pour obtenir un caillé plus ou moins pressé. Le « petit suisse » était né.

A la même époque, Louis Pasteur démontre l'influence de la chaleur sur la destruction des bactéries pathogènes, et invente la « pasteurisation ». En 1921, c'est la création de la « Vache qui rit », puis en 1956 celle du bleu de Bresse. Désormais, le fromage, sous une forme ou sous une autre, est sur toutes les tables.

Qui s'en plaindrait ?

Pourtant, ce succès commercial est aussi le péril essentiel qui le menace de disparition à plus ou moins longue échéance. Car la question qui se pose aujourd'hui est ni plus ni moins de savoir si, après avoir traversé les millénaires et pénétré tous les continents, le fromage ne va pas connaître une ultime et mortelle mutation.

Combien de « gruyère », « parmesan » et autres fromages dits de Hollande où entrent désormais des produits de synthèse qui en changent radicalement la nature ? Le monde moderne, qui pousse à la minceur, à l'aseptisation, au « gastronomiquement correct », menace le fromage : trop de graisses, trop d'invasions bactériologiques supposées, trop d'odeurs « désagréables » aux narines délicates qui supportent n'importe quelle pollution atmosphérique, mais pas le parfum soutenu du maroilles ou du munster.

Désormais, grâce à la mécanisation et à la pasteurisation, le fromage a perdu en caractère ce qu'il a gagné en opportunités commerciales. « Le commerce international des fromages, observe avec tristesse Bernard Nantet, s'accompagne d'une nouvelle réglementation : des lois strictes sont adoptées, portant sur l'hygiène et la dissémination des micro-organismes dont chaque fromage au lait cru est porteur par définition. Inoffensifs et domestiqués depuis des siècles par des maîtres fromagers attentifs, ce sont eux, en effet, qui donnent aux produits leurs qualités gustatives. En les éliminant par la pasteurisation, quitte à réinjecter ensuite les seuls ferments utiles, on détruit également ce qui donne aux “ vrais ” fromages leur goût spécifique. Verra-t-on des manifestations de gourmets en colère réclamer la vie sauve pour les fromages, et des banderoles revendiquer le droit à l'odeur pour le munster et le remoudou, ou le droit aux moisissures pour le roquefort, le stilton et le gorgonzola [1] ? »

---

1. Bernard Nantet, *Le Goût du fromage* (Flammarion, 1994).

Le général de Gaulle déclara un jour qu'il était décidément impossible de gouverner un pays qui possédait 400 sortes de fromages...

Qu'en aurait pensé Marie Harel ?

Car, s'il est un fromage aujourd'hui présent sur toutes les bonnes tables, et dont l'odeur elle aussi est parfois injustement incriminée, c'est bien le camembert. Or, parmi tous les fromages de France – et Dieu sait s'il en existe d'autres dont la célébrité est amplement méritée –, le camembert occupe une place à part.

Son histoire singulière mérite, en effet, qu'on s'y arrête.

Elle commence en 1791. La Révolution a éclaté deux ans plus tôt, balayant l'Ancien Régime. A Paris, Louis XVI, de moins en moins roi et de plus en plus otage des assemblées, a été contraint d'accepter la Constitution civile du clergé. Après l'aristocratie, c'est désormais une partie du clergé, pourchassée, honnie, qui, pour éviter de prêter serment à cette constitution, cherche refuge à l'étranger.

L'un de ces prêtres, briard d'origine, s'est jeté sur les routes, fuyard comme tant d'autres. Il s'appelle Gobert. Et les hasards de sa fuite vont le conduire en Normandie.

C'est là qu'il va rencontrer Marie Fontaine, au manoir de Beaumoncel, non loin du village de Camembert où il arrive à cette jeune fermière de vendre ses fromages sur le marché. Apeuré, l'abbé Gobert trouve refuge chez elle. Est-ce pour la remercier ou pour avoir apprécié les beaux fromages ronds que fabrique Marie en compagnie de Jacques Harel, son mari, l'abbé lui transmet alors quelques secrets de fabrication du brie, des secrets lui permettant de donner à son fromage davantage d'onctuosité.

Le camembert était né !

Marie Harel transmettra ses secrets à la génération suivante. Sa fille, prénommée également Marie, et son époux, Thomas Paynel, reprennent le flambeau et poursuivent son œuvre. Le succès du camembert va grandissant. On en trouve bientôt à Vimoutiers, à Caen, à Argentan, puis peu à peu la « folie » du camembert gagne toute la Normandie.

Grâce au chemin de fer – encore lui –, la réputation du fromage de Marie Harel dépasse à présent les frontières normandes. En 1863, lors de l'inauguration de la ligne Paris-Granville, l'empereur Napoléon III, abordé par Victor Paynel, le petit-fils de Marie Harel, a l'occasion de déguster le fameux camembert. Et de l'évoquer avec tant d'enthousiasme que, dès le lendemain, les gazettes parisiennes ne parlent plus que du nouveau fromage à la mode.

Le succès du camembert est désormais assuré. Il sera bientôt connu du monde entier. Surtout, après 1880, lorsque Ridel aura l'idée de le doter d'une petite boîte fabriquée avec des copeaux de bois, un habillage qui lui permettra de mieux voyager tout en poursuivant sa fermentation.

On connaît la suite.

Une belle histoire, en vérité, et à laquelle on aimerait croire comme les hommes, depuis toujours, aiment croire aux légendes.

Excepté que l'histoire est fausse.

Le 15 mars 1926, un homme frappe à la porte d'une pharmacie de Vimoutiers. La cinquantaine, le cheveu grisonnant, vêtu d'un complet à carreaux, il se présente au pharmacien et adjoint au maire, Auguste Gavin. Le visiteur s'exprime mal en français.

Et pour cause ! Il dit être américain, et s'appeller Joseph Knirim. Un peu étonné, Gavin cherche à comprendre. Souhaiterait-il une préparation médicinale ? Knirim le détrompe aussitôt. Il n'est pas malade, il cherche simplement à se rendre par le train à Camembert pour se recueillir sur une tombe : celle de Mme Harel.

Etonnement du pharmacien ! Qui est cette Mme Harel, et comment cet Américain peut-il imaginer que le rail desserve un village de 300 habitants !

Las de ne pouvoir se faire mieux comprendre, le visiteur extrait alors de sa valise en carton un écrit imprimé et rédigé en français. Gavin s'en saisit et découvre, ahuri, un texte bien étrange. Après avoir cité Brillat-Savarin et évoqué le nom de Marie Harel, Knirim explique les raisons de son voyage : « J'ai fait des milliers de kilomètres pour venir lui rendre hommage devant le monument élevé à sa mémoire, et si j'avais connu plus tôt l'histoire du fromage de Camembert, il y a des années que j'aurais fait ce pèlerinage.

« La France possède une quantité de fromages, tous d'un goût excellent, mais pour ce qui est de la digestibilité, celui de Mme Harel, le " véritable camembert de Normandie ", vient certainement en tête. Il y a des années de cela, j'ai souffert d'indigestion pendant des mois, et le camembert était à peu près la seule nourriture que mon estomac et mes intestins supportassent parfaitement. Depuis lors, j'ai chanté les mérites du camembert, je l'ai répandu parmi des milliers de gourmets, et j'en consomme moi-même une ou deux fois par jour. Je ne me lasserai jamais de faire valoir ce merveilleux produit de votre ville et, pour les convaincre, je demanderai à ceux qui en doutent d'en faire un essai impartial.

Puisse la popularité du camembert se répandre de plus en plus dans le monde, et puisse votre ville vous donner d'autres bienfaiteurs de l'humanité comme Mme Harel. En humble témoignage de ma grande admiration et de celle de milliers d'amis aux Etats-Unis pour le fromage de Camembert, j'ai apporté, de par les mers, cette couronne de fleurs que je dépose sur le monument de notre bienfaitrice à tous. Puissent le drapeau français et le drapeau américain être toujours unis au service de l'humanité. »

Auguste Gavin n'en croit pas ses yeux ni ses oreilles. Mais Knirim paraît si déterminé que la honte, tout à coup, l'envahit. Il ignore en effet où se trouve la tombe de Marie Harel. Interrogé peu après, le maire de Vimoutiers, le docteur Dentu, avoue lui-même qu'il l'ignore également.

On se mettra donc à chercher, et l'on trouvera. On trouvera au cimetière de Champosoult, à deux pas de Camembert, le tombeau de la famille Paynel. Sur la pierre, le nom de Marie Harel, la fille de notre héroïne, mariée à Thomas Paynel.

Le 17 mars 1926, Joseph Knirim pourra ainsi accomplir son vœu le plus cher : honorer la mémoire de Marie Harel en déposant sur le tombeau des Paynel une couronne de lauriers en métal, cravatée de soie aux couleurs franco-américaines.

On organisera un somptueux déjeuner en l'honneur de Joseph Knirim. A la fin du repas, celui-ci se lèvera pour réclamer solennellement l'érection d'un monument à la mémoire de Marie Harel. Par souscription. Lui-même donnera un billet de vingt dollars. Puis, il quittera Vimoutiers pour Plzen en Tchécoslovaquie, une région où était produite la bière qui, avec le camembert, l'avait soulagé de ses maux d'estomac.

On ne devait plus jamais le revoir ni entendre parler de lui...

Deux ans plus tard, le 11 avril 1928, Vimoutiers était en fête. C'était la foire de Pâques, et la foule se pressait dans les rues de la ville. Mais les attractions foraines n'étaient pas la seule raison de cette effervescence. On attendait l'ancien président de la République, Alexandre Millerand, devenu sénateur de l'Orne. Il parut enfin et se dirigea en grand aréopage vers la Halle où se tenait habituellement le marché de Vimoutiers.

La foule était silencieuse, presque recueillie. Alors, Millerand, dans un geste théâtral, dévoila le monument dédié à la mémoire de Marie Harel.

La foule découvrit ainsi la statue d'une femme revêtue du costume normand traditionnel, coiffée de dentelles et chaussée de sabots, portant fichu et tablier, et serrant contre sa hanche un pot de lait en cuivre. Derrière elle, un haut-relief représentait la cour d'une ferme. Et plus haut encore, on pouvait lire ces mots : « À Marie Harel, créatrice du fromage de Camembert. »

Un mythe était né.

Ce 11 avril 1928, le camembert devenait l'un des emblèmes de la France.

Le mythe est toujours plus beau que l'histoire, plus chargé de sens aussi.

Celle de Marie Harel commence en réalité en 1761, à Crouttes où elle naît, fille de Jacques Fontaine et de Charlotte Perrier. Elle n'a probablement jamais vécu à Camembert, ni au manoir de Beaumoncel. Sans doute s'y est-elle mariée, en revanche, avec Jacques Harel au mois de mai 1785. Et ce, avant d'aller s'installer à Roiville, le village natal de Jacques Harel. C'est là qu'elle fabriquera ses fromages ronds et crémeux, là aussi que naîtra sa fille Marie, le 29 décembre 1787.

Marie Harel a-t-elle perfectionné son art au fil des années ? A-t-elle doté le camembert d'une « croûte » ? On l'ignore. Mais il n'y a aucune raison de douter qu'elle ait acquis dans son domaine une réputation qui s'est rapidement étendue à toute la région de Vimoutiers. Outre le savoir-faire, Marie Harel a peut-être eu le génie du faire-savoir, de même que le courage d'aller jusqu'au bout de ses entreprises. Ainsi, en 1798, on sait qu'elle vendait ses fromages sur le marché de Vimoutiers, mais qu'elle en laissait également en dépôt à Argentan chez une dame Trouvé, marchande de comestibles, rue de l'Horloge.

Ses descendants auront eux aussi le sens des affaires. De même, ils auront à cœur d'entretenir la réputation, et plus tard le mythe de leur illustre aïeule.

Le fameux prêtre qu'elle aurait sauvé et qui, en remerciement, lui aurait transmis ses secrets ? Une belle histoire, mais invérifiable. Selon certaines sources, deux prêtres réfractaires à la Constitution civile du clergé auraient séjourné à Camembert : l'abbé Bourdon, réfugié de 1796 à 1801 chez la famille Loutreuil, et l'abbé Deschamps chez un certain Pierre Parent. De Marie Harel, aucune trace. Si Marie a jamais croisé la route d'un prêtre en fuite durant la Terreur, on ne le saura jamais.

Est-ce d'ailleurs si important ? Le principal mérite de Marie Harel semble bien n'être pas « d'avoir amélioré la fabrication d'un fromage, ni d'en avoir développé le commerce. D'autres qui ont été oubliées l'ont probablement égalée dans ces domaines. Son mérite aura été de transmettre à sa fille son savoir-faire et le renom de sa maison, sa chance, sa nombreuse et entreprenante descendance qui sut valoriser les bonnes recettes de l'aïeule [1] ».

Peut-être le camembert existait-il d'ailleurs bien avant Marie Harel. Dans son *Dictionnaire géographique* publié en 1708, Thomas Corneille, le frère de Pierre, écrit à l'article Vimoutiers : « Bourg considérable de la Basse-Normandie, dans le diocèse de Lisieux à six lieues de la ville de ce nom et à deux ou environ de Fervaques et Livarot, au-dessus de Montgomery, et sur la rivière appelée " La Vie ". Ce bourg est très bien peuplé et son église paroissiale est desservie par vingt prêtres. Il y a aussi un monastère de Bénédictins et un autre d'Hospitalières qui ont soin de l'hôpital. On y tient tous les lundis un gros marché où l'on apporte les excellents fromages de Livarot et de Camembert. »

Quand Marie Harel s'installe à Roiville, la réputation du camembert n'est donc plus à faire. Etait-ce toutefois le même fromage ?

Dans un ouvrage consacré à l'histoire d'Orbec, Jobey, syndic de la ville, écrit en 1760, soit un an avant la naissance de Marie, que sur le marché de Livarot « le principal commerce est le beurre, le fromage qu'on envoie à Paris et par toute la France. On prétend que ceux de Camembert, paroisse voisine, sont encore plus excellents ».

Globalement, la réputation des fromages normands était donc établie depuis longtemps. De ceux du Pays d'Auge notamment.

Le succès du camembert semble davantage tenir, on l'a vu, aux descendants de Marie Harel. Son petit-

1. Pierre Boisard, *Le Camembert, mythe national* (Calmann-Lévy, 1992). Un excellent ouvrage sur le sujet.

fils, Cyrille, profitant du développement du chemin de fer, a su exploiter une réputation, faire de l'habileté de son aïeule un argument de vente. Propriétaire terrien, il possédait dans les années 1870 une huitaine de fermes représentant au total près de 200 hectares d'herbages ! Il ne fabriquait d'ailleurs pas que des fromages, et s'il possédait de nombreuses vaches laitières, il mettait chaque année à l'engrais des dizaines de bœufs destinés à la viande de boucherie.

En réalité, Cyrille Paynel était avant tout un fermier qui faisait feu de tout bois. Non content d'être éleveur et producteur de fromages, il fabriquait également du cidre et de l'eau-de-vie, négociait des veaux et des porcs sur les foires, et plus généralement tout ce que ses fermes produisaient en abondance : volailles, fruits, légumes, etc. Rien qu'en 1865, il avait ainsi fabriqué quelque 1 292 kilos de beurre, 3 215 livarots, et 59 146 camemberts !

Cyrille Paynel ne devait pas rester longtemps seul sur le prodigieux marché des fromages normands. Dès 1859, on dénombre une trentaine d'exploitations qui fabriquent du camembert, rien que dans le Calvados ! Trente ans plus tard, on en fabriquera partout, et même au-delà de la Normandie.

De 1886 à 1894, les ventes de camembert doublent de volume au marché des Halles.

En dépit du désir de la famille Paynel de conserver la maîtrise de la production du précieux fromage, les secrets de fabrication de Marie Harel – s'il y en eut jamais ! – ne resteront pas longtemps secrets. D'où une longue bataille pour défendre jalousement l'appellation « camembert ». Que perdront les Paynel. A la fin du XIXe siècle, des dynasties concurrentes s'étaient constituées, les Le Petit, Lanquetot, Bisson, Buquet...

obligeant bientôt tous ces producteurs, en 1909, à s'organiser en syndicat.

Le temps du monopole des Paynel était terminé.

Le camembert entre alors dans une ère nouvelle. Quelques grandes familles en détiennent désormais la production. Une production qui se développera considérablement jusque dans les années 1950, en moins d'un demi-siècle et quelques innovations.

L'invention de la petite boîte en bois étiquetée sera la première de ces révolutions. Autrefois, le camembert voyageait sur un lit de paille, à peine recouvert d'une mince feuille de papier. Cette fois, il allait être à l'abri des chocs du transport et même à l'abri de la lumière. L'élimination des moisissures et le blanchiment du camembert grâce aux travaux de l'Institut Pasteur constituera une autre révolution. Dans le premiers temps, en effet, la croûte du fromage tirait sur le bleu ou sur le gris-bleu. Des taches d'un brun-rouge apparaissaient également du fait du développement des moisissures. Cet aspect a fini par incommoder les consommateurs, qui voulaient un fromage parfaitement blanc.

Plusieurs chercheurs vont s'atteler à cette tâche ingrate. Des scientifiques, mais aussi un certain Georges Roger, patron d'une entreprise de meules à moudre le grain.

A l'origine, Roger n'était pas un scientifique de formation. Mais, en 1896, prenant sa retraite, il a entamé des études de microbiologie.

C'est alors que la société d'agriculture de Meaux lui a demandé d'aider les producteurs de brie à maîtriser les processus de fermentation de leurs fromages. Roger a demandé conseil auprès du directeur de l'Institut Pasteur, puis il s'est mis à cultiver des micro-organismes prélevés sur des croûtes de brie.

Quelque temps plus tard, il est parvenu à isoler un ferment lactique qui intervient dans l'acidification du lait avant l'emprésurage : le *Penicillium candidum*. A la suite de quoi, il a mis au point une méthode rationnelle d'ensemencement des fromages.

Le camembert bénéficiera de cette découverte. En 1901, le docteur Louïse, directeur de la station agronomique de Caen, l'annonce dans une communication officielle : « Pour obtenir une belle moisissure blanche, sans taches bleues, vertes ou noires, il faudra donc ensemencer les fromages avec les spores du *Penicillium candidum*. Nous avons introduit cette pratique en Normandie où elle est déjà appliquée avec succès. »

Dernière innovation : la collecte de lait auprès des producteurs. D'abord à cheval, puis en voiture à partir des années 1930. En 1914, la fromagerie Lepetit de Saint-Maclou transforme ainsi 15 000 litres de lait par jour provenant de 1 600 fermes. L'usine produit alors quotidiennement de 7 000 à 8 000 fromages.

Le camembert est devenu une affaire de professionnels, un négoce, et un enjeu économique. Voilà pourquoi le syndicat créé en 1909 aura pour objet de définir des cadres précis à cette production. Le but essentiel est d'obtenir des règles strictes pour qu'un fromage puisse mériter l'appellation de « camembert », car bien des imitations ont déjà court, à meilleur marché, mais produites avec du lait écrémé. Or, d'emblée, les fromagers vont réclamer un taux minimum de matière grasse : 36 %. Un excellent moyen, en vérité, de lutter contre l'écrémage et donc l'abaissement des coûts. En 1911, ce taux de matière grasse est même porté à 45 %.

D'autres combats suivront en vue d'assurer la protection du « produit camembert », et les intérêts des fromagers.

Mais le public ne s'y intéresse guère. Seule la qualité du fromage lui importe. La réputation du camembert est désormais internationale, et certains veulent même voir en lui le « roi des fromages ».

Les poilus, en 1914-1918, ne seront pas loin de le penser qui, durant la Grande Guerre, souffriront de la pénurie de camembert due aux problèmes d'approvisionnement. Accusés à tort d'accaparer le lait nécessaire aux enfants et de faire monter les prix, les fromagers normands connaîtront eux aussi des jours difficiles.

Le « roi des fromages » s'en remettra. La boucherie de 1914-1918 l'avait fait accéder au rang de mythe. Chacun, rentrant au pays, se souviendra des rares moments où, entre deux assauts, il avait pu déguster un quignon de pain avec un morceau de camembert crémeux.

Le temps de Marie Harel paraissait néanmoins bien révolu.

Ce fut la Seconde Guerre mondiale qui mit un épilogue à son histoire.

Le 14 juin 1944, les forces alliées bombardèrent par erreur Vimoutiers. La ville fut presque totalement rasée, et 200 de ses habitants périrent lors du raid aérien. Pis encore, la statue de Marie Harel fut décapitée !

Désireux de racheter leur tragique méprise, les Américains créèrent en 1947 un comité « *Aid to Vimoutiers* » afin de collecter les fonds nécessaires à la reconstruction de la ville.

Ce fut à cette occasion que se manifesta William A. Foster, le président de la Borden's Cheese Company, l'une des plus grandes fromageries des Etats-Unis. Son personnel et lui se proposaient de prendre en charge la restauration de la statue de Marie Harel. Le maire de Vimoutiers accepta. En 1950, il recevait un chèque de 2 000 dollars de la part des employés de la Borden's.

Achevée en 1953, la statue ne fut mise en place que trois ans plus tard, le 4 octobre 1956, en dépit des récriminations des fromagers normands contre leurs concurrents américains. Ils avaient quelque raison, il est vrai, d'être mécontents. Depuis plusieurs années, les Etats-Unis, sous prétexte d'hygiène et de lutte contre les bactéries venues d'Europe, avaient interdit l'importation de fromages non pasteurisés, et particulièrement du camembert au lait cru.

Pour faire bonne mesure, les Américains, à Van Wert, Ohio, inaugurèrent le même jour la maquette de la statue de Vimoutiers à l'entrée de la Borden's Cheese Company.

Mais cela ne suffit pas à calmer les esprits.

Marie Harel, elle, devait s'être retournée depuis longtemps dans sa tombe. Le malheureux Joseph Knirim aussi...

L'histoire du camembert est donc fausse. Marie Harel ne l'a jamais inventé, l'abbé Gobert n'a probablement jamais existé et la ligne Paris-Granville n'a pas été inaugurée en 1863 par Napoléon III, mais en 1870.

Est-ce vraiment si important ? L'essentiel n'est-il pas plutôt que cette légende corresponde à quelque chose de plus profond en l'homme : son besoin de mythes fédérateurs.

Car le camembert relève de cet ordre-là. La soi-disant naissance du fromage pendant la Révolution française, la rencontre de la petite paysanne Marie Harel avec l'abbé Gobert – un prêtre fuyant les persécutions –, la rencontre de Paynel avec Napoléon III au moment où le chemin de fer désenclave la France et contribue à son unification, l'étiquetage des boîtes à travers lequel on peut suivre l'histoire du pays et relier un simple fromage à ses mythes fondateurs, l'amour des « poilus » pour ce nec plus ultra de la gastronomie guerrière, tout conduisait le camembert à devenir lui-même un fromage mythique.

En réalité, comme le champagne incarne la France pétillante, légère, celle du bon goût, de la finesse et du plaisir, le camembert symbolise une France plus charnelle, terrienne, et rassembleuse.

Alors, « roi des fromages », le camembert ? Pourquoi pas ? En toutes choses, il finit par y avoir une logique. Ayant connu ses plus belles heures de gloire sous trois républiques successives, il était naturel que le camembert aujourd'hui devint « Président » !...

11

Vous avez dit restaurant ?

Tout commença en 1765, rue des Poulies, à Paris. Par une opération publicitaire ou, si l'on préfère, par un coup d'audace.

Un certain Boulanger, dit « Champ d'oiseau » – ou « Chantoiseau » –, y ouvrit en effet une boutique où l'on pouvait lire sur la façade cette phrase tirée de l'Evangile selon saint Matthieu : « Venez à moi, vous dont l'estomac crie misère, et je vous restaurerai ! »

Le slogan dut attirer l'œil, car quelques semaines plus tard, le « restaurat », comme l'appelait son créateur, ne désemplissait plus. Dans une lettre à Sophie Volland, Diderot y fait d'ailleurs allusion : « Je sortais de là pour aller dîner au restaurant de la rue des Poulies ; on y est bien, mais chèrement traité ! »

Les prix ne devaient pas être assez élevés malgré tout, car ils ne dissuadèrent pas les clients d'y entrer.

Dans sa boutique située près du Louvre, Boulanger proposait ainsi des « bouillons reconstituants » ou des « restaurats » (du latin *restaurans*) qu'il préparait en faisant suer au bain-marie de grandes quantités de veau, de mouton, de volailles et de gibier, perdrix, chapons et autres ingrédients roboratifs. On y ajoutait également des oignons, des herbes, des épices, parfois même du pain grillé ou de l'orge. Le résultat était un bouillon copieux qui tenait lieu de dîner.

Très vite, cependant, il offrit à ses clients un véritable menu et une diversité de mets qui tranchait avec l'offre, plus restreinte, des traiteurs. Parmi ces plats « solides », les pieds de mouton à la sauce blanche firent fureur. Mais surtout, le restaurant de Boulanger était un lieu où l'on dînait à toute heure et, si on le souhaitait, à une table individuelle.

Le succès de Boulanger fut si rapide qu'il l'enivra. Il se donna des airs de grand seigneur, roula carrosse et se mit à fréquenter la haute société.

Il fut même si rapide, ce succès, que traiteurs, aubergistes et rôtisseurs en prirent ombrage et portèrent l'affaire devant la cour du parlement de Paris.

Les corporations des traiteurs et des rôtisseurs, en effet, étaient les seules à pouvoir servir des viandes cuites et des charcuteries, à l'exception des pâtés qui relevaient alors des pâtissiers.

Le Parlement trancha néanmoins en faveur du restaurateur. Il estima que les plats que proposait Boulanger à sa carte n'avaient rien à voir avec les ragoûts que servaient les traiteurs et qu'il ne pouvait donc leur faire concurrence.

Boulanger triompha, et avec lui cet établissement dont le modèle allait être exporté aux quatre coins du monde.

Naturellement, l'humanité n'avait pas attendu Boulanger pas plus que la poésie n'avait attendu Malherbe.

Depuis toujours, les hommes avaient trouvé le moyen de se nourrir en dehors de leur domicile.

Comme l'observe très justement Alain Rey dans son *Dictionnaire culturel en langue française* : « Le fait de manger hors de chez soi fut d'abord lié à la nécessité des déplacements [...] mais aussi à l'insuffisance de l'espace et de l'équipement culinaire à domicile. »

Dans l'Antiquité, la pratique est déjà courante. Dans l'ancienne Egypte, il est possible d'acheter des plats prêts à emporter, des lentilles par exemple. En Chine, en Asie du Sud-Est, au Japon, en Afrique du Nord, on peut manger – aujourd'hui encore – en pleine rue. Des cuisines mobiles y servent toutes sortes de mets faciles à déguster avec une relative économie de moyens : soupes, nouilles, riz au curry...

Mais ce sont des lieux fixes que, dans la plupart des civilisations, l'on réserve d'ordinaire à la restauration. Ce sont les tavernes, les hôtelleries payantes, les établissements liés à un sanctuaire : temples ou abbayes.

A Rome, clients habituels et voyageurs occasionnels fréquentent également les *taberna*, des débits de boisson souvent mal famés où l'on peut non seulement manger – du pain, des salaisons, des pois chiches –, mais aussi boire, et jouer aux dés. Les gargotes, elles, les *popina*, assurent des repas constitués de plats cuits et chauds.

L'interdiction faite aux membres du clergé de fréquenter ces antres du diable que sont les tavernes incitera l'Eglise à multiplier ses hôtelleries et les auberges ecclésiastiques ou monastiques. L'Europe tout entière suivra ce mouvement. Désormais, sur les chemins de pèlerinage, mais aussi en dehors de ces grands axes très fréquentés, des abbayes bénédictines, cisterciennes, et plus tard des commanderies templières, hébergeront et nourriront voyageurs, pèlerins, pauvres et même malades.

C'est au début du XVIe siècle que le terme de « restaurant » prend son acception alimentaire pour désigner un « aliment reconstituant ». Au XVIIe siècle, il désigne un bouillon fait de jus de viande concentré. A compter du XVIIIe siècle, il signifiera le lieu où l'on en fait commerce.

Pendant trois siècles, à l'exception des hôtelleries ou des tavernes, les repas pris à l'extérieur le seront donc dans des débits de boisson ou des cabarets. On y propose des plats simples et d'un prix peu élevé que l'on prépare sur place ou que l'on commande à une boutique d'alimentation voisine.

La mode des cabarets perpétue ce type de restauration. On y boit énormément. Parfois, des rixes éclatent. Ce sont des lieux de violence et de transgression des interdits. Pour les tenanciers, c'est surtout un endroit de sociabilité où les clients dépensent sans compter pour s'enivrer. Dans le *Regard d'un médecin sur son temps*, Jacques Despars, au XVe siècle, décrit semblable établissement aux Pays-Bas : « Il y a un plat qui est très souvent préparé dans ces bas pays par les aubergistes et les taverniers ; pour exciter à boire les nombreux débauchés, ceux-ci posent sur les braises de fines lamelles de viande de porc, appelées " carbonnées »" qu'ils font très peu cuire. Les ivrognes les mangent avec du pain, et les font disparaître. »

Outre le vin, la bière et l'eau-de-vie, on sert en France du pot-au-feu, des viandes en sauce, des abats ; en Allemagne, en Alsace, en Autriche, des charcuteries, des choucroutes, du fromage ; en Espagne, dans les *bodegas*, des *tapas* ; en Grèce, du tarama, des feuilles de vigne farcies, des haricots. Chaque aire géographique possède ses spécialités.

Ce qu'on appelle « taverne » en Angleterre, en revanche, désigne un établissement de luxe, à la cuisine raffinée et à la clientèle choisie. L'une des plus célèbres à Londres dans les années 1670 était même tenue par un Français, Jean de Pontac, fils du président du parlement de Bordeaux. Les lords qui siégeaient au Parlement de Sa Majesté et ne disposaient bien souvent que d'un pied-à-terre dans la capitale venaient s'y restaurer. Elle accueillait également des cercles gastronomiques.

Les goûts et les mœurs changent, néanmoins, aux XVIIe et XVIIIe siècles. Dîner à table avec des inconnus sous prétexte de sociabilité, subir des conversations insipides, supporter les manières de rustres bruyants, voilà qui est devenu pour beaucoup une sorte de nuisance. Tout comme celles que signalent des voyageurs étrangers séjournant dans nos auberges où ils ne voient qu'inconfort, odeurs abominables de cuisine et nourriture médiocre.

Le restaurant, si cher soit-il, si nouveau encore, offre une alternative à cette promiscuité.

A la fin du XVIIIe siècle, il n'y a guère que Boulanger, cependant, pour y croire. Nombre d'aristocrates continuent à dîner et souper à leur domicile. A moins qu'ils ne préfèrent le service en chambre, la location d'hôtels particuliers ou les services d'un traiteur.

Ils sont bien les seuls à résister – sans grande conviction – à cette mode. Dans son *Nouveau Paris*, Sébastien Mercier, plus lucide, annonce à l'aube de la Révolution la fin d'une époque : « ... Il n'y a plus de repas, écrit-il avec amertume ; chacun mange chez le restaurateur dont le nombre se multiplie à l'infini : il y en a à chaque coin de rue. On n'aperçoit que barbouilleurs hissés au haut d'une échelle, dessinant pour enseignes, des lièvres, des jambons, des écrevisses, des saucissons, ou écrivant en lettres anglaises : *Déjeuners froids, cabinets particuliers* ; on n'entendra que trop cette dernière annonce : un bouchon est devenu la grotte de vénus [...]. Autrefois, on se présentait pour dîner chez son ami ; aujourd'hui, c'est tout différent ; chacun reste chez soi ; on va prendre en catimini son repas chez son restaurateur. Est-ce économie, est-ce division ? Ce qu'il y a de certain, c'est que cette mode annonce rupture et désunion de l'ordre domestique, et l'on peut dire que les restaurateurs indiquent un changement essentiel dans notre manière de vivre et dans nos mœurs. »

La mode ne passera pas.

A la veille de la Révolution, les restaurants sont en plein essor. On y sert à la portion des plats de plus en plus raffinés. Les tables – individuelles ou de groupes volontairement constitués – sont recouvertes de nappes. Les mets disponibles sont inscrits sur un menu et les clients se voient présenter à la fin du repas la « carte payante », c'est-à-dire l'addition.

En 1782, Antoine Beauvilliers, cuisinier du prince de Condé et officier de bouche auprès du comte de Provence – le futur Louis XVIII –, quitte même ses maîtres pour ouvrir, rue de Richelieu, un établissement à l'enseigne de la Grande taverne de Londres. Est-ce une manière de flatter les anglomanes, ou un hommage au raffinement des tavernes londoniennes ?... Brillat-Savarin affirme en tout cas qu'il fut « pendant quinze le plus grand restaurateur de Paris [...]. Le premier, il eut un salon élégant, des garçons bien mis, un caveau soigné et une cuisine supérieure [...] et il paraissait donner à ses hôtes une attention toute spéciale ».

Beauvilliers, il est vrai, a été à bonne école auprès du frère de Louis XVI. Manières de gentilhomme, épée au côté, pratiquant des prix prohibitifs, il fait « passer » une addition généralement salée grâce à la qualité de ses prestations. On est traité chez lui comme à Versailles et le service des vins se fait de la même manière qu'à Londres, en bouteille. Surtout, Beauvilliers sait se faire apprécier par sa connaissance intime de sa clientèle et sa faculté de s'adresser à elle en plusieurs langues.

En 1786, rue Helvétius, les Trois Frères provençaux misent, eux, sur une cuisine plus « exotique » : brandade de morue et bouillabaisse. Leur réputation sera telle que le prince de Conti les prendra un temps à son service avant d'être contraint d'émigrer.

La Révolution, au lieu de sonner le glas des restaurants, va au contraire leur donner une impulsion décisive. Les temps, il est vrai, ont changé. On vit au jour le jour. La politique se fait dans la rue autant que dans les assemblées, et l'on sort en ville pour être présent à tous les remous qui secouent la société. Dîner hors de chez soi est non seulement devenu une habitude, mais une nécessité pour qui veut s'informer et se sentir au cœur de l'événement. D'une centaine de restaurants existant à Paris, on passera trente ans plus tard à 3 000 !

Beauvilliers l'a compris qui, dès 1791, déménage pour aller s'installer galerie de Valois, au Palais-Royal, épicentre de la révolution parisienne.

L'époque est faste. La disette n'a pas encore frappé, la nourriture est abondante, et les amateurs de bonne chère nombreux. Le personnel de cuisine, par ailleurs, ne manque pas. L'émigration a mis au chômage une grande partie du personnel de bouche qui servait l'aristocratie, lequel – cuisiniers et domestiques – a dû se reconvertir pour survivre.

La qualité de ce personnel et de la cuisine française explique en grande partie le succès des restaurants. Peut-être aussi le sentiment de devoir profiter des plaisirs de l'existence en un temps où chacun vivait dans la plus totale incertitude du lendemain.

Cafés et restaurants de Paris sont connus non seulement en province, mais en Europe continentale et outre-Manche. Des établissements comme celui de Méot, rue de Valois, de Véry sur la terrasse des Feuillants, comme le Bœuf à la mode, le Café Hardy, ou le Véfour – ancien Café de Chartres – drainent vers eux tout ce que Paris compte de personnalités en vue. Le Palais-Royal est à lui seul devenu une véritable institution. On s'en apercevra lorsque, en 1814, « l'Europe en armes se rua tout entière contre la France. Tous les chefs de cette multitude n'avaient qu'un seul cri : Paris ! Et, à Paris, ils demandaient le Palais-Royal, et, au Palais-Royal, quel était leur premier désir ? Celui de se mettre à table [1] ! ».

Hélas, avec les restrictions, les beaux jours des restaurants parisiens vont s'assombrir.

En 1793, Paris et une partie de la France connaissent les difficultés du ravitaillement. C'est la guerre et on manque de tout : de viande, de légumes, de pain, de sucre, de savon. Le marché noir permet seul à quelques-uns de survivre sans trop de privations.

La gastronomie, on s'en doute, en fait les frais. Pourtant, le célèbre Ali Bab, gastronome et humoriste de la fin du XIXe siècle qui voyait dans l'anthropophagie les débuts de la gourmandise, ne se montre pas aussi sévère avec le temps de Barras et de Robespierre. Il rappelle que l'on doit à cette époque le « bifteck Chateaubriand », le boudin blanc aux truffes, les grenouilles à la Simond, et... la fourchette à quatre dents !

1. Eugène Briffaut, *Paris à table* (1846).

On peut ne pas partager son optimisme. En un temps où le « tranchoir » s'appelait « guillotine », la perspective d'un dîner chez Méot ne devait pas être le souci principal des Parisiens.

Le Palais-Royal résistera tout de même à ce vent de folie meurtrière qui passait sur la France. L'endroit, il est vrai, était stratégique, fréquenté par toutes les classes sociales – y compris et surtout le monde de la galanterie – et pourvu de toutes les commodités, même les plus communes. « Celui-là fut très judicieux, écrit Sébastien Mercier en 1798, qui, voyant au Palais ci-devant Royal les restaurateurs glaciers établir leurs réfectoires et leurs cabinets particuliers en aussi grand nombre et aussi près les uns des autres que le sont les rayons des mouches à miel, fit construire des lieux d'aisance pour les dîneurs à 18 livres par tête. Il pensa que tant de dindes aux truffes, tant de saumons, tant de jambons de Mayence, tant de hures de sanglier, tant de saucissons de Bologne, tant de pâtés, tant de vins, de liqueurs, de sorbets, de glace et de limonade devaient trouver là en dernière analyse leur réservoir commun, et qu'en le faisant assez spacieux et surtout assez commode, pour tant de gens qui se font de tout une matière de volupté, le *caput mortuum* des cuisines environnantes deviendrait pour lui une mine d'argent. »

Les restaurants, dans leur ensemble, retrouvèrent tout leur lustre sous le Consulat et l'Empire. La paix et la stabilité du régime favorisèrent leur expansion et le retour d'une clientèle qui avait fui hors de nos frontières : les émigrés. Ceux qui n'avaient pas été entièrement ruinés en tout cas !

Dans son *Almanach des gourmands*, Grimod de la Reynière affirme en 1804 que le « cœur de la plupart des Parisiens opulents s'est tout à coup métamorphosé en gésier [...] aussi n'est-il aucune ville dans le monde où les marchands de comestibles soient aussi multipliés. On compte cent restaurants à Paris pour un libraire » !

Ce qui – Grimod affirmant qu'il existe alors 500 restaurants dans Paris – porte le nombre de ces malheureux libraires à 5 seulement...

Certains étonnent même les étrangers par leur luxe. En 1802, un Anglais, John Carr, visitant Paris décrit le nouveau restaurant de Véry situé dans les jardins des Tuileries. « C'est une imitation d'un des petits palais d'Herculanum ; un portique, supporté par des colonnes doriques, relie les deux larges ailes. La façade, ouvrant sur une terrasse, commande une vue superbe sur les allées et les statues du jardin. Le rez-de-chaussée est divisé en trois grandes salles communiquant par de larges arcades et aux extrémités desquelles se dressent d'immenses glaces qui en doublent l'aspect. Au milieu, un escalier, bordé d'orangers, conduit aux salles à manger du premier étage, toutes admirablement peintes dans le style d'Herculanum et presque entièrement garnies de glaces d'un grand prix. »

La mode est à l'antique. Et aux dîners somptueux. Un autre visiteur, Kotzebue, évoque dans ses *Souvenirs* la carte de Véry avec gourmandise. On y propose d'abord neuf sortes de potages, puis sept espèces de pâtés, des huîtres par douzaines, vingt-cinq hors-d'œuvre, avant d'attaquer la base du dîner qui est un bouilli assaisonné de vingt sauces différentes ou du bifteck. « Quand on s'est d'abord fait un fond solide avec une bonne partie de ce que j'ai cité, ajoute

Kotzebue, on peut choisir dans trente et une entrées de volailles sauvages ou domestiques, et vingt-huit de veau ou de mouton [...]. Il en est de même du poisson, dont on compte vingt-huit espèces différentes : anguilles, morues, carpes, saumons, esturgeons, brochets, goujons, cabillaud, merlans, maquereaux, perches, turbots, soles, raies, aloses, éperlans... »

Ensuite vient le rôti : chapon gras de Normandie, poulardes du Mans, perdrix rouges ou bartavelles, bécasses. Puis les entremets, sous « quarante formes différentes », des légumes en quantité, des truffes au vin de Champagne, des écrevisses, des compotes !

Le tout est arrosé de vingt-deux espèces de vin rouge, de dix-sept de blancs et de toutes sortes de liqueurs.

A ce régime, on est en droit de se demander si nos ancêtres disposaient ou non d'un système digestif. Kotzebue lui-même s'essouffle à nous énumérer les plats servis à la carte. « Je défie le mangeur le plus intrépide de conserver de l'appétit en sortant de dîner de chez ce restaurateur, écrit-il ; mais, s'il restait encore une petite place dans son estomac, elle serait bientôt remplie par le choix qu'il pourrait faire dans trente et un plats de desserts ! »

De trois heures à sept heures, les restaurants de Paris ne désemplissent pas. On déjeune généralement de bonne heure le matin, puis l'on dîne vers six heures. Mais si la soirée doit se prolonger, l'habitude s'est prise de prendre un thé vers deux ou trois heures le lendemain matin. Un thé, c'est-à-dire un repas composé de viandes, de gibier, de vin, de punch, enfin de tout... sauf de thé !

La vie reprend son cours. Chateaubriand, de retour d'émigration, nous dit que les anciens révolutionnaires s'étaient fait discrets et qu'ils vendaient des poires cuites au coin des bornes, mais « qu'ils étaient obligés de déguerpir parce que le peuple qui les reconnaissait renversait leurs échoppes et les voulait assommer ».

Mais, plus que de se venger, on aspire surtout à oublier les heures sombres de la Révolution. On veut rire, danser, chanter. Dans la plupart des restaurants se réunissent d'innombrables sociétés chantantes et bachiques. Après avoir dîné et bu, on pousse la chansonnette ou on récite des vers. Beaucoup de ces sociétés n'ont laissé qu'un nom : le Caveau des Muses, Les Epicuriens, la Société lyrique, mais aussi la Société des Bêtes, la Société des Sots, la Société des Ours ou encore la Société de la fourchette qui réunissait des écrivains – quatorze au maximum – et dont les membres devaient jurer de se soutenir et de s'entr'aider.

D'autres sociétés se spécialisent – si l'on peut dire – dans la farce et la mystification. Ainsi, en 1795, Grimod de la Reynière fonde le « dîner des mystificateurs » – Sade en sera un temps l'un des habitués – et organise des soirées chez Méot au Palais-Royal.

C'est lors d'une de ces soirées que les convives annoncèrent au vaniteux Nicolas Restif de la Bretonne qu'il venait d'être élu à l'Académie française. Pour authentifier cette élection, chacun des participants vint poser sur l'auguste front une couronne de lauriers. Restif, affectant la modestie, crevait de joie et d'orgueil. On le laissa « mariner » ainsi pendant une bonne heure, puis lorsqu'on en eut assez de le voir parader, on lui annonça la nouvelle : celui qui venait d'être élu s'appelait bien Nicolas... mais Nicolas Selis !

« Les mystificateurs et plaisants, écrit Kotzebue en 1804, sont encore très à la mode. Ils se mettent à la table des grands, et tout leur talent consiste à faire des grimaces, à imiter les cris de toutes sortes d'animaux ou le bruit d'une scie ; à changer leur voix et jouer la comédie derrière un paravent, à se déguiser de toutes les manières, à se moquer d'un honnête homme de la société. »

Tout en haut de l'échelle sociale, ce sont alors Cambacérès et Talleyrand – dont le fameux Carême était le cuisinier – qui illustrent le mieux la gastronomie du Premier Empire. Mais eux ne fréquentaient guère les restaurants.

La Restauration et la monarchie de Juillet perpétuèrent cette gastronomie riche et ludique. Jamais sans doute l'appétit de vivre n'a été aussi vif qu'au XIXe siècle, et jamais les restaurants n'ont joué un rôle social si déterminant.

En 1836, cependant, le Palais-Royal perd de son rayonnement. Le vertueux Louis-Philippe en a chassé les prostituées et les maisons de jeux, et du même coup la clientèle qui allait s'y restaurer a fui ses jardins. On dîne donc au Rocher de Cancale, célèbre pour ses huîtres, au Veau qui tête, à la Baleine, réputée pour ses poissons, ou chez Henneveu, pour ses boudins.

En réalité, les hauts lieux de la gastronomie ne disparaissent jamais, ils déménagent tout simplement. Désormais, ce sont les boulevards qui prennent le relais. Celui des Italiens notamment. Là, au milieu des théâtres, on trouve les nouveaux restaurants à la mode : Tortoni, le Café Riche, le Café Anglais, le Café de Paris, la Maison d'or. On y croise le Tout-Paris. Princes, actrices, courtisanes, dandys, écrivains à la mode, artistes reconnus, demi-mondaines, s'y côtoient dans de vastes salles où la richesse du décor, de la table, de la vaisselle, la qualité de la lumière, sont devenues aussi importantes que la cuisine elle-même. C'est le règne du tape-à-l'œil, dont certains gastronomes redoutent d'ailleurs qu'il ne leur gâche le simple plaisir de la table. Le temps où les premières cartes sont placardées aux devantures des restaurants dès 1852.

La mode est également aux dîners spécialisés qui rassemblent des convives appartenant au même milieu : hommes politiques, écrivains, artistes. Chez Magny, dans l'actuelle rue Mazet, Sainte-Beuve préside ainsi des dîners littéraires où l'on croise Flaubert, Théophile Gautier, Taine, Renan, et même George Sand. Au dîner Bixio, créé en 1853, ce sont Alexandre Dumas, Delacroix ou encore Halévy. Au dîner Taylor, rue du Temple et autour du baron Taylor, Paul de Musset, Paul Féval ou Ponson du Terrail.

Les restaurants de la rive gauche deviennent eux aussi très « courus » par les militaires et les politiques. Chez Foyot, à l'angle des rues de Tournon et de Vaugirard, se réunissent les sénateurs. Et au Café Voltaire, place de l'Odéon, des députés et des hommes de lettres. Les bonnes adresses de Montparnasse s'appellent le Dôme, la Coupole, la Rotonde.

C'est dans ces établissements aux fortunes diverses que l'on sent battre le cœur de Paris. A eux seuls, ils suscitent l'intérêt, l'admiration, la convoitise. C'est en 1899 que Feydeau écrit *La Dame de chez Maxim's*, en 1900 que paraît la première édition du Guide Michelin, en 1914 que le jury Goncourt se réunit pour la première fois chez Drouant, la même année que Jean Jaurès est assassiné au Croissant.

Deux autres types d'établissement se développent également à partir du Second Empire : les brasseries et les bouillons. Les premières, où depuis le XVIe siècle on mange de la choucroute en buvant de la bière alsacienne, se multiplient après 1870 avec l'arrivée dans la capitale de nombreux réfugiés d'Alsace-Lorraine. Bofinger ouvre ainsi un établissement près de la place de la Bastille, et Floderer – qu'on ne connaîtra bientôt plus que sous le diminutif de « Flo » – s'installe passage des Petites-Ecuries. Un autre Alsacien, Lippman, fonde en 1872 la célèbre brasserie Lipp sur le boulevard Saint-Germain.

Les bouillons, eux, visent une autre clientèle. L'essor économique de la capitale sous le Second Empire, les grands travaux du baron Haussmann, l'exode rural, ont drainé vers Paris toute une population qu'il faut nourrir, et souvent nourrir à moindres frais.

Les plus démunis profitent donc des soupes populaires ou des rares restaurants à vocation philanthropiques. Les ouvriers ont leur « gamelle », les femmes leurs « crémeries » où elles peuvent consommer des plats à base de riz, d'œufs et de fromage. Les plus misérables se contentent d'acheter sur les marchés de Paris des « arlequins », c'est-à-dire des restes de repas bourgeois ou de restaurants que leur revendent ceux que l'on appelle des « bijoutiers » dans l'argot des Halles.

Les Halles !... Le ventre de Paris, cher à Emile Zola. C'est précisément en pensant à tous ceux qui peinent durement pour nourrir la capitale qu'un boucher, Baptiste-Adolphe Duval, a l'idée d'ouvrir en 1854 un restaurant rue de la Monnaie où l'on servira pour une somme modique des bas morceaux de bœuf bouillis.

« Le client est accueilli dès son entrée par un contrôleur qui lui remet une carte sur laquelle il choisit son menu et où les prix sont clairement indiqués. Il s'assoit à une table commune. Le service est assuré par la " bonne " de chez Duval, personnage reconnaissable à son uniforme et qui figure rapidement parmi les types parisiens les plus populaires : robe de mérinos noire, tablier blanc et bonnet de tulle [...]. La carte est simple, les plats sont frais, roboratifs et peu coûteux. Tout cela est rendu possible par une organisation rationnelle, étonnamment moderne. Duval a ses propres centrales d'achat, sa boulangerie industrielle, sa société de lait et sa fabrique d'eau de Seltz, ses chais de vins à Bordeaux et à Bercy, sa blanchisserie, enfin [1]. »

Ces repas, on s'en doute, étaient une aubaine pour les ouvriers et les « forçats » des Halles désireux de s'alimenter à moindre coût sans s'éloigner de leur lieu de travail.

Mais une aubaine surtout pour Duval ! Grâce au succès de la formule et à l'ouverture de nombreuses succursales, ce concept lui apportera la fortune. Au point que d'autres ne tarderont pas à l'imiter – Boulant, Rougeot, Julien, Chartier – et à lancer des chaînes de « bouillons ».

Le fils de Baptiste-Adolphe Duval, Alexandre, à la tête d'une quarantaine de « bouillons », héritera de la fortune paternelle et de son ambition. Surnommé le « Godefroy des bouillons », auteur de la devise fameuse « Beaucoup de brie pour rien », il deviendra une figure du Tout-Paris, allant jusqu'à écrire des opérettes dont certaines seront données au théâtre Caumartin.

Le temps des Grands Boulevards comme celui des « bouillons » est pourtant proche de sa fin. La guerre de 1914-1918 va venir bouleverser les consciences et

1. Bruno Girveau, in *A table au XIXe siècle* (Flammarion, 2001).

les habitudes acquises tout au long de ce XIXe siècle qu'il n'est pas exagéré d'appeler « le siècle de la gastronomie ».

Certes, d'autres grands établissements s'ouvriront qui deviendront célèbres et le demeureront pour la plupart : Maxim's, Ledoyen, Le Fouquet's, le Pré Catelan, Lasserre... Tant d'autres encore ! Certes, la Belle Epoque verra défiler les grands-ducs de Russie et leurs folies, Ferdinand de Lesseps, le prince Galitzine, Liane de Pougy et la Belle Otéro, Louis Blériot, Chaliapine et Caruso, Mistinguett dansant la java, Modigliani, les frères Fitz-James. Mais la grande époque était bel et bien révolue. D'autres formes de restauration allaient se mettre en place, en conformité avec l'évolution de la société et des modes de vie. Au risque de faire se retourner dans leurs tombes Carême et Brillat-Savarin.

Si la cuisine des grands restaurants d'aujourd'hui, tout en cherchant à innover, n'a rien à envier à celle du XIXe siècle, elle a malgré tout beaucoup moins évolué que la restauration populaire. Finis les bouillons, les gargotes, les cabarets, et les guinguettes où l'on pouvait déjeuner pour quelques pièces. Les rites, les besoins, les modes, l'environnement, les conditions de vie, les concepts alimentaires, l'intrusion de règles diététiques plus strictes, ont considérablement modifié notre rapport à l'alimentation en général, et à la restauration en particulier.

A côté de ce que l'on appelait autrefois la « cuisine bourgeoise » ou traditionnelle, nous sont offertes toutes les cuisines du monde : italienne, espagnole, grecque, indienne, japonaise, chinoise, pakistanaise, mexicaine, russe, arabe, sénégalaise ou encore texane ! Nos papilles ont dû ainsi s'accoutumer à d'autres saveurs, d'autres textures.

Mais là n'est sans doute pas la révolution la plus singulière que le XXe siècle ait eu à vivre. « L'éventail des restaurants est le symptôme de changements plus vastes sur le développement de la vie publique. Il témoigne de modes de vie profondément modifiés par la révolution industrielle, du développement des transports, de l'urbanisation, de l'élévation progressive du niveau de vie et de l'éducation, de l'accès plus large de la population aux loisirs et au tourisme, des mutations sur le plan des rythmes de la vie quotidienne, comme la généralisation de la journée continue, l'éloignement entre domicile et lieu de travail, l'accession de la femme à la vie professionnelle [1]. »

Faut-il le regretter ?

La durée moyenne d'un repas s'est écourtée, et nul n'a plus ni les moyens ni le temps d'aller déjeuner chaque jour dans un restaurant gastronomique. Les restaurateurs ont dû s'adapter, gagnant souvent en efficacité ce qu'ils perdaient en qualité. La nourriture a cessé – au quotidien du moins – d'être un plaisir, elle est souvent devenue purement fonctionnelle, organique, parfois même hygiénique.

En ce domaine, la « restauration rapide » est sans doute le mode alimentaire qui a le plus bouleversé nos habitudes.

Si le « self-service » était déjà connu en France sous le Second Empire, il n'était pas parvenu, en effet, à s'imposer. Ce n'est qu'au début du XXe siècle, aux Etats-Unis, à Chicago, à New York, qu'il commença son ascension. Avec le *drive-in* (1920) ou service au volant, puis le développement des fast-food dans les années 1930, on appliqua à la restauration les prin-

1. *In* Alain Rey, *Dictionnaire culturel en langue française*.

cipes du taylorisme, soit la rationalisation du travail et la production à la chaîne d'aliments cuisinés et conservés de manière industrielle.

Dans les années 1970, ce système s'élançait à la conquête de la planète pour devenir un modèle de restauration de masse. Avec le succès foudroyant que l'on sait !

Quick et MacDonald n'allaient pas tarder d'ailleurs à être imités. Dans le monde entier se développèrent des types de restauration similaires donnant naissance aux chaînes de pizzerias, tex-mex, fast-food chinois ou japonais, spaghetti-bars, etc.

Les réactions déclenchées ces dernières années par une clientèle hostile à la « mal-bouffe » – les *slow-food* par exemple – ne semblent pas pouvoir enrayer le phénomène.

« Si la formule a du succès, note Jean-Louis Flandrin, c'est qu'elle répond à certains besoins. Sans doute la concurrence de style traditionnel n'a-t-elle, par ailleurs, pas su écouter la clientèle. La situation rappelle étrangement la querelle parisienne des traiteurs contre les restaurateurs à la veille de la Révolution. Si d'aucuns estiment qu'il y a péril en la demeure [...] il ne leur reste qu'à inventer des solutions qui comblent tous les appétits, stomacaux et culturels, de leurs contemporains, tout en s'adaptant à leurs possibilités économiques. Le restaurant a toujours été le règne de l'imagination ; il ne survivra que par elle. »

Est-ce si simple malgré tout ?

Mettre l'imagination au pouvoir est une chose, s'affranchir des contraintes de plus en plus pesantes de l'économie et des modes de vie en est une autre.

La gastronomie donne parfois – et à juste titre – le sentiment d'être une citadelle assiégée. Et pourtant !

Ne pourrait-on prendre pour règle d'or de toute forme de restauration le principe énoncé par le célèbre Curnonsky dans les années 1930 : « La cuisine, c'est quand les choses ont le goût de ce qu'elles sont. »

Si les « temples de la gastronomie » façon XIXe siècle ont presque tous disparu, peut-être est-ce aussi parce que nos contemporains voient avant tout, dans le restaurant, un lieu d'échanges et de convivialité. Un lieu où l'on peut déguster entre amis un pot-au-feu ou un bœuf bourguignon plutôt qu'un pigeon farci au foie gras, si délicieux soit-il.

Qui n'a pas, en effet, préféré à tout autre les plats préparés selon de vieilles recettes familiales et savourés dans une atmosphère détendue ?

Le même Curnonsky se plaisait souvent à évoquer une cuisinière angevine qui avait longtemps servi sa famille. « Elle n'avait point appris la cuisine dans les écoles ni dans les livres, disait-il. Elle la savait de naissance et d'atavisme : elle la faisait comme sa mère, comme sa grand-mère, sa bisaïeule, sa trisaïeule, comme vingt générations de bonnes gardiennes du foyer, elle y apportait les qualités de sa province et de sa race : la mesure, le goût, la probité et la simplicité. »

Le succès de la cuisine de « bistrot » aujourd'hui n'illustre-t-elle pas cette nostalgie ? Celle des saveurs simples et trop souvent négligées, celle du temps passé à regarder mijoter un plat, celle d'une époque où manger chez soi ou au restaurant, loin d'être un rituel suranné ou destiné à la simple satisfaction de besoins organiques, ne reléguait pas l'essentiel au second rang : le plaisir.

Ni le restaurant ni la gastronomie, heureusement, ne disparaîtront, car ils traduisent l'un des sept péchés capitaux devant lequel l'homme aime le plus à capituler : la gourmandise.

Maupassant disait déjà qu'il considérait que « de toutes les passions acceptables », c'était celle qu'il préférait. Alors, ne boudons pas notre plaisir !

Puisque le meilleur moyen de résister à la tentation, nul ne l'ignore... c'est encore d'y céder !

Table